최치원

❶

성인과의 만남

최치원 ❶
성인과의 만남

초판 1쇄 인쇄 | 2021년 01월 20일
초판 2쇄 발행 | 2021년 01월 27일

지은이 | 최진호
펴낸이 | 최화숙
편집인 | 유창언
펴낸곳 | 집사재

등록번호 | 제1994-000059호
출판등록 | 1994. 06. 09

주소 | 서울시 성미산로2길 33(서교동) 202호
전화 | 02)335-7353~4
팩스 | 02)325-4305
이메일 | pub95@hanmail.net|pub95@naver.com

ⓒ 최진호 2021
ISBN 978-89-5775-256-2 04810
ISBN 978-89-5775-255-5 (세트)
값 16,000원

• 저자의 허락을 받아 다음 저서에서 내용 일부를 인용했음을 밝혀 둡니다.
  최영성 校註『교주 사산비명(校註 四山碑銘)』(도서출판 이른아침 2014. 3. 20 발행)
  최상범 엮음『고운 최치원의 생애』(도서출판 문사철 2012. 11. 15 발행)
• 도서판매 수익금은 전액 최치원 인물기념관 건립에 지원됩니다. 사회복지법인 탑코리아 문화복지재단은 '한류
  성지인물기념관' 건립모금을 추진하고 있습니다. 기부한 금액은 세법에 의거 비용 처리되며 뜻있게 사용됩니다.
  (농협계좌 : 301-0027-4482-71 문의전화 : 010-4955-6400)

최치원
❶
성인과의 만남

최진호 장편소설

집사재

추천의 글

　신라 말의 사상가요 문호인 고운 최치원은 9~10세기 동아시아 공동어 문학의 지평을 넓히고 문화 경쟁력을 드높인 신라인의 자긍심의 표상이었다. 그는 일찍이 중국에 유학하여 선진 문화를 접하였다.

　중국에서의 유학과 문화 체험을 통해 우리의 역사와 문화를 해석하였고, 신라가 중국의 주변국이 아니라 문명의 중심국이었다는 결론을 얻었다. 최치원은 동인의식東人意識을 바탕으로 우리 민족의 정체성을 찾고 인류의 보편 문화를 추구했던 21세기형 인물이었다.

　시대가 최치원을 부르고 있다. 언제부턴가 최치원이 우리 곁에 성큼 다가와 있다. 이제는 신라 말의 문장가로만 기억하지는 않는다. 글로벌시대·지구촌시대의 아이콘으로 평가하는 분위기가 차츰 익어가고 있다.

　우리는 그동안 그가 남긴 문장의 향기에 취해 진면목을 보지 못하였다. 신비神秘를 벗겨야 우리 곁에 다가올 수 있는데도 신비의 성채를 쌓는 데만 열중하였다. 보호색을 지우고 배경색을 넣으니 이제야 최치원의 학문 수준과 사상적 경지가 새롭게 우리 곁으로 다가온다.

내가 최치원에 대해 전문적으로 연구한 지 30년가량 된다. 나는 '최치원은 과거 완료형 인물이 아니다. 미래 제시형 인물이다'는 데 초점을 맞추어 연구하였다. 최치원이 한 시대의 역사적 소임을 끝낸 인물이었다면 오늘에 부활할 수 없었을 것이다.

최치원은 31세 때 지은 진감선사비문 첫머리에서 "도는 사람에게서 멀리 있지 않고, 사람은 출신국에 따라 차이가 없다(道不遠人, 人無異國)"고 설파하였다. 이 여덟 글자야말로 최치원의 학문과 사상을 연구하는데 열쇠가 된다. '도'道와 '인'人, 이것은 최치원의 평생에 걸친 화두다.

최치원의 학문과 사상에 대한 연구는 어느 정도 축적되었다고 본다. 그렇지만 그의 삶을 속속들이 파헤친 경우는 아직 없다. 최치원의 삶을 다룬 전기도 없고 평전도 없고 소설도 없다. 제대로 된 전기가 없으니 평전이 나올 리 없다.

전기와 평전이 없는 상태에서 소설이 나온다 한들 작가의 상상력에만 매달릴 수밖에 없지 않을까? 나도 한때 최치원 평전을 기획한 적이 있지만, '비평'이 빠진 평전이란 있을 수 없다. 평전 집필은 결코 쉬운 일이 아니다. 연구가 좀 더 축적되기를 기다리다 보니 이제는 '남의 일'처럼 되고 말았다. 부끄럽다.

나는 근자에 한 장편소설을 남보다 먼저 읽을 수 있는 행운을 얻었다. 작가 최진호의 장편소설 '최치원'(전 5권)이 그것이다. 최치원의 일생이 소설로 엮어지다니……. 믿기 어려운 일이 현실로 나타났다. "시대가 최치원을 부른다"는 나의 말이 겉치레가 아님을 입증이라도 해주는 것 같았다. 사료 고증을 통해 제한적으로 엿볼 수밖에 없었던 최치원의 일생이 최진호 작가의 추리력과 상상력에 힘입어 생동감 있게, 사실감 있게 다가왔다.

실타래같이 얽히고설킨 당시의 시대 배경을 종횡무진 서술하면서도 작가 나름의 역사관을 통해 헝클어지지 않게 풀어냈다. 최치원의 복잡다단한 생애 역시 실마리를 잘 풀어내고 마디를 잘 지어가면서, 독자에게 전하려는 메시지도 분명히 하였다. 한마디로 '변화가 많지만 하나로 꿰어 있고, 무게가 많지만 가라앉지 않은(萬變而一貫, 多重而不沈)'데 특성이 있다고 보겠다.

위대한 역사적 인물을 다룬 이 소설은 순전한 픽션이 아니다. 내가 보기에 6~7분은 역사적 사실에 입각한 것이요, 3~4분은 추리력과 상상력을 발휘한 것이다. 역사소설은 큰 틀에서 보아야 한다. 현미경으로 보아서는 안 된다. 이 소설은 기본 뼈대가 역사적 사실에 근거한다. 형식은 소설이지만 작가는 '최치원의 전기'로 보아 달라는 속마음을 슬쩍 내비치고 있다.

최치원의 일생을 재구성하는데 필요한 온갖 자료를 섭렵하고, 최치원의 발자취가 있는 유적지를 편력한 작가의 노력이 여실히 드러난다. 민간에 전해 오는 전설이나 설화까지도 알뜰하게 챙긴 꼼꼼함을 빠뜨릴 수 없다. 자료 준비 기간이 상당하였을 것이다. 한·중의 역사에 해박함은 작가의 특징 가운데 첫손가락에 꼽을 만하다.

최치원과 관계있는 수많은 역사적 인물들이 인연의 그물로 빈틈없이 연결되어 있다. 그들의 인간관계 속에서 벌어지는 허다한 일들이 실제 있었던 것처럼 느껴진다. 그 가운데 종리권鍾離權(당나라 대선사)·고병高駢(당나라군 총사령관)·도선道詵국사·태조 왕건王建 등과의 만남은 독자들의 긴장감을 높이기에 충분하다. 최치원의 거대한 생애에서 일반인의 궁금증을 자아내는 문제들도 대하大河 같은 삶의 흐름 속에서 자연스럽게 해소되었다.

최치원의 부친이 호남 지방에서 불사를 할 때 백제계 여인을 만나 평생의 반려로 삼은 점, 최치원이 12세 나이로 당나라에 유학할 때 동복형 현준賢俊이 보호자로 함께 들어간 점, 또 같은 해에 나란히 과거에 급제했던 당나라 문인 고운顧雲의 누이동생 호몽豪夢을 아내로 맞아 2남 2녀를 둔 점 등은 일차적인 것들이다.

어렵기로 정평이 있는 『계원필경집』을 정독하여 최치원의 재당在唐 생애를 유기적으로 재구성한 것은 작가의 '학구적' 성향을 잘 보여 준다. 최치원이 남긴 시문을 알맞은 대목에 적절하게 배치하여 소설의 품격을 높인 것도 돋보인다. 평소 창작 배경을 잘 몰라 어렵게만 느껴졌던 시문들이 이 소설에서는 전개되는 내용의 사실감을 높이는 데 크게 기여하였다.

작가는 도교가 지닌 신비성·초월성을 잘 살려 소설에서 필요한 상상력으로 승화시킴으로써, 자칫 건조하고 교훈적으로 흐를 수 있는 내용 전개를 흥미진진하게 이끌었다. 최치원이 천상에 있는 고병의 영혼과 교감한 것이라든지, 말년에 고씨 부인과 함께 시해선尸解仙이 되어 이 세상을 떠난 것 등은 도교적 요소라야 풀어낼 수 있다고 본다. 단학丹學 등 도교의 수련법에 대해서도 식견이 상당한 것 같다.

독자가 이 소설에서 주목해야 할 것은 주인공의 정신 세계다. 소설이기에 이를 두드러지게 표현하기는 어렵지만 작가의 역량에 따라 '은근한 외침', '다정한 유도'는 얼마든지 가능하다고 본다. 작가는 전반적으로 최치원의 애국심, 개혁 사상에 초점을 맞추어 이야기를 풀어나갔다. 그러는 가운데 사회 통합을 '시대적 화두'로 제시하였다.

한 예를 보자. 작가는 최치원의 어머니를 백제계 여인으로 묘사하였고, 아내를 고구려 유민으로 당나라에 편입된 고씨顧氏로 설정하였다. 삼국의 진정한 통합을 바라는 무언의 외침이다. 또 유儒·불佛·선仙을 회통한 최치원의 학문 경향에 맞추어 여러 사상과 종교를 말하면서 한결같이 '가는 길은 달라도 목적지는 같다'라는 기조를 폈다. 이뿐만 아니라 당시 당나라에서 신라로 경교景教(그리스도교 종파의 하나)가 전해져 왔을 것으로 추측하면서 그와 관련한 가상의 사건들을 전개하였다.

최치원은 귀국할 때 밀리엄 수녀와 서역에서 온 피루즈 왕자를 신라로 데리고 와서 그들이 신라에서 선교宣教할 수 있는 계기를 제공하였다. 밀리엄 수녀는 최치원이 빈공진사가 될 때 좌주座主(시험관)였던 배찬裵瓚의 딸이다. 작가가 소설 여러 곳에서 경교와 관련

된 내용을 설정한 것은 일차적으로 난랑비문 서문에서 말한 '현묘한 도를 풍류'라고 한 것을 보완해 설명한 것이라고 볼 수 있다.

부활과 환생으로 메시아교와 불교의 차이점을 말하고 헌강왕을 부활의 길로 인도한 것 등의 설정이 그렇다. 그렇지만 궁극적으로는 모든 종교가 종착점에서 하나로 만날 수 있다는, 최치원의 개방적인 종교관을 적극적으로 전개한 것이라고 믿는다.

최언위가 최치원에게 풍류사상風流思想에 대해 물었을 때 최치원은 "유·불·선에 그 무엇인가 하나를 더 보태면 되는 거야"라고 대답하였다. 오늘의 관점에서 풍류의 실체를 해석할 때 기독교의 교의敎義까지 포함시켜 논할 수 있다는 인식을 엿보게 한다.

역사소설에서는 사실과 상상력의 구분이 애매하다. 일정하게 사실에 근거하지 않으면 역사소설이라 하기 어렵고 상상력이 없으면 굳이 소설이라 할 이유가 없다. 이 소설에서도 독자의 상상력과 흥미를 유발하기 위해 소설적 요소가 가미되었다.

진성여왕이 사석에서 최치원을 '오라버니'라 부르고 평소에 연정戀情을 품었다고 고백한 것을 누가 사실로 곧이 듣겠는가? 또 어렸을 때 공부했던 서당 훈장의 딸 보리菩提가 역모에 연루되어 곤경에 처해 있다는 말을 들은 최치원이 당나라에서 도교 수련을 하던 동문들과 구출대를 조직, 신라로 잠입하여 보리를 구출한 것이라든지, 구출된 보리가 종남산終南山 자오곡子午谷과 숭산嵩山 소림사小林寺를 오가며 무술을 연마하다가 나중에 복수의 칼날을 마음속에 품고 후백제 견훤甄萱의 부인이 된 것은 극적 효과를 노린 것이라 해도 좋다.

　가끔 역사소설이나 역사드라마의 내용을 문제 삼아 '역사 왜곡'이라 말하는 경우를 본다. 소설과 역사의 경계를 가를 수 없는데서 오는 필연성이다. 문제는 상상력 자체가 아니라 '상상력의 정도'일 것이다. 그러나 상상세계라는 창조의 공간이 없다면 소설이 소설일 수 없다고 생각한다. 사실과 상상을 절묘하게 엮어 내기란 쉬운 일이 아니다.

　내가 보건대 최진호 작가의 이 소설은 역사 왜곡의 문제에서는 비교적 자유로울 것 같다. 작가의 역사 의식이 뚜렷하고 건전한데다가 내용 전개가 역사학계의 연구 성과를 바탕으로 하였기 때문이다. 다만 최치원의 가계家系와 관련해서는 후손들의 이의가 있을 수 있다. 그러나 후손들도 큰 틀에서 이 소설이 지닌 문제의식을 이해하여야 할 줄로 안다. 1천 년 전의 글로벌 천재를 이 시대에 부활시키려 한 작가의 고심을 읽어 내야 할 것이다.

　작가는 최치원의 후손이다. 전업 소설가가 아니다. 최치원 선생이 사람과 나라 사랑한 것을 널리 알리기 위한 일념一念 하나로 지난 30년 동안 자료를 모으고, 유적지를 편답遍踏하면서 구상해 온 것을 묵직한 분량의 소설로 펴낸 것이다. 작가는 자신을 풍차를 향해 달리는 돈키호테에 비유하면서 시종 겸손한 태도를 보였다. 그렇지만 돈키호테적인 적극성이 없었더라면 이런 결실을 맺기 어

려웠을 것이다. 삼가 칠언시 한 수로 소설의 출간을 경하하면서 독
자의 일독을 권한다.

천 년 전 학처럼 날아간 뒤 한이 남았더니
후손의 피어린 정성 있어 포원을 이루었네
줄거리와 맥락을 보니 역사가의 필법이라
가공과 허구를 그 누가 논할 것이랴

千歲鶴歸猶有恨 천세학귀유유한

雲仍血誠逐抱願 운잉혈성수포원

條貫脈絡史家筆 조관맥락사가필

架虛構無誰將論 가허구무수장론

-2020년 11월 17일, 백마강변 인후장麟厚莊에서
국립한국전통문화대학교 교수 철학박사 최영성崔英成 쓰다.

작가의 글

국가와 국민이 자유스럽고 평등하게 잘 살 수 있는 태평성대 시대를 추구하기 위하여 한평생 '말과 행동이 초지일관된 삶'의 실천으로 95세까지 신선처럼 살다간 학자이며 탁월한 지도자이시고 자유인이었던 최치원 선생이 세계 성현을 뛰어넘는 통찰의 지혜로써 백 사람 천 사람의 융합 정신을 몸소 실천한 인물이란 것을 이 세상 모든 사람에게 널리 알리기 위한 노력의 일환으로 '최치원'(전 5권)을 저술하게 되었습니다.

지금으로부터 1,100여 년 전 아득한 9세기 중엽에 열두 살의 한 어린 소년이 부모님을 작별하고 서해를 건너 그 당시 세계의 중심이었던 당나라의 서울, 장안으로 갔습니다. 소년은 아버지의 가르치심에 따라 '남이 백을 노력하면 나는 천보다 더 많은 노력을 했다'는 화두를 계원필경에 적어 두었습니다. 끈기와 창조정신으로 노력하면 불가능이 없다는 것을 일찍이 우리에게 알려준 것입니다. 불철주야 노력한 끝에 18세에 장원 급제를 하게 됩니다.

급제를 한다는 것은 진사가 된다는 것인데 사실상 이 일은 중국에서 나고 자신의 나라 글인 한자로 평생을 살아가는 사람들도 이루기가 몹시 어려운 일입니다. 우리가 흔히 시성이라고 부르는 두보 같은 시인도 과거에 급제하지 못한 일을 평생의 한으로 안고 살았습니다. 그런 시대적 상황에서 신라에서 건너간 18세 소년이 당나라 희종 황제의 어전 시에서 장원 급제했다는 사실은 기적에 가까운 일이었습니다.

그 후 당나라에서 관리가 된 20세의 젊은 최치원은 지금의 남경 근처인 율수현 임지에 근무하면서 당시 힘없고 어려움에 처해 강물에 투신하여 죽은 두 자매의 무덤 앞에서 그들의 영혼을 달래기 위해 시를 써 주었을 만큼 진정한 목민관의 자세를 보여줌으로써 현실을 어렵게 살아가는 백성에게 더욱더 잘해 보겠다는 의지를 보여주었습니다.

얼마 후 당나라가 전란에 휩싸여 있을 때는 붓 한 자루를 들고 적장 황소에게 부당함을 지적하여 끝내 그를 패퇴시킨 공로를 당 조정에서도 높이 평가하였고, 황제는 자금어대를 하사하면서 언제 어느 때나 황제 알현을 허락하였습니다.

고국 신라에 돌아와서는 왕족과 호족이 발호하여 백성을 착취하며 기근 속에서 허덕이는 농민들에게 과중한 세금을 매기는 신라 말기의 조정을 향하여 일대개혁을 촉구하였습니다. 지금 정확하게 전해 내려오진 않지만 시무십조라는 열 가지 개혁안을 제시하며 기득권층에게 자기혁신을 끊임없이 권고하였습니다.

그는 유교와 경전에 통달하여 공맹의 사상을 그 누구보다도 정확히 알고 있었지만, 유교라는 한정된 경계에 머물러 있지 않았습니다. 불교의 고승들과 끊임없이 교제하며 고승들을 기리는 비문을 썼을 뿐만 아니라 사찰을 위해서도 불후의 명문장을 손수 써 주었습니다. 그가 남긴 깊은 산 속의 4개의 비문은 '사산비명'이라 하여 천 년을 견뎌왔습니다만 그 내용이 지극히 어려워 천 년 동안이나 많은 학자의 연구대상이 되어왔습니다. 이 신비의 비명이 지난 1980년대부터 컴퓨터가 본격적으로 보급되면서 젊고 힘찬 학자들에 의해 정밀 해독이 되기 시작한 것은 참으로 놀라운 일입니다.

최치원 선생이 훌륭한 사상가이었음은 그가 유교나 불교 그리고 도교에 통달해 있어 삼교회통을 하였음에도 불구하고 그 세 가지 사상에만 머물지 않고 거기에 하나를 더한 것, 즉 우주질서와 하나로 통하는 풍류도를 스스로 창안하였다는 점일 것입니다.

그는 언제나 나라와 민족을 생각하는 이국이민利國利民의 경지를 끊임없이 추구하면서도 한 가지 도道만을 고집하지 않았고 심지어는 출신 성분이나 국적에 따라 사람을 차별하거나 구분을 하여서는 아니 된다고 하였습니다. 그래서 그는 '도불원인道不遠人, 인무이국人無異國'이라는 중요한 가르침을 진감선사비문 첫머리에 남겼던 것입니다.

그는 당시 세계 중심이었던 당나라에서 충분히 인정을 받았음에도 불구하고 조국 신라로 돌아와서 낭혜화상비문에 '군자국君子國은 동방(우리나라)이다.'라는 글을 후세에 알려 주기 위하여 남겨두었다. 또한 당시 절대적인 가치체계로 정립되어 있던 유교 사상을 뛰어넘어 홍익인간을 근본으로 한 화랑정신을 풍류 사상으로 발전시키면서 풍류도를 우리가 추구해 나가야 할 현묘한 도玄妙之道이며 천부경에서 말하는 '인중천지일人中天地一'의 한마음 정신임을 가르쳐 주었습니다.

최치원 선생은 자기 한 사람의 부귀공명을 염두에 두지 않았습니다. 중앙정부의 현직顯職을 사양하고 지금의 함양군에 내려가 주민들과 함께 팔을 걷어붙이고 해마다 범람하는 강줄기를 바로잡고 지리산에서 캐온 나무를 심어 대관림(현재 상림숲)이라고 하는 인공조림장을 조성하였습니다. 천 년이 넘은 지금도 현지에 가면 상림이라고 하는 이름으로 그 숲이 보존되어 있습니다. 그는 행동하는 지성이었으며 미래를 향해 끊임없이 자신을 절차탁마切磋琢磨하였던 학자이며 또한 끈기 있게 창의와 개혁을 주장한 실천가였습니다.

지난 2013년 우리나라 대통령이 중국을 방문하여 시진핑 국가주석을 만났을 때, 시주석은 뜻밖에도 최치원 선생이 쓴 '범해泛海'라는 시로 말문을 열었습니다. 한·중 간의 교류는 이미 천 년도 넘는다는 것을 말하는 것이고 그 아득한 시기에도 젊은이들은 바다를 건너 교류하였으며 서로의 국익을 위해 경쟁했을 뿐만 아니라 요즘 우리가 말하는 글로벌 문제를 해결하기 위해 머리를 맞대었던 것입니다.

저도 우리의 젊은이들에게 이 소설을 통해 최치원 선생은 천 년도 넘는 그 시절에 살았던 전설의 인물이 아니라, 오늘날까지 살아있으면서 현재를 사는 우리에게 끊임없이 교훈을 건네주시는 큰스승이라는 것을 알리고 싶었습니다. 자기 자신의 소승적인 이익이나 출세보다는 먼저 이웃을 생각하며 국가라는 공동체를 생각하는 대승적 차원에서 양심 있는 지성인의 표본으로 최치원 선생을 그려내고자 했습니다.

우리의 젊은이들이 삼국지나 세계 위인전을 읽기 전에 1,100여 년 전의 시공 속에서도 국익과 우리 모두의 올바른 가치관을 위해 그토록 노력하고 자신의 모든 것을 내던졌던 '최치원'(전 5권)을 읽어 얻은 지식을 통해서 자기가 잘 할 수 있는 능력을 개발함은 물론 창조의 힘을 갖추어 이 세상 모든 사람에게 마음의 미소, 눈의 미소, 입의 미소가 함께한 진정한 미소로 한마음 정신을 갖도록 서로를 사랑해 주셨으면 합니다.

최치원 선생이 종사관 직책으로 근무했던 중국 장쑤성江蘇省 양저우揚州시에는 놀랍게도 최치원 선생의 기념관이 서 있고, 10월 15일을 최치원의 날로 지정하여 기념하고 있습니다. 또 그곳 중·고등학교 역사교과서에 수록하여 학생들에게 최치원의 빛나는 업적을 가르치고도 있습니다.

그러나 우리나라에는 아직까지 내세울 만한 최치원 인물 기념관이 건립되어 있지 아니합니다. 중국이나 우리나라 여러 곳에 최치원 선생의 찬란히 빛난 학문과 사상의 업적이 남아 있지만 이 문화유산을 한 곳으로 모으지 못하여 우리는 잘 모르고 있습니다.

그러므로 천부경, 풍류도, 계원필경, 시문 등을 한 곳에서 쉽게 볼 수 있고 최치원 선생의 우주관, 즉 시작과 끝이 하나(一始無始一 一終無終一)라는 순환원리를 깨우치기 위한 '최치원 천궁관' 그리고 조국을 위해 희생하신 위인들의 충혼 추모관을 건립하고 최치원의 애국심, 개혁사상을 통하여 새로운 사회통합, 즉 산업화 시대와 민주화 시대를 하나로 융합하기 위한 만인의 지도자 인물탑을 세우고자 합니다. 풍류도 선비정신이 한류문화 성지의 시발점(최치원인재대학)이 되어 우리나라는 물론 전 세계인이 최치원을 비롯한 우리나라의 위대한 인물과 문화를 배우러 한국에 오기를 희망해 봅니다.

이 소설 집필에 많은 지도를 해주신 방송작가 김광휘 선생님, 최창훈 변호사, 공직 생활 선배 김홍순 회장님, 고향 친구 허광옥 회장, 탑코리아세무법인 김상현 회장님과 김정배 부회장님, 홍승세 이형식 이각수 문우군 대표 세무사님, 한연호 세무사님, 이학기 고문, 배영훈 이사님, 특히 문화저널21 최병국 기자님께 먼저 감사를 드리고, 분에 넘치는 추천사를 써 주신 한국전통문화대학교 최영성 교수님, 장석용 한국예술평론가협의회 의장님, 소설가 이외수 선생님께 머리 숙여 감사드리며, 동국대학교 최상범 명예교수님, 목원대학교 곽승훈 교수님, 최치원 국제교류협회 최시중 이사장님께 감사드립니다.

또한 최치원 사상이 널리 전파되기를 바라는 이번 책의 깊은 뜻을 위해 기도해 주신 김숙정 목사님과 이번 출간에 맞춰 최치원 사상을 문재인 정부의 국정개혁 지향점과 접목시켜 그림을 그려준 방랑식객 임지호 화백, 최치원 중앙종친회 최효석 회장님, 최치원기념관 최두식 회장님께도 깊이 감사드립니다.

2020년 11월, 최진호

최치원의 행적도

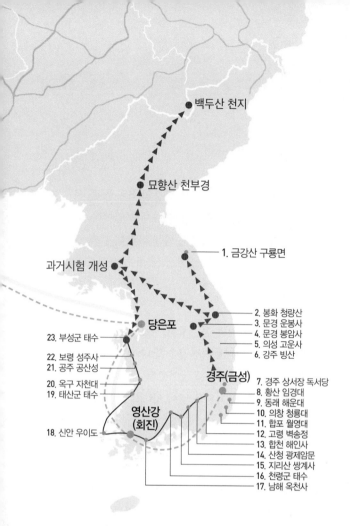

- 백두산 천지
- 묘향산 천부경
- 과거시험 개성
- 당은포
1. 금강산 구룡면
2. 봉화 청량산
3. 문경 운봉사
4. 문경 봉암사
5. 의성 고운사
6. 강주 빙산
- 경주(금성)
- 23. 부성군 태수
- 22. 보령 성주사
- 21. 공주 공산성
- 20. 옥구 자천대
- 19. 태산군 태수
- 영산강 (회진)
- 18. 신안 우이도
7. 경주 상서장 독서당
8. 황산 임경대
9. 동래 해운대
10. 의창 청룡대
11. 합포 월영대
12. 고령 벽송정
13. 합천 해인사
14. 산청 광제암문
15. 지리산 쌍계사
16. 천령군 태수
17. 남해 옥천사

최치원의 행적도

───── 중국 유학 경로

- - - - - 귀국 경로

▶▶▶▶ ● 유람길

───── 태수를 지내신 3곳과 산림강해山林江海를 유람하신 곳(시계 방향)

··· 최치원의 가족 ···

최견일 최치원의 부친. 성골이나 진골에 비해 다소 낮은 신분의 육두품 출신으로, 절의 중축이나 단청 등의 불사佛事를 책임지는 도편수로 일했다. 불심이 매우 깊어 많은 사람들로부터 존경을 받았으며, 생을 마감했을 때는 신라 제49대 임금인 헌강왕으로부터 육두품 출신으로는 최초로 공公이란 칭호를 하사받는다.

반야 부인 최치원의 모친. 멸망한 백제의 마지막 옹주로서, 남편과는 일찍이 사별한 채 어린 아들과 단둘이 살다 28세에 최견일을 만나 재혼했다. 최견일이 옛 백제지역인 부여의 고란사에서 불사를 맡아보던 중 이 절의 주지인 구지스님의 주례로 결혼한 뒤 아들 최치원을 낳아 당대의 큰 인물로 키운다.

최현준 최치원의 동복同腹 형. 반야 부인이 최견일을 만나기 전, 남편과의 사이에서 낳은 아들로, 최치원의 당나라 유학을 돕는 등 어린 시절의 최치원에게 많은 영향을 미쳤다. 불가에 귀의해 뒷날 해인사의 주지가 되어 신라의 국운이 다해갈 무렵 공직에서 물러난 최치원에게 사상적 토대를 완수할 수 있도록 학문적인 도량을 제공한다.

호몽 최치원의 부인. 당나라 출신으로, 최치원이 당나라에 유학해 있을 때 만나 결혼했다. 최치원이 당나라의 과거시험에서 빈공과賓貢科에 장원 급제할 때 본과에서 함께 장원 급제했던 고운 종사관의 여동생이다.

보리 최치원의 어릴 적 서당 친구로, 뒷날 후백제를 개국했던 견훤의 부인이 된다. 서당에서 만난 최치원을 오라버니로 따르며 연정을 품지만, 최치원이 당나라로 유학을 떠난 뒤 아버지마저 '근종의 난'에 참여했다 대역 모반죄로 비참하게 죽자 불우한 어린 시절을 지낸다. 최치원이 종리 권선사의 도움을 받아 신라에서 구출해 당나라로 데려오지만 종국에는 최치원과 다른 길을 걷게 되는 여인이다.

고산 선생 보리의 아버지이자 최치원의 어릴 적 서당 선생. 장보고의 후손으로, 최치원이 당나라로 떠난 뒤 신라 제48대 경문왕 14년 5월에 있었던 '근종의 난'에 참여했다 대역 모반죄로 비참한 최후를 맞는다.

왕거인 도사 화랑출신으로, 자신을 따르는 낭도 무리를 이끌고 토굴에 살며 수행정진하다 우연한 기회에 최치원을 만나 그를 스승으로 모신다. 뒷날 공직에서 물러난 최치원이 해인사로 들어갈 때 그곳까지 함께 따라 들어가 평생 동안 최치원의 곁에 머물며 그를 보필한다.

도선국사 신라 제49대 임금인 헌강왕의 국사國師 출신이지만 신라의 국운이 쇠한 것을 알고 고려를 세운 왕건의 스승이 되어 그에게 학문과 무예를 가르친다. 최치원에게 신라 멸망 이후의 정세 변화에 대한 여러 혜안을 가르치는 한편, 최치원과 함께 삼한도를 들고 당나라로 가서 풍수의 대가인 송파선사와 명사明師 주곡을 만나 고려 땅에 세울 비보처裨補處 3,800곳을 받아오는데 큰 역할을 한다.

최승우 당나라의 빈공과에 합격한 수재이자 도술에 능한 사람으로, 최치원, 최언위와 함께 '서라벌 삼최' 중의 한 명으로 불렸다. 최치원과는 당나라 유학 시절부터 인연을 맺어 왔으며, 최치원이 지방으로 내려가 천령군 방로태감으로 재직할 당시 가까이에서 최치원을 보좌했으나, 뒷날 견훤의 부인이 된 보리와의 인연으로 후백제의 국사國師가 되어 최치원을 떠난다.

최언위 이른 나이에 당나라의 빈공과에 합격한 수재로 최치원, 최승우와 함께 '서라벌 삼최' 중의 한 사람으로 불렸다. 최치원, 최승우와 함께 진성여왕에게 진언하는 자리를 계기로 '집사성시랑서서원학사'라는 벼슬을 얻어 신라 조정에서 공직생활을 했으며, 신라가 패망한 뒤 고려 조정의 대신급인 태학사太學士가 되어 조직 개편 및 호족 관리 등 고려 건국 초기 여러 역할을 담당한다.

주요 주변인물 ② : 당나라

희종 황제 당나라 19대 황제로, 최치원이 빈공과에 장원 급제하던 873년부터 888년까지 즉위했다. 즉위 2년 만인 875년에 '황소의 난'이 일어나 궁궐을 떠나서 성도까지 피난을 가는 불운을 겪는다. 이때 황소를 퇴치하기 위해 최치원이 쓴 격문(격황소서)에 감동한 희종은 당나라 정5품 이상의 벼슬에게만 내리는 자금어대를 최치원에게 하사하고, 그가 귀국할 때는 당나라를 대표하는 사신 자격을 내리기도 한다.

종리권선사 최치원의 동복 형인 최현준의 스승으로, 중국 시안西安의 남쪽에 위치한 신비한 기운의 산인 '종남산'에 칩거하며 많은 제자들을 배출한 선인仙人이다. 최치원의 처인 호몽 역시 종리권선사의 제자이며, 그의 부친이기도 한 국자감 원사에게 12세의 어린 유학생 최치원을 천거해 빈공과에 장원 급제하도록 도운 인물이다.

배찬 대감 최치원이 당나라에 유학하던 시절의 국자감 스승. 최현준의 스승인 종리권선사의 추천으로 처음 인연을 맺는다.

밀리엄 배찬 대감의 딸로 서역종교인 경교景教를 믿었으며, 밀리엄은 세례명이다. 뒷날 최치원이 당나라에서 귀국할 때 최치원을 따라 신라로 들어와서 서라벌에 교회를 짓고 경교를 전파한다.

고운 종사관 최치원의 처인 호몽의 오라버니로, 최치원과 함께 당나라 과거시험에서 장원 급제를 한다. 멸망한 고구려의 후손으로 고운의 부친이 당나라로 들어와 큰 부를 쌓았으며, 고운顧雲은 최치원의 호인 고운孤雲과 한글 음이 같다. '황소의 난' 시절 최치원과 함께 군 총사령관인 고병 대장군을 보좌한다.

고병 대장군 '황소의 난' 때 희종 황제에 의해 군 총사령관에 임명된 인물이다. 고운 종사관과 최치원을 곁에 두고 많은 업적을 남기지만, 종국에는 신선술에 깊이 빠져 고운 종사관과 최치원을 곤혹스럽게 만들기도 한다.

만귀선사과 무성도사 소림사의 방장과 그의 양아들로, 신라에서 구출해온 보리에게 무술을 가르친 인물들이다. 이후 무성도사와 보리는 황소의 난에 참여하다 잡혀 죽을 고비를 맞지만 최치원이 희종 황제에게 고해 다시 한 번 보리를 그 고비에서 구해 준다.

피루즈 왕자 아랍인들에게 압박을 받자 당나라로 피난해 와 선대로부터 300년가량을 당나라에서 머물렀던 파사(페르시아) 왕의 후손이다. 최치원이 귀국할 때 신라로 함께 와서 뒷날 신라의 아령옹주와 혼인한다.

왕건 고려를 창건한 태조임금. 일찍이 도선국사에게 학문과 무예를 익혔으며 최치원의 건의를 받아들여 훈요십조訓要十條를 자신의 후손들에 전한다. 더불어 훈요십조와는 별개로 다음과 같이 세 가지를 따로 정해 후대에 전하도록 특별히 이르니, 고려의 개국 정신이 최치원에 의해 발로되었음을 짐작케 한다. "최치원 왕사께서 일찍이 신라조정에 전하셨던 시무십조 중에서 첫째, 과거제도를 실시할 것. 둘째, 세금을 과중하게 물리지 말 것. 셋째, 왕족 밖에서 널리 인재를 구하고, 왕족 이외의 자에게도 신분의 귀천을 묻지 말고 능력에 맞추어 평등하게 등용하라."

궁예 신라 48대 임금인 경문왕과 후궁인 세화빈의 사이에서 낳은 아들로, 후천 개벽을 꿈꾸었으나 스스로를 미륵불로 여기며 포악한 정치만을 일삼다 왕건의 부하들에게 자리를 빼앗기고, 성난 민심에 의해 돌무덤으로 최후를 맞는다.

광종임금 고려 4대 임금. 최치원을 왕사로 모신 가운데 그의 진언을 받들어 과거제도를 실시하고, 억울한 노비를 풀어 주는 등 많은 업적을 남기며 고려 부흥기의 토대를 마련한다.

소설 속에 등장하는 임금들(신라~고려)

[신라] 경문왕(48대, 861년~875년) 헌강왕(49대, 875년~886년) 정강왕(50대, 886년~887년) 진성여왕(51대, 887년~897년) 효공왕(52대, 897년~912년) 신덕왕(53대, 912년~917년) 경명왕(54대, 917년~924년) 경애왕(55대, 924년~927년) 경순왕(56대, 927년~935년)
[고려] 태조(1대, 918년~943년) 혜종(2대, 943년~945년) 정종(3대, 945년~949년) 광종(4대, 949년~975년)

[신라] 고란사 주지 구지스님, 상대등 위홍, 위홍의 처 부호부인, 황령사 주지 대구화상, 비구니스님 법화공주, 아령옹주, 마의태자, 근위대장 운봉장군, 서산 부석사 주지 월명스님, 산음현감

[당나라] 율수현 쌍여자매, 황소장군, 최고의 시성 두순학, 종남산 선사 여운지, 경교전도사 마르코 수사, 시인 양섭오만, 진사 및 시인 전인의

[고려] 문판진 요극일, 안동 청량사 주지 낭혜스님, 금강산 유점사 주지 학고스님, 동래 법어사 주지 성광스님, 법계사 주지 일범스님, 지리산 칠불사 주지 무량스님, 하동 쌍계사 주지 지광선사, 해인사 주지 희랑스님, 봉암사 주지 도문선사, 진감선사, 지증대사, 일광국사(성주대사), 서울 구복암 주지 성묵스님

최치원 ❶

성인과의 만남

최진호 장편소설

| 차 례 |

번개

그날 아침 황룡사 하늘에 시커먼 먹구름이 몰려오자 사람들은 겁에 질려 무작정 뛰기 시작했다. 온 천하를 집어삼킬 듯한 기세로 낮게 밀려오더니, 이내 강한 바람을 일으켜 흙먼지가 휘날리면서 거센 빗줄기가 쏟아졌다. 그것도 모자라 세상을 갈기갈기 찢으려는 듯 천둥과 번개마저 쉴 새 없이 내리꽂는다.

'우르르 쾅! 번쩍~ 딱!'

땅이 흔들리고 하늘마저 무너져 내릴 기세였다. 숨어서 이 끔찍한 광경을 지켜보던 사람들은 숨소리마저 내지 못한 채 오들오들 떨고 있었다. 그 순간, 빠른 속도로 질주하는 번개가 황룡사를 후려치고, 얼마 후 거대한 굉음이 퍼져 나갔다.

"탑에 벼락이 떨어졌다!"

누군가 소리쳤고, 이를 지켜본 사람들이 황룡사를 향해 뛰기 시작했다. 그렇게 몰려든 사람들로 인해 황룡사는 금세 인산인해를 이루어 발 디딜 틈조차 없었다.

황룡사 9층 목탑 자리

'하필이면 왕도 사람들이 가장 신성시하는 9층 탑의 머리에 벼락이 치다니⋯⋯.'

탑 주위에 빼곡히 몰려든 사람들의 안타까운 마음이 한숨과 섞여 열은 신음소리로 변해 가고 있었다.

황룡사 9층 탑은 벼락을 맞아 탑의 윗부분이 이미 절반쯤 떨어져 없어졌다. 탑 주변에서 탑돌이를 하던 여인들은 혼비백산하여 대웅전 처마 밑으로 달려가 벌벌 떨며 이 흉측한 광경을 지켜보고 놀란 표정을 짓고 있었다. 뒤늦게 이 사실을 알아차린 스님들이 뛰쳐나오고 우왕좌왕하며 탑 주변을 에워쌌다.

바로 그때 웅성웅성 떠들고 있던 사람들 사이를 가로질러 건장

황룡사 9층 목탑 전체 조감도

한 스님 한 분이 다가오고 있었다. 커다란 바윗덩어리라도 슬쩍 들어 올릴 만큼 위엄이 있어 보이는 스님은 얼굴을 잔뜩 찡그리고 있는 터라 사람들은 주눅이 들어 조용히 길을 비켜 주었다. 스님의 손에는 장대 하나가 들려 있었는데, 네댓 발이나 되는 구렁이 한 마리가 그 장대에 칭칭 감겨져 있었다.

"뒤꼍에 잘 묻어 드려라."

상좌승의 말이 끝나기가 무섭게 젊은 스님 한 분이 얼른 그것을 받아 들고는 조심조심 발걸음을 옮겼다. 그리고 상좌승은 헛기침을 하고 돌아서더니 9층 탑을 향해 합장을 했다.

"아니, 신성한 9층 탑에 웬 벼락이야? 돌아가신 선덕여왕님이 노하셨나? 재위 시절 얼마나 공을 들여 만드신 탑이었는데……."

이 광경을 보고 있던 여인들이 어깨를 떨며 수군거렸다.

"저 흑구렁이는 뭐야? 탑신에 숨어 있다가 벼락을 맞은 거 아니야? 아이고 징그러워!"

여인들의 소란스러움이 점점 커지더니 이내 웅성웅성 여기저기서 수군거리기 시작하였다.

이를 지켜 본 상좌승이 헛기침을 두어 번 하고 신도들 앞으로 나아갔다. 이윽고 상좌승의 기세에 눌린 신도들은 아무 말도 못하고 가녀린 숨소리만 뱉어 낼 따름이었다.

"신도 여러분, 오늘 보신 일에 대해서 말씀을 삼가해 주세요. 궂은 날 벼락이 치는 것은 자연의 이치이고 이 또한 부처님의 뜻이기도 합니다. 벼락 소리에 놀란 구렁이가 잠시 혼절했을 것입니다. 별일 아니니까, 이제 다들 돌아가세요."

스님의 말이 끝나자마자 사람들은 하나 둘 발걸음을 돌렸다. 그렇지만 사람들의 행렬이 보이지 않는데도 그녀들의 수군거림은 사라지지 않았다. 이 탑은 예전 임금시절에도 한 번 떨어진 적이 있어 그 놀라움은 더욱 컸다.

"아이고, 황룡사에 벼락이 또다시 떨어졌대! 9층 탑이 절반이나 무너졌다는데?"

"말도 마! 100척이나 되는 이무기가 하늘로 오르려다가 두 동강이 났대!"

"나라에 흉한 일이 벌어질 징조구만. 아이고, 무서워!"

이러한 소문은 사람들 입에서 꼬리에 꼬리를 물고 더욱 부풀려져 온 사방으로 퍼지고 말았다.

서서히 빗줄기의 위세도 꺾이고 있었다. 그때 망건을 쓴 키 큰 사내가 불쾌한 얼굴을 하고 휘적휘적 언덕을 오르고 있었다. 한참이나 그렇게 걸음을 재촉하더니 큰 회나무가 서 있는 곳에서 걸음을 멈추고는 그 옆에 있는 집으로 들어갔다.

"학동들은 다 갔느냐?"

조용한 집 안에 사내의 목소리만 울려 퍼졌다. 그 소리를 듣자 부엌에서 소녀가 얼굴을 삐죽 내밀었다.

"아버지, 어디 다녀오세요? 새참 때가 됐는데도 훈장님이 안 계시니까 학동들은 보자기를 싸서 뿔뿔이 돌아갔죠. 구실만 있으면 도망가려고 하는 아이들인데……. 도대체 아버지는 아이들 공부 가르치실 시간에 어딜 그렇게 쏘다니다 오셨어요?"

소녀는 아버지를 보자 짐짓 냉랭한 목소리로 쏘아붙였다. 딸이 그러거나 말거나 훈장은 아무런 대답도 하지 않았다.

"아이고, 물어보는 내가 바보지! 어딜 가셨겠어, 보나마나 과부가 운영하고 있는 객점에 다녀온 게지."

소녀는 투덜거리며 다시 부엌으로 들어갔다. 글방으로 들어서던 사내는 그 소리를 듣고 술 냄새가 풍기는 자신의 입을 가로막았다.

훈장이 글방에 들어서니 학동 하나가 단정하게 앉은 채로 몸을 가볍게 흔들며 시를 암송하고 있었다.

"허~흠, 역시 치원이구나! 그래, 장한가長恨歌는 다 외웠느냐?"

훈장의 인기척을 느낀 소년은 자세를 바르게 하고 인사를 공손히 했다.

"예, 다 외웠습니다만 몇 군데 걸리는 데가 있습니다."

"어딘데?"

소년은 조심스럽게 말을 이어갔다.

"어양영고漁陽鼙鼓는 무슨 뜻인지요?"

"아, 그거 말이냐? 동한이라는 나라에서 어양이라는 태수가 반란을 일으켰다는 뜻인데, 여기서는 안록산이 난을 일으켰다는 뜻이니라."

훈장은 어물쩍거리며 대충 넘어가려고 하였다. 그러나 소년은 진지한 태도로 다시 물었다.

"예상우의곡霓裳羽衣曲이란 어떤 곡인지요?"

"야! 넌 다른 애들처럼 적당히 넘어가면 안 되겠냐? 술기운 때문에 골이 패서 죽겠는데 골치 아프게 자꾸 물어대니 원! 거 뭐 별거 아니야! 무지개같이 찬란한 옷에다가 깃털처럼 가벼운 옷을 입고 추는 무용곡이라는 뜻이지. 고관들, 즉 돈 많은 사람들 앞에서 춤추는 년들이 야한 옷을 입고 추어 대는 춤곡이야. 쉽게 말하자면 양귀비 같은 것들이 즐겨 듣고 보는 무용곡을 말하는 거야. 야! 보리야! 꿀물 좀 없냐? 골이 패는구나!"

훈장은 낮술의 달콤함이 사라지기 전에 단잠을 청하려고 했으나 거듭되는 치원의 질문으로 인해 낮잠을 자려고 했던 것이 허사가 되자, 취기를 빙자하여 치원에게 짜증을 부렸다.

이를 듣고 있던 보리가 말했다.

"훈장이라는 분이 글공부 가르치는 일을 골치 아프다고 하시면 어쩌자는 것인지요? 치원이는 이 장한가를 완전히 다 외고 있어요. 저도 마찬가지고요. 하지만 그 백거이 시인의 시는 너무 길고 어려워요. 전부 당나라의 옛날 역사에 관한 거라 우리와는 아무 상관도 없고요."

보리는 꿀물을 건네주며 치원의 대견함을 치켜세우는 동시에 깊은 학문에 대한 어려움을 토로했다. 그러나 훈장은 딸의 이야기에는 별다른 관심을 보이지 않았다.

"그건 나도 같은 마음이다! 목구멍에 거미줄 칠 것이 걱정되어 이놈의 훈장 노릇을 한다마는 매일 두보가 어떠니, 이태백이 어떠니, 하면서 그 술주정뱅이들의 시를 아무 죄도 없는 너희들에게 가르치는 것이 지겹다. 게다가 백거이 시인의 시는 나도 이해를 잘 못하겠구나. 그러니 무슨 재미가 있겠느냐?"

훈장은 볼멘소리를 하며 벌렁 눕더니 이내 팔베개를 하고 눈을 감아 버렸다. 그러더니 얼마 후 무언가에 놀란 듯 황급히 일어나 앉으며 꿀물을 서너 모금 급하게 마시더니 눈가에 힘을 주며 말을 이어갔다.

"지금 백성은 하루 세 끼 밥도 제대로 못 먹고 굶기를 반복하고 있다. 그 허기짐에 대한 분노로 백성은 6두품 벼슬아치들이나 부잣집의 곳간을 털고 있으며, 더 나아가 진골들의 창고를 열고 재물을 빼내오고 있다. 그런데도 관리들은 온갖 구실을 붙여 백성의 돈이나 쌀을 빼앗고, 나라에서는 눈만 뜨면 세금을 올려 죄 없는 백성을 쥐어짜고 다그치니……. 치원아! 너희 집 창고에도 곡식이 쌓여 있느냐? 그리고 장롱에는 금은보화도 숨겨져 있고?"

한참 동안 열을 올려가며 세상 돌아가는 민심을 한탄하던 훈장은 치원을 바라보며 농담을 건넸다. 지켜보던 보리가 눈을 흘기며 아버지 이제 그만하라고 만류했고, 이 말을 들은 치원은 얼굴을 붉히고 말았다.

"야! 내가 오다가 봤는데 황룡사 9층 탑에 벼락이 떨어졌어. 너희들도 아까 벼락 치는 소리 들었지?"

"훈장님! 그게 정말입니까? 황룡사 9층 탑에 벼락이 떨어졌다니요?"

치원은 두 눈을 동그랗게 뜨고는 훈장의 곁으로 다가앉았다.

"야, 그것도 그냥 벼락이 떨어진 게 아니야, 우르르 꽝! 하고 섬광이 9층 탑 모서리를 후려치니까 아, 탑신에 숨어 있던 다섯 자짜리 흑구렁이가 뚝 떨어졌다는 거야. 이놈의 세상, 아무래도 무슨 일이 일어날 것 같아. 한 번 확 뒤집어져야 해."

훈장은 벼락이 9층 탑을 후려치는 모습과 구렁이가 떨어지는 모습을 실감나게 재연해 보였다. 보리와 치원은 그런 훈장을 바라보며 놀란 나머지 입을 다물지 못했다. 그 사이 훈장은 돌아누워 어느새 코를 골며 깊은 잠에 빠져들었다.

그러자 보리는 치원의 손을 잡고 방 안에서 밖으로 나왔다. 그리고 마루에 걸터앉아 마당에 떨어진 감꽃을 바라보았다. 요란하게 훑고 지나간 비바람 탓인지 힘없이 떨어진 감꽃들이 감나무 아래 마당 끝자락에 수북이 쌓여 있는 것을 손가락으로 가리키면서 말했다.

"치원아, 우리 감꽃 주울까?"

보리가 지금껏 놓지 않았던 치원의 손을 흔들며 말했다. 그리고 보리는 치원의 손을 놓고 벌떡 일어나 안방으로 뛰어 들어가더니 대바늘과 실타래를 들고 나왔다. 치원을 향해 살짝 미소를 짓더니 감꽃이 쌓인 곳으로 달려갔다. 치원도 보리의 뒤를 따라가 감꽃을 주웠다. 보리가 감꽃을 주워 연신 실에 꿰더니 치원을 향해 들어 보이며 한쪽 눈을 찡긋했다. 비바람에 여기저기 흩날렸던 감꽃은 어느새 화려한 목걸이로 변해 있었다.

"보리菩提야, 내가 그 목걸이를 너한테 걸어 줄까?"

치원이 보리를 바라보며 옅은 미소를 지었다.

"그래! 걸어 줘! 네가 걸어 주면 나한테는 좋은 선물이 될 거야."

보리는 해맑은 표정으로 감꽃 목걸이를 치원에게 건넸고, 치원은 그 목걸이를 보리의 목에 걸어 주었다. 치원으로부터 목걸이를 선물받은 보리는 한껏 부풀어 오른 감정을 감추지 못한 채 그 자리에서 흥겨운 노래를 부르며 몇 번이고 뛰어올랐다. 보리가 뛸 때마다 감꽃 목걸이도 덩달아 춤을 추듯 흐느적거렸다.

그때 안방을 요란하게 울리던 훈장의 코 고는 소리가 뚝 그치는가 싶더니, 이내 훈장의 카랑카랑한 목소리가 문지방을 넘어 마당까지 울려 퍼졌다.

"야! 치원아! 너 좀 들어와 보거라! 밥맛은 너희 집 것만 못하겠지만 오늘 저녁은 우리와 함께 먹자꾸나."

난데없는 밥 타령에 보리와 치원은 아무런 말도 못하고 가만히 서 있었다.

"아버지, 치원이가 우리 집 밥을 먹을 수 있겠어요? 고기도 없고 생선도 없는 밥을?"

반찬 걱정이 앞선 보리가 훈장을 향해 퉁명스럽게 대꾸했다.

"먹을 수 있어, 보리야! 네가 지어 주는 밥이라면 맛있게 먹을게!"

치원이 서둘러 보리의 말을 가로막았다. 치원도 보리가 해주는 밥을 꼭 한번 먹어봐야겠다고 벼르던 터라 내심 기대가 되었다. 치원의 마음을 알아챈 보리는 얼굴을 붉히며 얼른 부엌으로 들어갔다. 그런 보리의 뒷모습을 바라보며 흐뭇한 미소를 짓던 치원도 훈장의 방으로 발길을 돌렸다. 그때 훈장은 부엌을 향해 또 소리를 질렀다.

"보리야! 가서 술 좀 받아 오너라!"

훈장은 또 술타령이다.

"술집에서 외상술을 더 이상 안 줄 텐데……. 지금까지 쌓인 외상값도 적지 않은 판에……."

보리가 부엌문을 나서며 난처한 표정을 지었다. 한 손에 술통을 들고는 있었지만 당황한 기색이 역력했다.

"훈장님! 제가 같이 다녀오겠습니다."

치원이 앞으로 나서며 보리에게 술통을 건네받았다.

"언덕 밑에 과수댁 알지? 내 말하면 듬뿍 줄 게다!"

문이 빼꼼하게 열리더니 싱긋 웃는 훈장의 얼굴이 반쯤 보였다.

보리와 치원은 노래를 부르며 함께 언덕을 내려갔다. 언덕 밑 주막거리에 도착해 술을 주문한 치원은 과수댁에게 동전을 내밀어 술값을 치렀다. 과수댁은 치원에게 술값을 받으면서 겸연쩍게 웃었다.

"하이고, 쌓이고 쌓인 외상이 미안했던 모양이지? 이제는 수제자 용돈까지 터는구만?"

과수댁의 비아냥대는 타박에 보리는 얼굴을 들 수가 없었다. 말이 훈장이지, 아이들 가르치는 일은 뒷전으로 하고 허구한 날 술타령을 하고 다닌다고 온 마을에 소문이 퍼진 터였다. 세태를 한탄하며 술로 위안을 삼는 아비를 둔 딸이라지만, 외상 술값에 조여드는 마음은 어쩔 도리가 없었다.

술통을 어깨에 둘러멘 치원이 슬며시 팔을 뻗어 보리의 손을 가만히 잡았다. 그리고는 언덕길을 씩씩하게 올랐다. 보리는 그런 치원을 바라보며 가슴이 부풀어 오르기 시작했다.

"치원아, 너 내일부터는 이 서당에 그만 나오거라."

밥상을 물릴 때쯤 고산高山 훈장이 치원에게 작별을 고했다.

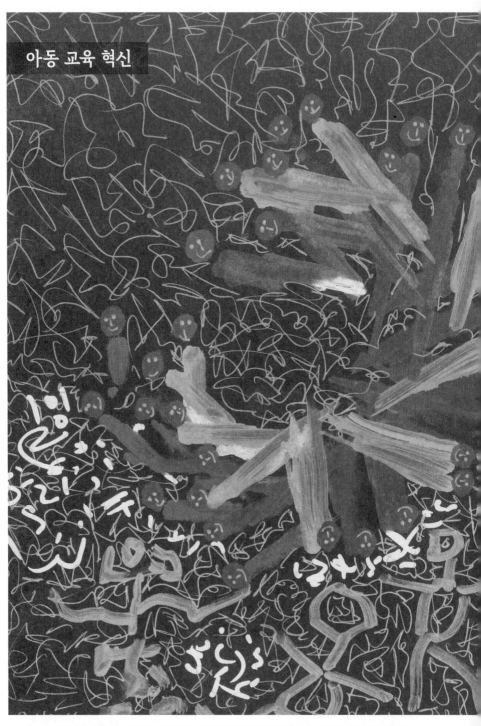

아동 교육 혁신

아동 교육의 중요성을 형상화한 이미지. 12세에 당나라로 유학 간 최치원에게 국자감 스승 배찬 대감은
'공부의 정의와 목표는 몸과 인격, 마음 전체를 갈고 닦는 것'이라고 가르쳤다.

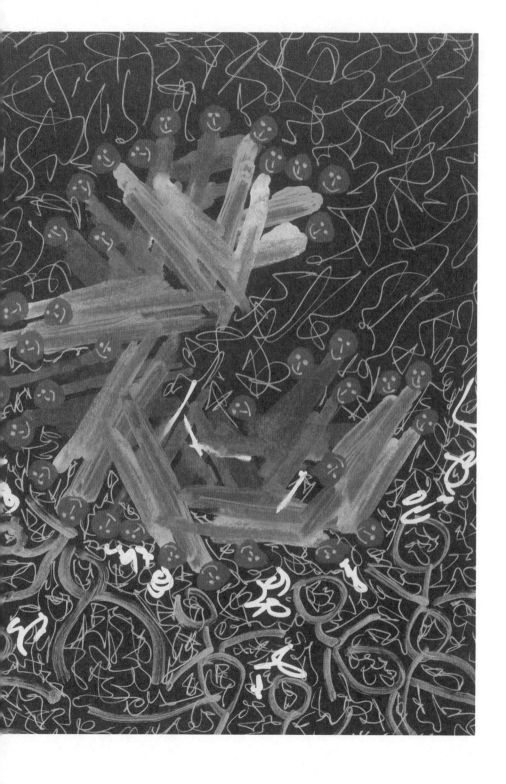

"훈장님, 그게 무슨 말씀이신지 모르겠습니다."

치원은 너무 놀란 나머지 두 눈을 크게 뜨고 말했다.

"너희 집은 6두품이 아니냐? 6두품은 성골과 진골 다음이지만, 높은 관직을 맡을 수 없는 것이 이 나라의 법이다. 네가 오를 수 있는 관직은 혹 하늘이 돕는다 해도 아찬阿湌 정도일 것이다. 그 자리도 당나라 유학생에게만 어쩌다 허용되는 자리지. 바로 이런 이유 때문에 6두품의 자녀들은 모두 조기 유학을 떠나고 있다. 김 가기金可紀, 김이어金夷魚 같은 선비들이 당에 유학을 가서 빈공과에 합격했었지. 발해 사람들도 어린 나이에 당나라 장안에 들어가 모두 빈공과 합격을 위해 밤을 새우고 있어. 지금 너는 열두 살이니 조기 유학을 떠나기에 딱 맞는 나이이다."

고산 훈장의 목소리는 무언가에 억눌린 듯 착 가라앉고 있었다. 한동안 아무 말도 없이 치원을 바라보던 고산 훈장은 상 위에 놓인 술잔을 들어 벌컥벌컥 들이켰다. 목줄기를 타고 넘어가는 술이 무척이나 시원해 보였다.

"내가 네 실력을 안다. 이제 나는 너에게 더 이상 가르칠 능력이 없다. 그러니 당나라로 건너가 국자감에서 본격적으로 과거 시험 공부를 하기 바란다. 치원이 네 실력이라면 국자감에 충분히 들어가 배울 수 있을 거다. 이 나라에 남아 있어 봤자 일만 어렵게 꼬일 게야. 국학에 들어가려면 앞으로 3년은 기다려야 되는데, 너 같은 6두품을 국학에서 쉽게 받아 줄 리가 없어. 성골과 진골 출신들이 줄을 서 있으니까 아마도 어려울 게다."

지금껏 치원은 훈장님께서 이렇게 진지하게 말씀하시면서 개인의 앞날에 대하여 개별적으로 가르쳐주는 것을 본 적이 없었다. 그렇기에 오늘 고산 훈장의 가슴속 깊이 간직하고 있던 이야기는 치원의 마음에 고스란히 쌓이고 있었다.

"치원아, 술 좀 따르거라."

고산 훈장은 연신 술잔을 기울인 탓에 이미 혀가 꼬부라진 상태였다. 그래도 치원은 무릎을 꿇고 공손하게 술을 따랐다. 치원이 따라 준 술을 단숨에 들이킨 고산 훈장은 입가에 흐르는 술을 소매로 쓱 문지르고 나서 빈 술잔을 치원에게 건넸다. 이 광경을 옆에서 가만히 지켜보고 있던 보리가 깜짝 놀라 이를 저지했다.

"아버지! 어린 제자에게 어찌하여 술잔을 건네십니까!"

"애야, 넌 그래서 여자야. 술이란 말이야 본시 스승이나 어버이에게 배우는 거란다. 술집에 들어가 어린놈들끼리 몰래 술을 배우면 바로 그게 문제가 되는 거야. 아, 기분 좋다. 이 술이라는 것에도 주도라는 것이 있는데 어른들한테 술 마시는 법을 배운 아이들은 주도를 알게 되지. 그런데 숨어서 배운 술은 도둑질과 비슷해서 아주 나쁜 버릇으로 남게 돼."

아버지의 말에 일리가 있다고 여긴 보리는 더 이상 나서지 않았다.

"자, 받아라! 내 너희 아버지에게는 술 마시는 법을 가르쳤다고 직접 말씀드릴 테니까, 오늘 주도의 첫걸음을 떼어 보거라."

치원이 술을 받아들고 어쩔 줄을 몰라 하며 보리 쪽을 바라보자 그녀는 큰 눈을 연신 깜빡거렸다.

'그래, 받아라. 주도를 익혀야지. 너도 남자니까!'

보리의 이런 마음을 알아차린 치원이 고개를 옆으로 돌려 술잔을 기울였다. 술이 목을 타고 넘어가는 느낌이 싸하게 느껴졌다.

"쭉 들이켜, 쭉!"

고산 훈장은 이런 치원을 바라보며 매우 흐뭇해했다. 치원이 살짝 몸서리를 치며 술잔을 모두 비우고 나서 다시 잔을 훈장님께 드리자 술잔을 받아든 훈장님은 치원의 얼굴을 보며 천천히 말했다.

"네 아버지에게는 다 말해 두었다만 당나라에 가서 공부하는 게 좋겠다. 당나라에 지금 네 나이에 가는 것이 왜 좋은지 아느냐? 당나라 최고 교육기관인 국자감은 열네 살이면 들어갈 수가 있어. 지금 네가 열두 살이니까 가서 한 2년 정도 그 나라 말을 더욱더 익히며 공부를 한 뒤, 열네 살에 시험을 쳐서 들어갈 수 있다. 하지만 국자감 시험이 그리 만만치 않단다. 삼사三史, 오경五經, 제자백가諸子百家를 통달해야 겨우 합격을 기대해 볼 수가 있다. 그러니 미리미리 준비를 해야 할 것이야. 그리고 시험관 앞에서 구두시험을 통과하려면 당나라 말도 유창하게 익혀야 한단다. 그러고 보니, 넌 당나라 말을 제법 오래전부터 배웠지?"

"네, 5년 이상 배웠습니다."

고산 훈장은 이런 치원이 여간 대견스러운 게 아니었다.

"아버지, 나도 당나라에 가고 싶어요! 나도 당나라 말 배웠어요. 치원에게도 배우고 학당 밖에 서서 어깨너머로도 웬만큼 배웠어요."

치원이 당나라로 유학을 떠나는 게 좋겠다는 고산 훈장의 말에 보리는 내심 불안한 마음을 감출 수가 없었다.

"뭐? 너도 당나라 말을 배웠다고?"

고산 훈장은 깜짝 놀랐다.

"아버지! 난 당나라 소림사에 들어가서 무술을 배울 거야! 칼도 쓰고, 창도 쓰고, 십팔기도 쓰고, 난 여중호걸女中豪傑이 될 거야."

보리는 무슨 수를 써서라도 치원을 따라 당나라로 가야겠다고 굳게 마음을 먹은 터였다.

"너 지금 무슨 얘기를 하고 있는 거야? 뭐? 소림사? 여중호걸?"

고산 훈장의 목소리가 떨리는가 싶더니 이내 손에 든 술잔마저 흔들려 술이 쏟아지고 말았다. 그런 아버지의 표정을 읽은 보리는 더 이상 당나라에 관한 이야기를 꺼내지 못했다.

밤이 깊어지자 치원은 술에 취한 얼굴로 서당을 나섰다. 난생 처음 마신 술기운 탓인지, 고산 훈장에게 인사를 하는 치원의 몸이 격하게 흐느적거렸다.

토방을 내려서던 치원은 하마터면 넘어질 뻔하였다. 그 모습을 가만히 지켜보던 보리가 무척 재미있다는 듯이 깔깔거리며 웃어 댔다.

"한심하다. 얘, 남자가 겨우 술 석 잔 받아 마시고 비틀거리니? 난 열 잔을 마셔도 아무렇지도 않은데."

보리가 의기양양하게 말했다.

"뭐? 열 잔을? 난 네가 술 마시는 걸 못 봤는데?"

치원은 게슴츠레한 눈을 겨우 떠서 보리를 힘겹게 바라보았다. 술에 취해 정신이 없는 치원을 바라보며 보리는 연신 히죽히죽 웃어댔다.

"아버지 심부름으로 그 과수댁에 갔다 올 때 내가 그냥 왔겠니? 배가 고파서 마시고, 심심해서 마시고, 어머니 생각나서 마시고……. 사실 난 내 주량을 몰라. 얼마나 마셔야 취하는지를 정확히 모른다고. 너 돈 있으면 나 술 좀 원없이 사줘 봐라. 당나라로 떠나기 전에!"

치원은 애써 눈에 힘을 주고 보리를 주시했다. 흔들거림 속에서 보리는 어느새 성숙한 여인으로 성장해 있음을 감지했다. 가슴도 봉긋하게 적당히 솟아올랐고, 사내를 향해 입술을 벌렸다 오므리기를 반복하며 배시시 웃는 모습이 손님들에게 술을 따르던 과수댁의 그것과 매우 흡사했다.

보리는 그렇게 여인이 되어 가고 있었다.

어느새 잠이 들었는지 방 안에서는 고산 훈장의 코 고는 소리가 문풍지를 뚫을 기세로 강하게 울렸다. 두 아이가 감나무 밑에 서자 발 앞에 왕경王京(경주) 이십만 호가 다 내려다보였다. 남북으로 곧게 뻗은 주작대로와 동서로 달리는 황남대로가 시원하게 달리고 있고, 마차와 사람들의 행렬이 거리를 덮고 있었다.

거리의 여기저기에는 불이 들어오기 시작하였고 황룡사, 분황사, 천관사, 불국사의 외등들이 거리를 비추기 시작하였다. 남산과 월성의 웅장한 옆모습이 마지막 석양을 받아 한층 더 빛났다.

"결국 이게 너의 이별 선물이 되었네? 그렇다고 이별 선물을 이 것으로 때우진 않겠지? 아무튼 넌 좋겠다!"

낮에 치원이 걸어 준 감꽃 목걸이를 만지는 보리의 손길이 가늘게 떨리고 있었다. 치원이 보리의 어깨에 손을 얹자 그녀는 힘없이 무너져 내리듯 평상에 앉았다.

"너희 어머니는 어찌 되신 거니?"

치원의 갑작스러운 물음에 보리는 고개를 돌려 치원을 바라보았다.

"나 네 살 때 돌아가셨어. 사실 우리 집은 가야 쪽에 있었는데, 그때 할아버지는 큰 배를 여러 척 가지고 멸치잡이도 하고 갈치잡이도 하는 선주船主였지. 하루에도 뱃사람이 수십 명씩 드나들었기 때문에 늘 집은 붐비고 신났었대. 잘은 모르지만 우리 조상 중에 장보고 장군과 관련된 사람이 있어서 할아버지는 한순간에 배를 다 빼앗기고 섬으로 쫓겨나셨지. 우리 집도 한때는 6두품이었다. 지금은 겨우 4두품에 머물러 있지만 사실 우리 아버지는 관직에 나가려고 공부도 많이 하셨고 뜻을 크게 키우셨는데, 그 많던 재산을 다 빼앗기고 할아버지까지 외딴 섬으로 쫓겨나다 보니 아버지는 자기의 분노를 잊어버리기 위하여 저렇게 술만 마시게 되었고 어머니는 홧병으로 일찍 돌아가셨어. 사실 난 무서워. 아버지가 언젠가는 꼭 무슨 일을 저지르실 것만 같아."

보리는 금방이라도 울음을 터뜨릴 것만 같은 기세였다. 그 낌새를 알아차린 치원이 보리를 살포시 안았다. 보리는 못 이기는 척

치원의 가슴에 얼굴을 파묻었다.

"아, 그랬었구나. 그래서 넌 글공부도 잘 하고, 당나라 말도 배우고, 그렇게 총명하구나."

보리의 등을 토닥이는 치원의 손길이 조금씩 떨리기 시작했다. 보리는 치원이 글 공부만 열심히 하고 자기에게는 전혀 관심이 없는 것으로 알았는데 애정어린 눈빛을 보고 관심이 많은 것을 깨달았다.

"아니, 넌 내가 글을 읽고 당나라 말을 배우는 걸 어찌 알았니? 그냥 조용히 서당에만 다니는 줄 알았는데……. 넌 날 쭉 무시해오지 않았어?"

보리가 고개를 돌려 입술을 삐죽 내밀었다. 순간 치원은 당황한 나머지 보리를 감싸고 있던 손을 풀었다.

"처……천만에, 난 다 알고 있었어. 우리 동무들 중에서 글을 읽다가 막히면 언제나 넌 밖에서 킥킥 웃으면서 원문을 척척 알려 줬잖아. 넌 장한가도 처음부터 끝까지 다 외고 있지?"

치원은 겨우 말을 돌려댔다.

"아, 그까짓 장한가쯤이야 뭐. 하지만 나도 너한테 할 말이 있어."

"그게 뭔데?"

"난 너희들이 한꺼번에 글을 읽더라도 그 속에서 언제나 네 목소리를 찾아낼 수 있었어. 네 그 맑고 총명한 목소리를 말이야. 너의 그 청아하고 정확한 그 독음讀音소리를 듣노라면 나도 모르게 저절로 공부가 됐지. 네 글 읽는 소리는 정말 낭랑하고 멋졌어."

말이 끝나기가 무섭게 보리는 부끄러운 나머지 두 손으로 얼굴을 가렸다.

"고마워."

고맙다는 말밖에 치원은 달리 할 말을 찾지 못했다. 서당을 그만두게 된다면 아마도 단 한 가지가 마음속에 남게 될 것이다. 그것은 아쉬움이고 어쩌면 그리움일 터였다. 치원 자신도 오늘까지 미처 몰랐던 사실이었다.

입바른 소리 잘 하고 사내들처럼 껑충껑충 뛰어다니고, 글을 못 외운 아이가 쩔쩔 맬 때면 멀리서 정확하게 답을 일러 주던 보리라는 소녀. 이제 한 여인으로 다가온 보리가 가장 큰 그리움으로 남을 것만 같았다.

"너 나보다 한 살 아래지?"

치원이 보리를 향해 불쑥 말을 꺼냈다.

"그걸 어떻게 알았어?"

보리는 깜짝 놀랐다.

"훈장님이 말씀해 주셨어."

치원은 별일 아니라는 듯이 다시 시선을 돌려 형형색색의 불빛이 밤하늘을 짙게 물들인 왕경의 아름다운 풍경을 살피고 있었다. 그런 치원을 따라 보리도 한동안 아무런 말없이 왕경을 바라보며 오색찬란한 아름다움의 늪으로 빠져들었다.

"보리야, 너 앞으로는 나한테 오라버니라고 해라. 1년 차이가 어디 보통이니? 오뉴월 햇살은 하루만 더 쬐어도 낫다는데……."

치원의 갑작스러운 오라버니 타령에 보리는 깍지를 끼고 눈을 깜빡이며 잠시 생각에 잠겼다. 그리고 얼마 후 단호하게 말했다.

"사실 그러고 보니 우리에게는 함께할 시간이 별로 없네? 그래! 내가 누이동생할 테니까, 치원이 넌 내 오라버니 노릇 제대로 해!"

막상 그런 말을 하고 나니 보리는 쑥스러워 도무지 견딜 수가 없었다. 그런 보리가 치원은 마냥 사랑스러웠다. 치원은 손을 뻗어 보리의 얼굴을 돌려 세웠다.

이내 보리의 두 눈이 감겼다. 치원은 머뭇거리지 않고 자신의 입술을 보리의 입술에 살며시 포갰다. 보리의 입술을 비집고 산뜻한 향기가 가득 배어 나왔다. 치원은 그 향기를 하나도 놓치지 않고 모조리 들이마셨다. 그러자 바람에 몸을 맡긴 듯 깃털처럼 가벼워져 하늘로 날아오르고 있는 듯했다.

'당나라에 가서도 서라벌 월성 밑에 있는 보리를 결코 잊지 않을 테야.'

치원은 보리를 더욱 힘껏 껴안으며 마음속으로 사랑한다고 다짐하고 또 다짐했다.

쌍가락지

날이 밝자 반야般若 부인은 치맛자락을 끌어 올린 채 곳간으로 향했던 발걸음을 다시 마당으로 돌리고, 또 안방으로 부엌으로 종종걸음을 치며 부산을 떨었다. 이를 지켜보는 마름 천보의 마음도 불안하기는 마찬가지였다.

이른 아침부터 반야 부인의 부름을 받고 내처 달려온 천보는 반야 부인이 준비한 여러 가지의 예물을 작은 수레에 차곡차곡 실으며 연신 거친 숨을 몰아쉬었다.

가야산 쌀 세 가마니, 당나라 비단 한 필, 식용유 두 통, 미탄사味呑寺 사하촌寺下村에서 만든 술 한 통, 그리고 당나라 손거울 등 반야 부인은 꼼꼼히 챙겨 천보의 손에 넘겨주었다. 이를 넘겨받은 천보는 마치 보물을 다루듯 조심조심 수레에 실으며 반야 부인의 눈치를 살폈다.

반야 부인은 작은 수레에 예물이 가득 실린 것을 바라보며 만족스럽다는 듯이 입가에 옅은 미소를 가득 내비치며 거울 앞에 앉아 얼굴에 분을 바르고 흐트러진 머리카락을 매만지며 연신 들뜬 마음을 감추지 못했다. 천보는 반야 부인의 이런 모습을 오랜만에 지켜보며 내심 흐뭇해했다.

"마님, 무슨 좋은 일이라도 있으십니까? 오늘 꼭 선녀 같으십니다."

단장을 마친 반야 부인이 당혜(당나라 신발)를 신고 마당으로 내려서자 천보는 웃으며 넌지시 말을 건넸다.

"아저씨도 농을 하실 줄 아시네요?"

평소에 별다른 말이 없던 천보의 농담을 들은 반야 부인은 곁에서 이를 지켜보던 치원의 머리를 한 번 쓰다듬어 주며 얼굴을 붉혔다.

"아이고, 농이 아닙니다. 정말이지 오늘 마님은 선녀의 모습 그대로입니다. 아, 참말이라니까요."

천보는 손을 내저으며 정색을 하고 반야 부인을 칭찬하고 나섰다. 그 말에 반야 부인은 차마 얼굴을 들지 못하고 치원의 손을 잡고 대문을 나섰다. 그 모습을 지켜보던 천보도 수레를 끌고 이들 모자의 뒤를 따랐다.

치원의 모자 일행은 모퉁이를 돌아 마침내 큰길로 접어들었다. 감나무 꽃가지에 매달려 감꽃을 살랑살랑 흔들어 대던 실바람이 치맛자락을 흔들며 남실남실 걸어오는 반야 부인에게 감꽃을 날려 주고 있었다. 단정하게 매만진 머리에 감꽃이 머물자 반야 부인의 얼굴에는 화색이 짙게 드리웠다.

저잣거리를 따라 걷다가 객점을 지나고 마침내 월성 담장을 돌아 나가자 홰나무와 서당이 멀찍이 보였다. 언덕 밑에서 반야 부인은 잠시 걸음을 멈추고 숨을 고르며 이마에 맺힌 땀방울을 닦았다.

"치원아, 이제 네가 앞장 서거라."

일행은 다시 힘겹게 언덕을 올랐다. 그때 홰나무 아래에서 깊은 생각에 잠겨 있던 보리가 이 광경을 보고는 얼른 일어나 집으로 들어갔다. 다른 것은 몰라도 언덕길을 오르며 설핏 드러난 얼굴은 멀리 떨어져 있어도 그가 치원이라는 것을 보리는 금세 알 수 있었다.

치원 일행이 서당 안으로 들어서자 고산 훈장은 그제야 일어났는지 게슴츠레한 눈으로 치원과 반야 부인을 반갑게 맞이했다. 아직 술이 덜 깬 듯 입 안에서 술 냄새를 가득 풍기고 있었다.

"우리 치원을 잘 가르쳐 주셔서 감사합니다. 저 어린 나이에 유학을 보내서 어떨지……."

반야 부인은 고산 훈장에게 머리를 숙이며 감사의 말을 전했다.

"전혀 염려하실 일이 아닙니다. 남들은 못 보내서 안달인데, 치원은 나이에 비해 명석하고 조숙하여 의젓하며 생각이 매우 깊습니다. 제가 느낀 바로는 천재인 데다가 공부에 대한 의욕도 대단하고 당나라 말도 유창하게 잘하므로 아무런 문제가 없다고 봅니다. 제 생각에는 부인께서 오히려 유학 보낸 자식이 보고 싶어서 참지 못하실까 걱정이 됩니다."

고산 훈장은 짐짓 반야 부인의 마음을 다독이듯 유쾌하게 말을 건네면서도 마당 한편에 부려 둔 예물 꾸러미에 온 신경을 기울였다. 그러면서 반야 부인의 얼굴을 한 번 바라보고, 예물 더미를 두 번 바라보기를 반복하며 들썩이는 엉덩이에 애써 힘을 주느라 난처한 기색이 역력했다.

"참지 못하다니요?"

반야 부인이 의아해하며 물었다.

"아, 어린 아드님에 대한 염려 말입니다. 그렇게도 끔찍이 위하시던 아드님을 멀리 당나라에 보내 놓고 어찌 견디시겠습니까?"

고산 훈장이 껄껄거리며 웃어댔다. 그제야 반야 부인은 훈장의 뜻을 알아채고 고개를 끄덕였다.

"그 점도 사실 그렇습니다. 저 아이를 바다 건너 먼 이국땅에 보내 놓고, 어찌해야 할지 모르겠습니다. 시한을 정해 놓고 떠나는 일도 아니라서요. 우리 치원이 없이 긴 세월을 어찌 감내해야 할지 걱정입니다."

그러면서 반야 부인의 목소리가 가늘게 떨리고 있었다. 금방이라도 뜨거운 눈물이 폭포처럼 쏟아질 것만 같았다. 누가 볼세라 반야 부인은 얼른 고개를 돌리고 손수건을 꺼내 눈가를 훔쳤다. 그러다가 마당 끝에 서 있는 천보를 향해 손짓을 했다. 천보가 고개를 끄덕이며 달려와 예물 꾸러미를 고산 훈장 앞에 쌓아 놓기 시작했다.

"변변치 않습니다. 제 아들을 잘 지도하여 사람 만들어 주신 것에 비하면 아무것도 아닙니다."

반야 부인이 예물을 고산 훈장 앞으로 더 가까이 밀어 주며 말했다. 그때 천보가 또 다른 예물 꾸러미를 내려놓으며 쿵, 하고 소리를 내고 말았다. 그 소리만 듣고도 고산 훈장은 그것이 술통이라는 것을 금세 알아차렸다.

"저건 무슨 술입니까?"

고산 훈장은 결국 참지 못하고 반야 부인을 바라보았다.

"저희 동네 사하촌에서 만든 사하주라고 합니다."

부인이 배시시 웃으면서 대답했다.

"아, 그 유명한 미탄사 사하주 말입니까?"

"네, 훈장님께서 술을 좋아하신다기에 특별히 준비를 해왔습니다. 아이들을 가르치다가 목이 컬컬할 때 드시면 그 맛과 향이 오묘해서 기운이 펄펄 나실 겁니다."

그 말에 훈장은 침을 꼴깍 삼키며 입맛부터 다셨다. 그 모습을 지켜본 반야 부인이 옅은 미소를 띠며 자리에서 일어났다.

"이제, 그만 가보겠습니다."

반야 부인이 고산 훈장에게 고개를 숙여 인사를 하며 치원을 불렀다.

"치원아, 넌 여기 남아서 훈장님께 좋은 말씀을 더 듣고 오너라. 그리고 여기 처자와 작별 인사도 하고. 알았지."

그 말을 듣고 보리가 반야 부인 곁으로 얼른 다가와 인사를 했다.

"어머님, 보리라고 합니다. 뵙게 되어 영광입니다."

선머슴처럼 씩씩하게 허리를 구부렸다 힘차게 펴는 모습을 보며 고산 훈장의 입가에 웃음이 저절로 묻어났다.

"제 여식입니다. 학동들하고 오래 어울려서 그런지 꼭 사내아이 같습니다."

고산 훈장은 사내아이처럼 서 있는 보리의 엉덩이를 툭 치며 머쓱하다는 듯이 입을 열었다.

"용모가 시원하게 생겼네요. 키도 키고 목소리도 낭랑하구요."

반야 부인이 피식 웃으며 보리를 찬찬히 살펴본 후 예물 꾸러미를 뒤지기 시작했다. 그러더니 예쁜 가죽 주머니에 든 청동거울을 꺼내 보리에게 건넸다.

"당나라에서 가져온 귀한 청동거울이란다. 늘 지니고 다니며 예쁜 얼굴 자주 비춰 봐."

보리는 반야 부인이 전해 준 거울을 받아들고는 얼굴을 붉혔다. 그러면서 거울에 비친 자신의 얼굴에 반한 듯 히죽히죽 웃음을 자아냈다.

"어머, 정말 감사합니다. 소중히 간직하겠습니다."

인사를 마친 일행이 귀가를 하려고 하자 보리는 선머슴처럼 연신 허리를 구부렸다 펴기를 반복하며 반야 부인에게 인사를 하고 또 인사를 했다. 이를 지켜본 고산 훈장은 사내아이처럼 인사를 하는 보리가 영 못마땅한 듯 혀를 끌끌 찼고, 반야 부인을 비롯한 치원과 천보는 마냥 즐거운 듯 웃음을 멈추지 못했다.

그렇게 작별 인사가 끝나자 반야 부인은 돌아서서 천보와 함께 언덕길을 내려갔다. 고산 훈장과 보리는 사립문 밖까지 배웅을 나와 홰나무 아래에 서서 이들의 모습이 보이지 않을 때까지 시선을 거두지 않았다.

마침내 반야 부인이 언덕 아래로 모습을 감추고 더 이상 보이지 않자 고산 훈장은 서둘러 마당으로 발걸음을 옮겼다. 그것은 마치 뒷간이 급해 뛰다시피 걷는 모습이어서 이를 지켜본 치원과 보리는 입을 벌리고 한바탕 크게 웃어댔다.

치원과 보리가 다시 마당에 들어섰을 때 고산 훈장은 벌써 술통을 열고 술맛에 취해 해맑게 웃고 있었다.

"거, 술맛 참 좋구나! 내 일찍이 미탄사에서 빚은 술이 서라벌 최고라는 말을 듣기는 하였지만, 아 돈이 있어야 술을 사서 마실 텐데 돈 없어 술맛을 보지 못했지. 오늘에서야 우리 치원이 덕분에 이 미탄사 술을 맛보다니 기분이 정말 좋구나! 애, 보리야! 안주 좀 내오거라!"

고산 훈장이 이처럼 흥겨워하는 모습을 보니 치원도 덩달아 기분이 좋아졌다. 바람처럼 부엌으로 들어가 뚝딱 안주거리를 내온 뒤 고산 훈장이 술판을 벌이는 것을 확인한 보리는 치원을 향해 한쪽 눈을 찡긋했다. 오래전부터 둘만의 신호였기 때문에 이를 본 치원도 보리의 의도를 쉽게 간파할 수 있었다. 치원은 고산 훈장의 눈치를 살핀 뒤 슬며시 자리에서 일어났다.

그리고는 보리를 따라 사립문을 나섰다. 두 사람은 한참을 달려 홰나무 건너에 있는 메밀밭으로 향했다. 그리고 조금 더 걸어 올라가 언덕에 자리를 잡고 앉았다. 쉬지 않고 달려온 터라 두 사람은 숨을 헐떡이며 서로의 얼굴을 바라보았다. 그리고는 아무 이유 없이 깔깔거리며 웃었다.

"참, 너희 어머니, 아니지 오라버니 어머님은 어찌 그리 고와요? 꼭 여왕님 같으시던데? 하기야 난 여왕님을 뵌 일은 없지만요."

보리는 치원에게 반말을 하다가 자신의 입을 막고 오라버니라는 호칭과 함께 존칭을 했다. 이 같은 보리의 깜찍한 모습이 치원은 무척이나 사랑스러웠다.

"정말? 네가 보기에도 그러니? 우리 예쁜 보리, 어쩜 그렇게 말도 예쁘게 할까?"

치원이 바람에 날려 온 감꽃을 주워 보리의 머리에 꽂아주며 말했다. 보리가 부끄러운 듯 얼굴을 붉히며 허리춤에서 무언가를 꺼냈다. 자색주머니였다. 보리는 그 속에서 이상하게 생긴 물건을 꺼내 치원의 얼굴 가까이 들어 보였다.

"오라버니, 이게 뭔 줄 알겠어요?"

치원이 자세히 보니 작은 생선 모양이었다.

"이건 말이에요. 우리 어머니가 나에게 남긴 유일한 유산이랍니다. 이것은 가야 사람들이 가장 신성시하는 성물인데, 이걸 가지고 있으면 소원이 이루어진대요."

그러면서 보리는 그 생선 모양의 물건을 치원의 손에 꼭 쥐어 주었다.

"그렇게 귀한 걸 나한테 주면 어떻게 해?"

깜짝 놀란 치원이 보리를 바라보며 의아해했다.

"받으세요. 이건 소원 성취를 시켜준다는 신비스러운 물건이니까, 잘 간직하세요."

보리가 시선을 돌려 언덕 아래로 유유히 날아가고 있는 한 쌍의 새를 바라보았다. 새가 날아간 자리에는 시원하게 부는 바람을 맞으며 이름 모를 풀잎들이 하늘거리고 있었다. 싱그러운 향내가 훅 끼쳐왔다.

"고마워."

치원은 보리가 전해 주는 그 선물을 소중하게 받았다.

"잠깐! 과거장에 들어가서 시험을 칠 때 이걸 꼭 몸에 지녀 줘요. 필시 좋은 일이 있을 거예요."

"알았어. 약속할게!"

치원도 무언가를 꺼내 보리에게 내밀었다. 검고 앙증맞은 주머니가 보리의 눈앞에서 반짝였다. 치원은 주머니 속에서 하얀 당지로 싼 물건을 꺼내 보리의 손에 쥐어 주었다. 보리가 부스럭거리는 그 종이를 벗겨 내자 심상치 않은 물건이 나왔다.

"아니, 이건?"

보리가 깜짝 놀라며 치원을 바라보았다.

"밤새 한숨도 못 자며 깊이 생각했어. 넌 내 누이동생이야. 이번에 내가 당나라로 떠나면 사실 언제 올 지 기약이 없어. 당나라 과거에 합격하는 일은 하늘의 별따기처럼 어려운 일이야. 십 년을 공부해서 합격하는 것이 보통이고, 웬만한 사람은 이십 년 공부해도 합격을 못하는 경우가 많이 있다는 거야. 그래서 이 물건으로 우리의 운명을 시험해 보는 거야."

치원의 음성은 차분하면서도 단호했다.

"어떤 운명을 시험해 본다는 거예요?"

보리는 도무지 치원이 무슨 말을 하는지 알아들을 수가 없었다.

"이 쌍가락지는 아마도 우리 어머니가 훗날 내 아내가 될 사람에게 주시려고 보관하고 있던 귀중한 물건일 거야. 내가 당나라로 떠날 결심을 하자, 기약 없는 이별일 거라고 생각을 하셨는지 이 쌍가락지를 내게 건네주시더구나. 그래서 말인데, 난 이 두 개 중에서 하나를 너에게 주고 싶어."

치원은 하얀 당지에 싸여 있던 쌍가락지를 꺼내들어 보리의 손가락에 끼워 주었다.

"이걸 내가 받아도 되는 거예요? 그리고 지금은 내 손가락에 맞지도 않아요. 커요."

보리는 무언가에 뒤통수라도 얻어맞은 듯 정신을 차릴 수가 없었다.

"보리야, 네가 내 누이동생으로만 남아 있을 것인지 아니면 훗날 우리가 다시 만나게 되었을 때 진정한 내 여자가 될 것인지 난 그것을 시험해 보고 싶어."

한참 뜸을 들이던 치원이 겨우 입을 열었다. 그러면서 부끄러운 나머지 치원도 애써 보리를 외면했다.

보리는 치원이 건넨 그 쌍가락지를 찬찬히 살펴보았다. 반지마다 학 두 마리가 날개를 활짝 펴고 둥근 가락지 위에서 훨훨 날고 있었다. 보리는 그 학이 새겨진 쌍가락지를 가슴에 꼭 품었다.

"나도 정말 궁금해요. 이 학처럼 날개만 편 채 이곳에 오래도록 머무를지 아니면 외로움에 지쳐 거친 날갯짓을 하며 어디론가 날아갈지요."

치원이 먼 당나라로 떠나는 것을 알게 된 보리는 기약 없는 이별을 감내하며 가슴속에 치원에 대한 연정을 끝내 놓지 않으리라 굳게 다짐하면서도 마음속에서 불쑥 솟아오르는 불안한 마음을 다잡을 수가 없었다.

그때 언덕 아래에서 한 스님이 장삼을 휘날리며 저벅저벅 걸어 올라오고 있었다. 말이 장삼이지 저잣거리 어딘가에 누군가 벗어 놓은 헌 옷가지를 기워 입은 듯 너덜너덜한 게 스님 흉내를 내는 비렁뱅이와 매우 흡사했다.

"보기 좋은 광경이로구나. 그래, 동무끼리는 그렇게 사이좋게 지내는 거야."

스님은 이마에 맺힌 땀방울을 훔쳐내며 치원과 보리를 번갈아 쳐다보았다.

'흥, 웬 참견이야? 걸승 주제에 가던 길이나 갈 일이지!'

보리는 모처럼 치원과의 오붓한 시간을 방해하는 이 스님이 내심 못마땅했는지 쏘아보며 눈을 흘겼다.

그런데 이게 웬일인가. 스님을 무연히 바라보던 치원이 무언가에 놀란 듯 황망히 일어서더니 두 손을 깍듯이 모으고 합장을 하며 스님을 향해 정중히 예를 올렸다.

치원의 뜬금없는 행동에 놀란 보리도 덩달아 일어나 손을 모으는 체하며 고개를 숙였다 들었다 반복했다. 그러면서 시선은 치원과 스님을 향해 연신 움직였다.

"사형, 웬일이세요?"

치원이 그 걸승에게 사형이라 부르는 게 아닌가. 보리는 이 광경이 낯설어 몸을 어디에 두어야 할지 도무지 감을 잡을 수가 없었다.

"웬일은? 치원이, 네 놈 보고 싶어서 왔지! 겸사겸사 아버지와 어머니도 뵙고⋯⋯."

스님은 빙그레 웃으며 바랑을 추슬렀다.

"아니, 오라버니! 이 스님하고 아는 사이야?"

보다 못한 보리가 놀라는 표정을 지으며 끼어들었다. 그러나 치원은 별다른 말도 하지 않은 채 스님을 바라보며 빙글빙글 웃기만 할 뿐 아무런 대답도 하지 않았다. 그것은 스님도 마찬가지였다.

"아니, 두 분께서는 무슨 관계입니까? 정말 궁금해 미치겠네!"

보리가 몸을 부르르 떨며 치원을 다그쳤다.

"오라버니? 그러시는 낭자야말로 누구신지?"

보리의 채근을 잠재우려는 듯 스님은 얼굴에 미소를 가득 머금은 채 보리를 응시했다. 보리도 두 눈을 껌벅이며 스님을 쳐다보았다. 가만히 보니 행색과는 달리 이목구비가 뚜렷한 게 제법 잘 생긴 얼굴이었다. 그래도 보리는 경계를 늦추지 않고 스님의 얼굴을 뚫어져라 응시했다.

"우리 형님이신 현준스님이야. 앞으로 대덕여해大德如海와 같은 큰스님이 되실 것으로 나는 믿고 있어. 내가 없더라도 스님이 서당으로 시주받으러 가시면 외면하지 말고 네가 공양물을 듬뿍 담아 드려야 해.”

‘세상에!’

스님이 치원의 형이라는 말에 보리는 다시 한 번 소스라치게 놀랐다. 도대체 이게 무슨 된서리 내리는 아침에 감꽃 떨어지는 소리란 말인가. 보리는 정신을 가다듬으려고 고개를 좌우로 심하게 흔들어 보았지만 혼란스러운 기분을 잠재울 수가 없었다. 그러다가 무언가에 놀란 듯 보리는 치원이 준 쌍가락지를 빼내어 얼른 뒤로 감추었다.

“물……론……. 잘 챙겨……드려야지, 아주…… 많이!”

보리의 목소리는 여전히 떨리고 있었으며, 애써 진정하려고 해도 입 밖으로 나온 말은 더듬거렸다.

“형님 스님! 전 이 마을에서 서당을 하시는 훈장님의 외동딸이랍니다.”

‘형님 스님?’

이 말에 치원은 물론 스님도 웃음을 참지 못하고 한바탕 크게 웃었다. 그러나 보리는 전혀 개의치 않고 말을 이어갔다.

“저희 집에 자주 오셔서 부처님의 좋은 기도문을 염송해 주세요.”

보리가 예쁜 두 손을 정성스럽게 모아 합장하여 인사를 올리자 스님도 웃음을 멈추고 합장을 했다.

"아, 그렇다마다요. 공양하시겠다면 머지않아 한번 들르겠습니다. 아주 예쁘게 생겼네요. 글공부도 좀 하시는지요."

스님은 빙그레 웃으며 보리를 바라보았다.

"보리는 글재주가 아주 놀라운 걸요? 제가 못 외는 글귀도 다 외우고 있고요. 백거이 시인의 장한가도 암송하고 쓸 수 있답니다."

치원은 기다렸다는 듯이 입에 침이 마르도록 보리를 칭찬하고 나섰다.

"아니, 백거이 시인의 장한가를? 그렇게 긴 시를 말이냐?"

스님이 깜짝 놀라며 치원에게 되물었다. 보리는 부끄러워 어쩔 줄 몰라 얼굴을 붉히며 스님에게 꾸벅 절을 하고 언덕 아래로 쏜살같이 내려갔다. 스님은 한참 동안 아무런 말없이 그 명랑한 소녀의 뒷모습에서 시선을 거두지 못했다.

"사형! 집에 가서 제가 보리하고 같이 있었다는 얘기는 절대 하지 마세요. 제가 그냥 누이동생처럼 아끼는 아이거든요. 어미도 없이 홀로 제 아비를 수발하며 서당 일을 돌보느라 고생이 많은 아이랍니다."

치원은 보리가 사라진 언덕 아래로 시선을 던지며 착잡한 마음을 애써 감추고 있었다.

"응, 그래? 참 착한 처자로구나. 총명하기까지 하고. 아무튼 우리 사내대장부끼리 본 내용은 함구하마. 남자끼리 본 내용을 쉽게 발설할 수야 없지. 그리고 우리끼리 있을 때는 사형師兄(한 스승 밑에서 배우는 제자들끼리 품계가 높은 사람을 높여 부르는 말)이라는 말보다는 그냥 형이라고 부르거라."

스님은 제법 사내 티가 나는 치원을 바라보며 내심 기특하다는 생각을 했다. 더구나 그런 아우 곁에 보리처럼 총명하고 명랑한 여자가 있었다는 것이 한편으로는 기쁘기만 했다.

"아버지가 꼭 그렇게 부르라고 했어요. 그리고 저도 사형이라고 부르는 것이 편해요. 형이라고 부르는 건 어쩐지 좀 어색해서요."

치원은 스님을 형이라고 부르는 것이 썩 내키지 않았다. 그는 이미 출가해 부처님의 가르침대로 중생을 구제하려는 부처님의 제자가 아니던가. 그런 고귀한 분을 사사로이 형이라고 부른다는 것은 치원으로서는 도저히 용납할 수가 없었다. 그런 치원의 마음을 잘 아는 터라 스님도 치원에게 더 이상 강요하지는 않았다.

두 사람이 황룡사 앞을 지날 때, 사하촌 입구의 제법 큰 규모의 장터에서 사람들이 모여 웅성웅성하는 소리가 들렸다. 장터를 가득 메운 사람들이 여기저기서 물건을 사고파느라 여념이 없었다. 스님도 치원의 손에 이끌려 사람들 속으로 들어갔다.

"마전 사세요! 이 마전을 먹으면 더위도 물러납니다! 이게 선화공주님도 즐겨 잡수셨다는 그 마전입니다!"

한 아낙네가 마전을 뒤집으며 큰소리로 사람들을 불러 모으고 있었다. 어찌나 목소리가 크던지 장터를 지나는 행인들이 무슨 일인가 싶어 꼭 한 번은 쳐다보고 지나갔다. 마전에서 풍기는 냄새가 구수하게 전해져 왔다. 행인들이 마전을 파는 아낙네 곁으로 삼삼오오 몰려들어 마전을 맛보며 흥겨운 한때를 보내고 있었다.

그 곁으로는 엿을 팔고 있는 엿장수가 있었는데, 지나는 아이들이 당나라에서 건너 왔다는 그 엿을 맛보기 위해 벌떼처럼 몰려들었다. 아이들이 커다란 엿목판을 바라보며 침을 꼴깍꼴깍 삼키고 있을 때 엿장수는 거북의 등처럼 반질거리는 갱엿을 끌로 턱턱 쳐서 손님들에게 넘겨주었다. 아이들은 엿장수가 끌질을 할 때마다 부스러기로 튀는 갱엿 조각을 줍느라 정신이 없었다.

"엿 사주랴?"

현준스님이 치원에게 물었다.

"괜찮아요, 어머니가 엿 잘못 먹으면 이 부러진다고 했어요."

치원은 아이들이 갱엿 부스러기를 줍는 모습을 보고 마냥 즐거워했다.

"넌 도무지 다른 아이들 같지가 않구나. 먹고 싶은 것도 잘 참고……. 어릴 때는 이것저것 가리지 않고 먹어야 해."

현준스님이 혀를 끌끌 찼다.

"정 그러시면 하나 먹어 보겠습니다."

치원이 현준스님을 향해 생긋 웃어 보였다. 그러자 현준스님은 치원의 머리를 쓰다듬으며 장삼 주머니 속에서 엽전을 꺼내 엿장수에게 주고 커다란 엿 뭉치를 소중히 받아 바랑에 챙겨 넣었다.

왕경 동쪽에 있는 이 시전은 동시東市라 하여 규모가 매우 컸다. 더구나 도읍의 동쪽에 있는 황룡사 앞에 자리 잡고 있었기 때문에

서쪽 흥륜사 앞에 있는 서시西市나, 남쪽 천관사 앞에 있는 남시南市보다 훨씬 큰 규모를 자랑했다. 백제의 여러 문물도 그곳에 자리 잡고 있었고, 고구려 사람들이 즐겨 거래하던 호피나 담비 가죽까지도 이 동시東市에서는 쉽게 찾아볼 수가 있었다.

그중에서 가장 인기가 있는 품목은 역시 당나라에서 바다를 건너온 박래품舶來品(다른 나라에서 배로 실어 온 물건)들이었다. 여인들이 넋을 놓고 바라보는 것은 비단이나 채색 옷감, 그리고 분첩 등의 화장품들이었다. 그중에는 왜인倭人(일본인)들이 가지고 들어온 남방 과일이나 아이들 노리개도 있었다.

치원과 현준스님은 골목을 돌아 어느 서역 사람이 운영하는 시전 앞에서 걸음을 멈추었다. 그곳은 여느 시전과 달리 출입문이 이상스럽게 생겼다. 현준스님이 이상하게 생긴 그 시전의 문을 밀치고 들어갔다.

"소승 문안 드리오."

현준스님이 범상한 목소리로 말을 하며 안으로 들어갔지만, 뒤를 따르던 치원은 예사롭지 않다는 것을 직감했다.

시전 안으로 들어가니 키가 꽤 크고 콧대가 높은 서역 사람이 두 사람을 반갑게 맞이했다.

"아이고, 스님. 오랜만입니다. 속세 구경을 하고 싶었습니까?"

놀랍게도 머리가 온통 노란색을 띤 서역인은 신라 말을 사용하고 있었다.

"이제 신라 사람이 다 되었구려. 속세라는 말까지 아시고요."

현준스님이 빙그레 웃으며 말했다. 두 사람은 서로 합장하고 자별하게 인사를 나누었다.

"제 속가에 사는 아우, 치원이라고 합니다."

현준스님은 치원의 머리를 쓰다듬으며 말했다.

"아이고, 스님에게도 아우가 있었군요? 하기야 스님께도 부모님이 계실 테니까요."

그 서역인은 웃고는 있었지만, 치원을 내려다보는 눈빛이 현준스님에게 가족이 있다는 사실이 몹시 신기하다는 눈치였다.

서역인에게 가볍게 인사를 한 치원은 고개를 돌리며 내부를 살피느라 여념이 없었다. 눈에 들어온 울긋불긋한 유리구슬이 신기했고, 각종 향료에 시선이 머무르자 눈을 뗄 수가 없었다. 내부를 둘러보며 신기한 물건에 시선을 집중시킨 채 넋을 잃고 보고 있는 치원의 모습을 서역인은 재미있다는 듯이 바라보고 있었다.

"치원이라고 했나요? 이상하게 생긴 서역 사람인 저에게 인사를 하면 이 알록달록한 구슬을 몇 개 주겠어요. 자, 허리를 굽혀 정중하게 인사를 해 보세요."

자신을 놀리는 듯한 서역인의 말투와 눈웃음이 치원은 영 못마땅했다. 그래서 치원은 그 서역인에게 인사하는 대신 현준스님의 등 뒤로 슬며시 자리를 옮겨 버렸다. 정확히 말하자면 서역인의 기세에 주눅이 들어 숨어 버린 것이다.

"어흥! 내가 무섭지요? 자자 받아 봐요."

서역인은 마치 호랑이가 덤비는 시늉을 하며 무서운 표정을 짓

다가, 상냥하게 웃으며 치원에게 유리구슬 몇 개를 내밀었다. 그러나 치원은 현준스님을 바라보며 커다란 눈동자만 이리저리 굴릴 뿐 선뜻 손을 뻗어 그 유리구슬을 받을 엄두도 내지 못했다.

"받거라. 이 형과 친한 분이야. 앞으로 시간이 나면 가끔 혼자 놀러 와서 인사를 드려라."

현준스님은 잔뜩 겁에 질린 아우를 위로하며 안심을 시켰다. 현준스님의 말에 치원은 겨우 용기를 얻어 머뭇거리며 두 손으로 유리구슬들을 받아 들었다.

그 알록달록한 구슬들이 손바닥 위에서 영롱한 빛깔을 뿜어내고 있었다. 유리구슬을 바라보며 치원은 중앙에 걸려 있는 이상한 장식품에 시선을 던졌다.

가로와 세로의 길이가 똑같은 십자十字 모양의 표지였다. 어린 치원에게는 이 서역인이 보유한 모든 물건이 신기하기만 했다. 이를 지켜보는 현준스님과 서역인은 그런 치원이 귀엽기만 했다.

"저분이 믿는 경교景敎라는 종교의 표지란다."

결국 현준스님이 나서 치원의 궁금증을 해결해 주었다.

"이것도 하나 줄까? 어머니한테 갖다 드릴 수 있어? 목에 걸면 좋은 목걸이가 되지."

서역 사람이 얼른 그 십자로 된 장식품을 꺼내며 말했다.

"나중에……. 훗날에!"

치원이 다시 머뭇거리자 현준스님이 서역 사람을 만류하고 나섰다. 그리고 현준스님과 그 서역인은 치원이 알 듯 모를 듯한 말을 계속 주고받았다. 그러는 동안 치원은 계속해서 시전 안을 오고가며 진열되어 있는 다른 신기한 물건을 구경했다. 얼마간의 시간이 흐르자, 현준스님이 치원을 부르는 소리가 들렸고, 그렇게 치원은 현준스님을 따라 그곳을 빠져 나왔다.

사람들이 우글거리는 시장터를 겨우 벗어나자 멀찍이 황룡사가 보였다. 일주문을 지나 남쪽으로 한참 동안 더 내려가자 아담한 가옥들이 나타났다. 이곳이 황룡사에서 멀지 않은 사량부沙梁部(옛 경주의 남쪽 구역)였다. 가옥들을 지나 조금 더 걸어가니 절이 나타났다. 이 미탄사라는 이름의 절과 담장을 맞대고 있는 집이 바로 최치원의 집이었다.

"소승 문안 드리오."

현준스님은 습관처럼 손을 모으고 문간에서 외쳤다. 그 소리를 듣고 반야 부인이 신발도 신지 않은 채 마당으로 내려와 스님을 향해 달려갔다.

"어서 오시게! 어서 와!"

부인의 눈가에는 벌써 물기가 촉촉이 배어나고 있었다. 방 안에 앉아 이 모든 상황을 엿듣고 있는 견일肩逸은 문도 열지 않은 채 허흠허흠, 헛기침만 연신 해대고 있을 뿐이었다.

"오다가 치원이를 만났어요. 함께 저잣거리 구경을 하고 오는 길입니다."

"잘했느니, 암 잘했느니, 어서어서 방으로 들어오시게."

방으로 들어온 현준스님은 우선 아버지와 어머니에게 큰절을 올렸다. 견일은 자세를 바로하며 절을 하는 아들에게 맞절로 응대했다.

"그래, 스님은 공부를 많이 하셨는가? 스님이 대덕을 쌓아 왕사(임금을 가르치는 스님)가 되어야 우리 집안도 빛을 볼 터인데……."

견일은 눈을 지그시 감으며 현준스님을 응시했다. 파르라니 깎은 아들의 머리를 보고 있자니 마음 한편으로는 안쓰럽다는 생각도 들었다.

"절밥이 부실할 텐데 드시는 건 어떤지요. 한창 식욕이 왕성할 나이인데……."

반야 부인은 남편의 말을 가로막으며 애처로운 듯 현준스님을 바라보았다. 견일이나 반야 부인은 아들인 현준스님에게 사뭇 존대를 하며 조심스럽게 말을 이어갔다. 그때 현준스님이 바랑을 열더니 갱엿을 꺼내 놓았다.

"스님이 쓰실 용채도 부족하실 텐데 뭘 이런 것까지 주시는지요."

반야 부인은 아주 소중한 보물인 양 갱엿을 손으로 감싸 안았다. 그리고는 방구석에 세워져 있던 방망이로 갱엿을 몇 개의 조각으로 나누어 치원에게 건넸다. 치원이 갱엿 한 조각을 입에 넣고 서역 상인에게서 얻은 팔색 구슬을 방바닥에 풀어 놓았다. 구슬이 요란한 소리를 내며 방바닥 위를 달렸다. 부인도 아주 신기한 듯 그 구슬을 한참 동안 지켜보았다.

"이게 뭐니?"

견일도 신기한 듯 영롱한 그 구슬들을 바라보며 물었다.

"동시에 있는 서역 상인이 준 거예요. 아이들 노리개입니다."

치원을 대신해 현준스님이 구슬에 대한 이야기를 했다.

"서역 사람이라……. 그 잡물을 파는 노랗고 키 큰 서역 사람 말인가?"

견일은 조심스럽게 구슬을 바라보며 마뜩찮은 표정을 지었다.

"좋은 사람입니다. 당나라 너머 서역에서 온 사람입니다만 학식이 아주 풍부합니다. 제가 모르는 서역의 풍물에 관한 얘기나 견문을 배우고 있습니다. 그 사람 이야기를 들어 보면 사막과 천산 너머의 저쪽에도 광활한 세계가 있다고 합니다. 저도 당나라에서 유학할 때, 서역에 한 번 가보려고 했습니다만 위구르 사람들이 사는 당나라 끝에만 가보고 사막 너머는 가보지 못했습니다."

현준스님이 그 서역 상인에 대한 소상한 이야기를 꺼내며 견일의 눈치를 살폈다.

"그래도 그 사람들은 오랑캐에 속하지. 서양 오랑캐들은 우리 아이들을 훔쳐서 판다는 소문도 있고, 우리 여인네들을 탐낸다는 소문도 있느니……."

불사를 하면서 불심이 누구보다도 깊은 견일은 서역 사람들에 대한 안 좋은 감정을 애써 짓누르며 찬찬히 말을 이어갔다.

"아버님도 참……. 제가 그 사람들을 한두 해 겪었습니까? 그 사람들은 학식도 높고 신앙심도 깊습니다. 그런 얘기는 그저 헛소

문일 뿐입니다.”

현준스님의 목소리는 한 치의 떨림도 없이 단호했다.

“신앙이라니? 그 서역 장사꾼들이 무얼 믿는데?”

신앙이라는 말에 반야 부인도 궁금함을 참지 못하고 현준스님 곁으로 바싹 다가앉았다.

“저도 그 교리는 잘 알지 못합니다. 그러나 언뜻 듣기에는 우리 부처님의 말씀과 크게 다르지 않은 것 같습니다. 하늘의 상제上帝 (하나님을 옛날 식으로 표현한 것)를 믿고 남을 해치지 않고, 훔치지 않고, 이간질하지 않고, 거짓말하지 않고, 자비를 베푸는 것이 그 사람들의 교리라고 들었습니다.”

현준스님은 옅은 미소까지 보이며 차분히 말을 전했다.

“그러고 보니 그 가게에는 여자들도 많이 드나들던데, 머리에 수건을 두르고 말이야. 난 그런 모습이 좀 낯설던걸?”

서역 사람들에 대해 거부감을 보이기는 반야 부인도 마찬가지였다. 현준스님도 더 이상 어쩔 도리가 없다고 판단한 나머지 아무 말도 하지 않고 그저 잔잔한 미소만 지을 뿐이었다.

밤이 깊어지자, 치원은 가지고 놀던 구슬을 가슴에 소중히 안고 잠이 들었다. 얼마나 지났을까. 요의를 느낀 치원이 잠자리에서 일어나 밖으로 나가 사립문에 대고 시원스레 오줌줄기를 내뿜었다. 그리고 다시 방으로 들어와 잠자리에 누웠다.

설핏 잠이 들려던 찰나에 어디선가 두런두런하는 소리가 들렸다. 정신을 가다듬고 귀를 기울여 보니 그 소리는 문턱을 넘어 안방에서 들려오는 소리였다. 현준스님과 어른들이 심각하게 이야기를 나누고 있었던 것이다.

"치원이를 어찌하면 좋을꼬? 이제 열두 살밖에 안 된 저 어린 것을 어찌 이역만리에 혼자 보낸단 말인가."

견일이 무척 걱정스럽다는 듯이 한숨을 내쉬며 말을 꺼내자 반야 부인 역시 한쪽에서 고개를 푹 숙인 채 눈물을 훔치고 있었다.

"저도 열네 살 때까지 서당을 다니고 열일곱 살에 당나라로 유학을 떠나지 않았습니까? 우리 치원이가 더 이상은 서당에서 배울 게 없을 겁니다. 이곳에서 더 많은 공부를 하려면 국학國學(신라의 신문왕이 만든 인재 양성 기관)에 들어가야 하는데, 국학은 최소 열다섯 살은 되어야 들어갈 수 있지 않습니까?"

현준스님도 자신의 아우인 치원의 글공부가 이미 서당의 한계를 뛰어넘었다는 것을 잘 알고 있는 터라 당나라로 유학을 떠나는 게 지금으로서는 유일한 방법이라고 생각했다. 부모님의 안타까운 마음을 헤아리자면 신라에 남아 국학에서 공부를 하며 지내는 것이 마땅하지만, 신라의 교육 방침을 살펴볼 때 그것도 녹록치만은 않았다.

"그렇지, 어찌 삼 년씩이나 허송세월을 할 수가 있나. 국학에 들어가서 좋은 성적을 내면 나라에서 유학을 보내 주겠지만, 그런 기회를 잡으려면 앞으로 몇 년은 더 기다려야 하니 말이야. 공부도 때가 있는 법이거늘……."

아들의 속내를 훤히 뚫고 있는 반야 부인이기에 별다른 내색을 하지 않았다.

"그래서 진골들은 열 살만 넘으면 모두 유학을 떠나지 않습니까? 우리 육두품에서도 머리 좋은 수재들은 열 살만 넘기면 당나라로 갑니다."

현준스님도 당나라 유학이 아직은 어린 치원에게 무리라는 것은 잘 알고 있었지만, 더 많은 공부를 위해 더 늦기 전에 당나라 유학길에 올라야 함을 부모님에게 거듭 알리고 있는 것이다.

"그래, 그 국학이라는 데를 믿을 수 있어야 말이지. 배우는 것은 너무 많고, 졸업을 하려면 최소 9년은 기다려야 하고, 성골이나 진골이 아니면 중앙 관료가 되는 것이 어려울뿐더러 왕경 근처에서 벼슬을 할 수도 없지 않는가. 관직을 얻는다고 해도 6등급 아찬에 오르기가 하늘의 별따기만큼 힘드니 원……. 아찬에 오르려면 당나라 진사는 돼 놓고 봐야지."

견일은 깊은 탄식을 하며 고개를 들어 천장만 뚫어져라 쳐다보았다. 신분제도의 높은 벽에 가로막혀 답답한 심정을 토로하기는 반야 부인도 마찬가지였다.

"그래서 우리 6두품들은 한사코 당나라 유학을 떠나잖아요. 거기에 가면 과거라는 제도가 있다면서요? 신분을 따지지 않고 오직 실력으로 겨루는 제도로 특히 외국 사람도 응시할 수 있는 시험이라고 하던데요. 그걸 뭐라고 했던가?"

반야 부인은 갑자기 머리를 쥐어뜯는 체하며 자신의 머리를 두어 번 쥐어박았다.

"빈공과라고 합니다. 소수이긴 하지만 외국인들을 급제시켜 자기 나라 국가 요직으로 발령을 내줍니다."

현준스님의 입에서 빈공과라는 이야기가 나오자 반야 부인은 그래, 하면서 손뼉을 치며 기뻐했다.

"그래! 암, 외국 사람까지 실력만 있으면 과거에 합격시키고 관리에 임명하고 그러니까 당나라가 큰 나라인 거지!"

견일도 맞장구를 치며 큰소리로 말했다. 그러더니 잠시 뜸을 들인 뒤 계속 말을 이어갔다.

"그래, 당나라로 보내야 해. 우리 6두품이 큰일을 하기 위해서는 당나라의 진사가 되는 방법이 최선의 길이 되는 거야. 과거에 합격하여 당에서 관리가 되든지, 당에 남지 않더라도 당나라 진사가 되어 귀국하면 아찬에 오를 수도 있을 거야."

견일의 낮은 목소리에는 결연한 의지가 엿보였다.

"우리 대사께서도 세속에 뜻을 두었다면 벌써 높이 되셨을 텐데 불문에 뜻을 두셨으니……."

반야 부인은 끓어오르는 한숨을 억누를 수가 없었다.

"어머니, 이제 그만하시지요. 자꾸 그러시면 제 마음이 불편해집니다. 이미 지난 일인 걸요."

현준스님이 반야 부인의 손을 움켜잡았다.

"태종무열왕(진골 출신 김춘추) 이후 성골은 다 사라졌고 지금은 온통 진골 세상인데……. 그래서 우리가 진골 출신이라면 당연히 국비로 유학을 할 수 있겠지. 하지만 요즘은 나라 재정이 어렵다고 하면서 우리 6두품들에게는 관비 유학의 기회를 주지 않는다더라. 당나라에 가려면 결국 돈이 있어야 되겠구나."

이런 것이 어미의 마음이라 했던가. 반야 부인의 한숨은 밤이 깊어도 사그라지지 않았다.

"일단 결정만 하세요. 훗일은 제가 나서보겠습니다. 제가 있었던 당나라 종남산에 들어가 먼저 제 스승인 종리권선사께 인사를 드리고, 그 선사께 동생 치원의 유학 입학 사정을 아뢴 뒤 국자감에 자리가 나는지 알아보겠습니다. 또 혹시 제가 당나라에 있을 때 한때의 인연으로 모셨던 배찬裴瓚 훈장이 관직에 계신다면 아우에게도 길을 열어 줄 것입니다."

현준스님은 조용히 말을 이어가며 아버지와 어머니를 안심시키기 위해 갖은 노력을 했다.

"그리고 보니 우리 대사께서 은혜를 입었던 배찬 어른이라는 분에게도 제대로 인사를 못 드렸구나."

이래저래 반야 부인의 한숨은 그칠 기미를 보이지 않았다. 잠시 시간을 두고 깊은 탄식만을 일삼던 반야 부인이 또다시 입을 열었다.

"아무튼 유학 준비를 서둘러야겠어요. 치원이가 당나라에서 일이 년은 견딜 수 있는 경비는 제가 모아 두었으니까. 하지만 무엇보다 우리 대사가 아우를 위해 절을 비울 수 있으신지?"

반야 부인은 잠시 견일에게 향했던 시선을 거두어 다시 현준스님을 응시했다.

"어머님도 참, 제가 무슨 대사입니까? 이제 겨우 절밥에 익숙한 형편인데요. 아무튼 아우를 위해서라면 소승이 모셨던 종리권선사께 말씀을 잘 드려 보겠습니다. 치원이가 당나라에서 자리를 잡을 수 있을 때까지는 곁에서 살펴 줄 수 있을 겁니다."

어머니를 위로하는 현준스님의 얼굴에는 잔잔한 미소가 끊이지 않았다.

"아이고, 그럴 수만 있으면 얼마나 좋을까. 대사, 꼭 그렇게 해 주시오."

이번에는 기쁜 마음에 반야 부인이 얼굴에 환한 미소를 가득 머금고 현준스님의 손을 움켜잡았다. 그러나 그 즐거움도 결코 오래가지 못했다. 반야 부인은 또 수심이 가득한 얼굴로 현준스님을 바라보았다.

"그나저나 요즘에는 서당 훈장님 딸이라고 하는 처자가 우리 치원이를 따라다니는 것 같던데. 대사, 아까 치원이 곁에 그 처자가 찰싹 붙어 있지 않던가?"

반야 부인은 현준스님의 흔들리는 눈빛을 놓칠세라 두 눈을 부릅뜨고 지켜보았다. 그러나 현준스님은 애써 시선을 회피하며 그냥 웃기만 했다.

치원은 쉽게 잠들지 못하고 가만히 누워 어른들의 이야기를 엿들었다. 그러다가 보리의 이야기가 나오고 어머니의 걱정스러운 마음이 전해지자 치원은 연꽃무늬가 새겨진 홑이불을 머리까지 뒤집어쓰고는 애써 눈을 감았다. 그때 아버지의 결연한 목소리가 문지방을 타고 넘어왔다.

"여름이 지나기 전에 떠나도록 해. 우리 6두품은 당나라 유학을 다녀오지 않으면 달리 방도가 없어. 진골 발뒤꿈치라도 잡고 뛰려면 당나라 유학을 다녀와야 해."

견일은 몇 올 남지 않은 수염을 매만지며 연신 헛기침을 해댔다.

"그런데 현준대사, 저렇게 어린 나이에 유학을 떠났다가 당나라가 좋아 아주 거기 눌러 앉거나 당나라 처자를 얻어 아주 서화자西化者(당의 국적을 얻어 눌러 앉는 사람들)가 되면 어찌할꼬?"

반야 부인의 억지스러움에 현준스님은 그저 웃음으로 화답할 수밖에 없었다.

"어머님도 참, 어머님을 저리도 따르는 치원이가 서화자가 되겠습니까? 어머님 뵙고 싶어서라도 동귀자東歸者(본국으로 돌아오는 사람)가 될 겁니다. 그 점은 염려 놓으세요."

그제야 반야 부인은 조금 안심하는 눈치였다. 가만히 누워서 이 이야기를 듣던 치원은 공연히 서러운 생각이 들며 눈가에 눈물이 맺혔다. 손등으로 눈가에 흐르는 눈물을 훔치며 속으로 외쳤다.

'어머니, 제가 서화자가 되다니요. 전 어머니의 아들이에요. 그리고 신라의 자손이에요. 그나저나 내가 어머니 없이 그곳에서 어떻게 견딜 수 있을까. 우리 어머니 없이……'

치원은 눈가에 흐르는 눈물을 닦다가 겨우 잠이 들었다. 때마침 방문이 스르륵 열리면서 반야 부인이 들어왔다. 반야 부인은 치원의 머리맡에 쪼그리고 앉아 아들이 흘린 눈물을 닦아 주며 처연한 눈빛으로 바라보았다.

"아이고, 이 어린 것이 서러웠던 모양이네. 이 어미 생각을 했나?"

반야 부인은 아들의 눈가에 맺힌 물기를 모두 닦은 후에 치원의 곁에 나란히 누웠다. 그리고 아들을 끌어당겨 꼬옥 껴안았다. 열 살이 넘어서며 좀처럼 곁을 내주지 않던 아들인지라 더욱 소중하고 아련하게 느껴졌다.

그때 잠에서 설핏 깬 치원이 참았던 눈물을 터뜨리며 어머니를 마주 껴안았다.

"어머니, 낯선 이역만리에서 어머니 없이 저 홀로 어찌 살아갈까요?"

반야 부인의 가슴에 얼굴을 묻은 치원의 울음소리는 좀처럼 멈출 줄을 몰랐다. 반야 부인도 그런 아들을 더욱 힘껏 껴안고 애달픈 울음을 삼키며 연신 아들의 등을 토닥이며 위로했다.

"그래도 이겨야지. 암, 이겨내야지. 이 어미가 생각날 때마다 책장을 넘기거라. 집이 그리울 때마다 소리를 내어 읽어라. 아버지와 어머니는 네가 건강히 잘 견디며 꼭 해내리라 믿는다. 넌 태어날 때부터 남달랐어. 암, 하늘이 내렸지."

반야 부인은 가슴속 밑바닥에서 끓어오르는 슬픔을 애써 억누르며 깊은 숨을 내쉬었다.

"어머니, 제가 태어날 때 어땠는데요?"

치원이 고개를 들어 어머니를 빤히 쳐다보며 말했다.

"때가 되면 말해 주마. 아무튼 넌 태어날 때부터 특별했단다."

반야 부인은 다시 한 번 아들을 꼭 껴안으며 알듯 모를 듯한 한숨을 토해냈다. 그렇게 밤이 깊어갈수록 모자의 애잔한 마음도 길게 이어졌다.

동남풍을 타다

경문왕이 신라 제48대 왕으로 즉위한 지 벌써 8년이라는 세월이 흘러 서기 868년이 되었다.

어느 날, 옛 백제의 무역항이었던 맥도麥島(충남 보령군 남포면 월전리)에는 커다란 상선이 서해를 건너기 위해 숨고르기를 하고 있었다. 바다를 건너가 교역을 하는 상선인지라, 전국 각지에서 몰려든 상인들과 그들이 가지고 온 갖가지 물건들로 인해 맥도는 그야말로 북새통을 이루고 있었다.

포구에는 당나라에 건너가 푼돈이라도 벌어 보려는 보따리 상인들까지 가세해 마치 난리를 피해 분주히 발걸음을 옮기는 듯한 광경이었다. 모여든 사람들은 모두 크고 작은 짐들을 나르고 또 배에 싣느라 정신이 없었다.

견당사(관리들로 이루어진 당나라 방문객)들은 포구 곁에 있는 객점에 점잖게 앉아 차를 마시며 출항을 기다리고 있었다. 이들은 당나라에 건너가 급한 용무를 처리하기 위해 어쩔 수 없이 상선을 타기 위해 기다리고 있는 처지였다.

그들 뒤로는 찻잔을 앞에 놓고 마치 넋이 나간 사람처럼 치원을 바라보고 있는 반야 부인과 견일도 있었다. 아들의 앞날을 위해 멀고도 먼 당나라에 유학을 보내기로 마음을 굳힌 반야 부인이지만, 막상 이렇게 떠나보내려니 모든 게 안타깝기만 했다. 이것이 아들을 향한 어미의 애처로운 마음인가 싶다가도, 먼 훗날 장성해 있을 아들의 모습을 상상하며 다시 마음을 다잡고 있는 터였다.

"형의 뒤를 한시라도 떨어지면 안 된다."

반야 부인은 내심 못미덥다는 듯이 치원을 바라보며 당부하고, 또 당부했다.

"어머니, 걱정 마세요. 소자가 언제 어머니 속 태워 드린 일이 있습니까? 형 뒤를 꼭 따라다니겠습니다."

반야 부인을 안심시키는 치원은 어느새 의젓한 사내로 변해 있었다. 반야 부인은 그런 치원의 어깨를 꼭 껴안으며 고개를 끄덕였다.

"암, 암! 그러고 말고, 내 아들이 언제 이 어미 속을 썩였던가? 차라리 속이라도 썩이고 애라도 태웠더라면 이렇게 애달프지는 않을 것을……. 이역만리 타향에서 어미가 해주지 않은 밥을 어찌 먹고, 잠은 또 어디에서 잘꼬."

반야 부인은 먼 길을 떠나는 아들의 마음이 저밀까 봐 눈가에 맺힌 눈물을 조심스레 닦았다.

"어머니, 공부하느라고 정신 없을 텐데, 무얼 먹고 어디서 잠을 자는 것이 중요하겠어요? 무엇보다 저보다 먼저 당나라 유학을 경험한 형이 있잖아요. 이렇게 든든한 사형이!"

어머니와 아버지 곁을 떠나 먼 길을 가야 하는 것이 치원도 내심 걱정스러웠지만, 더 슬퍼하고 안타까워 할 부모님을 생각하자니 언제까지 나약한 모습을 보일 수만은 없었다. 그래서 치원은 애써 태연한 척하며 입가에는 옅은 미소까지 지어 보였다.

"암, 남들은 혈혈단신으로 바다를 건너기도 하는데, 유학 경험이 있는 사형을 방패 삼아 떠나는 네게 무슨 걱정이 있겠느냐? 배가 포구를 벗어나면 이것을 펼쳐 보거라."

견일은 치원에게 당지(당나라 종이)로 만든 커다란 봉투 하나를 건넸다. 치원은 두 손으로 공손하게 그 봉투를 받아 가슴에 품었다. 그때 객점 밖에서 누군가 큰소리로 외치고 있었다.

"자! 모두 오르시오! 동남풍이 불기 시작했소! 배가 곧 출항합니다! 돛을 올려라!"

현준스님이 치원의 손을 잡아끌며 자리에서 일어섰다. 그 뒷모습을 바라보는 반야 부인의 눈에서는 금방이라도 뜨거운 눈물이 파도처럼 쏟아질 기세였다.

치원은 배를 타기 위해 달리는 중에도 잠시 고개를 돌려 어머니의 애처로운 눈빛을 보았다. 그러면서 치원은 자신의 가슴속 어딘가에서 울컥하고 치솟아 오르는 뜨거운 감정을 느꼈다.

어머니와 동생의 기약 없는 이별을 바라보는 현준스님은 그저 더욱 힘을 주어 치원의 손을 잡아 줄 뿐이었다. 멀찍이 떨어져 있는 견일은 두 아들을 향해 힘없이 손을 흔들어 주고 있었다.

뱃머리에서 선장이 출항을 알리는 신호를 하자, 이어 북소리를 울리며 거대한 목선의 돛이 서서히 올라가며, 밀려오는 파도를 가르며 힘찬 출발을 시작했다.

배가 떠나자 반야 부인은 끝내 울음을 터뜨렸다. 그때까지 무뚝뚝하게 서 있던 견일이 다가와 반야 부인의 어깨를 감싸 안았다.

"부인, 눈물을 거두시오. 아이들이 장도壯途에 오르고 있지 않소."

그 말을 듣고 반야 부인은 고개를 들어 떠나는 배를 응시했다. 멀리서 치원이 손을 흔들고 있는 모습이 보였다. 반야 부인은 간신히 울음을 멈추고 아들을 향해 손을 흔들었다. 포구에 모여 있는 사람들 모두 저마다 손을 흔들며 이별을 안타까워하기는 마찬가지였다.

어느덧 치원이 탄 목선은 바다 한가운데로 나아가고 있었다. 이제는 포구의 희미한 그림자마저도 아련히 지워지고 있었다.

그제야 치원은 그리운 어머니와 아버지의 마지막 모습을 마음속에 밀어 넣으며 돌아섰다. 고개를 푹 숙인 채 발걸음을 옮기는 치원의 발치에 투명한 물방울이 하나둘 떨어지더니, 이내 빗줄기처럼 요란한 소리를 내며 떨어져 나무판자 사이로 번지고 있었다. 치원은 그동안 참았던 눈물을 쏟아내며 힘없이 그 자리에 주저앉고 말았다.

시간이 얼마나 지났을까. 겨우 정신을 가다듬은 치원은 고개를 들어 짙푸른 물살을 가르며 힘찬 몸짓으로 당나라를 향해 달리는 뱃머리를 바라보았다.

배를 집어 삼킬 듯한 거센 파도가 높이 올랐다 사라지고, 또 날아오르기를 반복한다. 그 모습을 바라보던 치원은 뱃머리로 다가가 험난한 파도에 맞서 당당히 헤쳐나갈 수 있는 지혜의 힘을 갖추겠다고 마음속에 다짐하였다. 거친 파도가 치원의 가슴을 때리고 또 때린다.

'슬퍼한다는 것은 나약하다는 증거다. 사내가 나약하다는 것은 더 이상 꿈을 꿀 수 없다는 것이다. 꿈이 없는 삶은 파도가 없는 바다와 같다. 죽음의 바다……'

깊은 상념에서 깨어난 치원은 멈추지 않는 파도를 향해 날선 눈으로 쏘아보며 입을 굳게 다물었다.

그때 어디선가 여인들의 요란한 울음소리가 들려왔다. 배 한구석에 쪼그리고 앉아 있는 여인들은 보따리를 하나씩 껴안은 채 몸부림을 치며 울음을 토해내고 있었다. 가만히 보니 천민 출신인 듯했다.

"나으리, 우리들은 어디로 가는 겁니까? 우리들은 어디로 팔려가는 겁니까? 제발 좀 내리게 해 주세요. 우리를 집으로 보내 주세요."

여인들은 자기들을 끌고 가는 무뢰한들을 향해 애원했다. 그러자 유난히 얼굴이 험상궂게 생긴 사내 몇몇이 그 여인들의 목덜미를 움켜쥐더니 질질 끌고는 선실 밑으로 내려갔다.

누구 하나 이들을 말릴 엄두도 내지 못했다. 치원도 의아하게 이 광경을 지켜만 볼 뿐, 별달리 손을 쓸 수가 없었다.

얼마간의 소란이 잦아들자 치원은 가슴에 품었던 당지를 풀었다. 그것은 고국 신라에서 당나라로 떠날 때 치원에게 견일이 쥐어준 것이었다. 그 희고 부드러운 당지를 펼치자, 이런 글이 씌어 있었다.

십 년 공부하여 진사에 급제하지 못하면 내 아들이라 하지 마라, 나도 아들을 두었다 하지 않을 터이니. 가서 부지런히 공부하거라. 게으름 피우지 말고 힘을 다하라.

十年不第進士 則勿謂吾兒 吾亦不謂有兒 往矣勤哉 無墜乃力
십년부제진사 칙물위오아 오역불위유아 왕의근재 무휴내력

그것은 아들을 질책하기보다 용기를 주어 큰 꿈을 품을 수 있기를 바라는 아버지의 간절한 마음이었다. 치원은 그 글귀를 읽고 또 읽어 마침내 마음에 쌓이자, 고개를 돌려 부모님이 계시는 동쪽 하늘을 바라보고 허리를 구부려 다짐을 했다. 현준스님이 멀찍이 떨어져서 그 모습을 지켜보며 합장을 했다.

'나무아미타불 관세음보살!'

치원은 걱정과는 달리 뱃멀미를 하지 않았다. 처음 타 보는 배였지만 해풍이 시원하고, 배가 썩 빠르지 않아 어지럽지도 않았다.

다행히 거센 파도가 물러나고 날씨가 좋아 모두 뱃전에서 먹고 마시며 미래의 이야기들만 나누었다. 장사하는 사람들은 어찌해서든 이문을 남겨야 한다는 이야기를 하면서 떠들어 대며 웃었고, 힘이 있어 보이는 젊은이들은 포구에서 기다리고 있을 여인들에 대한 이야기로 지루함을 달래고 있었다.

공무를 위해 배에 탄 관리들은 서류를 가득 펼쳐 놓고 무언가 심각한 이야기를 나누었다. 그리고 스물두 살의 현준스님은 치원과 멀리 보이는 수평선을 번갈아 바라보며 무거운 마음을 잠시 가라앉히고 있었다.

어느덧 배 위에서의 사흘 밤이 지나고 있었다. 그때 어디선가 사람들의 웅성거리는 소리가 들렸다.

"다 왔다! 신라방이다! 당나라에 있는 우리 땅이다!"

뱃사람들이 모두 외쳤다.

저 바닷가에 있는 거대한 마을, 적산촌赤山村(현재 룽청시 스다오진 일대)이 어째서 신라 땅일까. 신라를 떠나온 지 며칠 만에 비로소 배에서 내려 육지를 밟은 신라 사람들 대부분은 그렇게 느꼈다. 그 포구를 지나는 사람들이 사용하는 말은 분명히 신라 말이었다. 그 어디서도 당나라 말은 들을 수 없고, 모두 동쪽의 작은 나라인 신라의 말을 쓰고 있었다. 뱃사람, 바닷가의 장사꾼, 안내하는 사람들 모두 신라 말을 썼을 때 이곳이 마치 신라 땅같이 착각되고 사람들 대부분도 신라인이라고 생각해 보니 치원은 놀라움을 금치 못했다.

"치원아, 놀라지 말거라. 사실상 여기는 장보고 장군 이래 우리 땅이나 다름없어. 신라 배를 타고 오는 모든 사람, 당 조정에 조공하러 오는 견당사遣唐使라는 사신들, 너 같은 유학생들, 이 큰 땅에 불법을 배우러 온 구법승求法僧들, 그리고 장사꾼들, 이 사람들을 안내하러 나온 저 당나라 젊은이들과 아낙들이 모두 우리 신라 말을 쓰고 있지. 그리고 우리 화폐로 거래하고 있어. 이러니 여기가 신라가 아니고 어디겠느냐?"

치원은 현준스님의 말을 듣고서야 겨우 궁금증이 풀렸다. 어린 치원에게는 이 사실이 감격스러움을 넘어 신라인으로서의 자긍심으로 이어졌다. 그리고 이십여 년 전에 억울하게 세상을 뜬 장보고 장군이 새삼 존경스럽고 고마웠다.

서해를 건너는 동안 장보고 장군이 이루어 놓은 해상 무역 업적에 고마움을 뼈저리게 느꼈다. 넓고 넓은 서해에서 빠르고 날렵한 신라의 군선들은 뱃머리에 동東이라는 글자를 자랑스럽게 휘날리며 신라의 상선들을 보호해 주었다.

그 덕분에 지저분한 뱃머리에 당唐자를 쓴 당나라 배들은 얼씬도 못했다. 포구를 벗어나자 현준스님은 가파른 산길로 접어들었다. 산길은 오래지 않아 바다가 훤히 내려다보이는 적산법화원赤山法華院 경내로 안내해 주었다.

그 절에는 당나라 스님들도 많았는데, 모두 신라 말을 쓰며 신라 스님들의 지시를 받았다. 당나라에 있는 절이지만 신라의 서울인 왕경(경주)에서 온 유학생들이나 상인들이 많았고 이들은 절에서 내주는 김이 무럭무럭 나는 절밥을 마음 놓고 먹을 수 있었다. 풍성한 산채와 따끈한 국물로 속을 풀었다.

"이제부터 시작이다. 몸 단정히 하고 따라 오너라."

요사채에서 늘어지게 자고 났을 때, 현준스님이 치원을 흔들어 깨웠다. 치원은 눈을 비비며 현준스님을 따라 법당으로 향했다.

법당에서는 법회가 열리고 있었다. 신라 말로 진행되는 법회였다. 치원은 곁에서 예를 올리는 현준스님을 바라보았다. 엄숙하면서도 무언가에 깊이 빠져 있는 모습이었다. 이역에서 맞는 첫 법회라 감회가 사뭇 깊었다. 그러면서 치원은 문득 신라에 있을 어머니 생각에 잠시 젖어들었다.

'부디 건강하게 지내고, 장원 급제를 하거라.'

미소를 짓는 어머니의 목소리가 귓전을 흔들었다.

'오라버니, 잘 견디세요. 그리고 꼭 해내세요!'

푸른 하늘을 가리다시피 피어 있는 감꽃보다도 예쁘고 싱그러운 보리의 순박하고 가녀린 목소리가 가슴을 파고들었다.

잠시 망상에 사로잡혀 있던 치원이 고개를 조아려 현준스님을 따라 부처님께 예를 올렸다. 가사 장삼을 정갈하게 차려입은 스님이 마침내 설법을 시작했다.

"사형! 무슨 경입니까?"

스님의 설법 내용이 궁금해진 치원이 현준스님의 옆구리를 찔렀다.

"쉬~잇! 금광명경金光明經이야. 이곳에서는 여름에 꼭 이 경을 풀어 주시지."

현준스님은 입술에 손가락을 대며 나지막이 속삭였다.

"그럼 겨울엔?"

호기심 많은 치원이 또 현준스님을 흔들었다.

"법화경法華經을 풀어 주시지."

현준스님의 차분한 설명에도 불구하고 치원은 도무지 설법의 내용을 알아들을 수가 없었다. 그저 멀뚱히 앉아 법당 안을 곁눈질하며 지루한 시간을 보낼 뿐이었다.

황제의 도시

현준과 치원 형제는 산둥성에서 장보고의 업적인 법화원과 신라인들의 생활 모습들을 살펴 보는 등 여러 날을 보낸 후 이 나라의 수도이며 당나라 황제가 거주하는 장안을 향해 낯선 길을 재촉했다. 마차를 타거나 혹은 걸어가면서 갖가지 기이한 풍경과 험난한 환경들을 두루두루 구경하며 숱한 고생을 마친 끝에 드디어 당나라 수도에 도착하였다.

이 당나라 수도는 열두 살 소년이 처음 대하기에는 벅찬 이국의 장엄한 도시였다. 고루거각高樓巨閣이 하늘을 찔렀다. 어찌 집을 이토록 높고 크게 지을 수 있단 말인가. 치원은 벌어진 입을 쉽게 다물지 못했다. 더구나 도심을 동서로 가르고 남북으로 가르는 대로가 그야말로 신라 왕경 거리보다 거창했다. 그 거창한 대로 위를 형형색색의 마차들이 대로를 빼곡히 수놓으며 달렸다.

채찍을 든 병사들이 군마를 사정없이 갈기면 거친 신음을 토해낸 말들은 갈기를 휘날리며 힘차게 마차를 끌었다. 황금색 마차

바퀴가 바람을 가를 때는 씽씽거리며 쇳소리가 일었다.

"사형! 남북으로 달리는 거리는 주작대로고, 동서로 달리는 거리는 황남대로라고 씌어 있어요. 그리고 저 큰 종이 달려 있는 곳은 종로구요."

대로와 대로가 만나는 네거리를 보고 나서는 무언가에 놀란 치원이 큰소리로 현준스님에게 말했다.

"신라 왕경 네거리 이름과 똑같잖아요!"

현준스님은 길거리를 두리번거리며 마냥 흥분되어 있는 치원을 바라보며 한동안 크게 웃었다. 그리고 치원을 향해 잔잔한 미소를 띠며 말했다.

시안(西安, 西京, 고대에 장안으로 불리웠던 곳)

"부끄럽지만 이제부터 네가 배우기 시작해야 할 내용들이다. 아마 우리 신라에 있는 대부분의 것들이 여기 당나라의 복제품일 거다. 거리 이름도 다 여기에서 따온 거야."

"아뿔사!"

현준스님의 말을 듣고 치원이 내뱉은 외마디였다.

그때 치원의 앞을 지나 내달리던 마차가 굉음을 내며 갑자기 멈추었다. 그리고 마차에서 뛰어내린 병사들은 웃통을 벗고 있는 젊은이들을 길가로 끌고 가더니, 붉은색 담장에 두 팔을 매달았다. 이어 젊은이들의 등짝을 채찍으로 사정없이 후려치기 시작했다. 고통을 참다못한 젊은이들이 거세게 울부짖었다.

"살려 주세요!"

"이놈들! 여기가 어딘 줄 알고 웃통을 벗고 돌아다녀? 여기는 황제 폐하가 계신 곳이다! 어서 옷 입고 골목으로 들어가!"

사내들은 피범벅이 된 등짝에 옷을 걸치고 황급히 뒷골목으로 사라졌다. 이를 지켜본 치원은 몸을 부르르 떨었다. 그리고 자신의 옷매무새를 살펴보았다.

"사형, 이런 옷차림으로 다녀도 되는 거예요?"

치원은 걱정스러운 듯 물었다.

"우린 자랑스러운 신라의 옷을 입고 있잖아. 우리 옷은 이곳 장안 사람들도 부러워하는 옷이야. 모두 우리 서라벌 사람들의 옷차림을 부러워하지."

치원의 우려와는 달리 현준스님은 태연히 말했다. 그제야 치원은 놀란 가슴을 쓸어내리고 현준스님과 함께 대로를 따라 힘차게 걸었다. 형형색색의 옷을 입은 남녀들의 행렬이 대로를 따라 끝없이 이어졌다. 그 곁을 마차들이 꼬리에 꼬리를 물고 달렸다.

"난 서라벌에 동서남북으로 나 있던 주작대로와 황남대로가 제일 넓은 길인 줄만 알았어요. 그런데 이 길을 걸으니, 그 길은 골목길 정도 밖에 안 되네요? 그리고 이름까지도 여기 것을 베껴 쓰고 있다니."

모든 게 신기하기만 한 치원은 잠시도 쉬지 않고 현준스님에게 말을 걸었고, 일일이 설명을 해주던 현준스님은 지친 나머지 별다른 말을 하지 않고 그저 옅은 미소를 짓고는 고개만 끄덕이면서 알았다는 표정을 지어보였다.

두 사람이 남문을 빠져 나오자 좌우로 아득한 누각이 버티고 서 있었다. 그때 도시 한가운데 있는 종루鐘樓에서 오시(정오)를 알리는 종소리가 장안을 흔들어 댔다. 그 소리에 맞춰 남문 종루에서도 커다란 종소리를 냈다. 뿐만 아니라 가까운 절에서도 크고 작은 종을 쳐 사람들의 발길을 붙잡았다. 거리를 지나던 사람들은 모두 발걸음을 멈추고 황제가 있는 황궁을 향해 허리를 굽혔다.

"형, 우리도 절을 해야 하는 거예요?"

"물론이지, 황도에 오면 황도의 법칙을 따르는 거야."

현준스님은 합장을 한 채 황궁을 향해 정중히 예를 올렸다. 치원도 합장을 하고 허리를 굽혔다.

"사형, 저 두 누각은 뭐예요? 엄청난데요?"

산골짜기에서 화전을 일구던 촌부가 서라벌에 와서 왕궁을 본다면 바로 이런 모습일까. 지금 치원은 영락없는 촌뜨기의 모습 그대로였다.

"따라와 봐, 이곳 안내원이 친절하게 설명해 줄 거야. 여긴 사시사철 세계 각지에서 구경꾼들이 오기 때문에 안내도 세계 각국 말로 해줘. 북쪽의 북적北狄 오랑캐 말, 서쪽의 서융西戎 오랑캐 말, 남쪽의 남만南蠻 미개인들의 말, 그리고 우리 동쪽의 동이東夷 말. 뿐만 아니라 사막 건너 천산산맥 너머의 수많은 이역 말들도 여기서는 다 통해."

현준스님은 길거리를 두리번거리며 마냥 신기해하는 치원을 향해 그저 웃음으로 화답할 뿐이었다.

"우리 말로 안내해 주는 사람이 어디 있을까요?"

"일단, 가 보자!"

얼굴에 미소를 가득 띤 현준스님이 앞서 걷기 시작했다. 그 뒤를 치원이 뛰듯이 걸으며 따라갔다.

한참을 걸으니 거대한 망루望樓가 나타났다. 그 아래에는 생전 처음 보는 옷차림을 한 사람들이 모여 있었다. 엄청나게 키가 큰 백인들과 코가 큰 흑인들, 그리고 머리가 노랗고 곱슬곱슬한 사람들이 서 있었다. 검지도 희지도 않은 갈색의 피부를 가진 여인은 이마에 붉은 점을 찍은 채 이상한 말로 떠들고 있었다.

'아! 세상에……'

치원은 부지불식간에 현준스님의 손에 매달렸다.

"사형! 저기 좀 봐요! 저……저……저 사람!"

치원은 쉽사리 말을 잇지 못했다.

"그래, 세상에는 저렇게 숯처럼 검은 피부를 가진 사람도 있단다."

현준스님은 또 웃었다. 그때 그 피부가 검은 사람이 치원을 바라보며 씩 웃는데, 하얀 치열이 놀랍도록 눈부셨다.

"저 검은 사람들은 이가 하얄 뿐만 아니라 혀가 유난히 빨갛지. 그리고 피부는 번들거려. 하지만 마음은 착하단다. 겁먹지 마라."

현준스님이 치원의 머리를 쓰다듬으며 안심을 시켰다.

"저 사람들은 도대체 어디서 왔을까요?"

"이 황제의 수도 장안을 벗어나 서쪽으로 계속 가면 사막이 나온단다. 그래, 사막이 무어냐고? 모래만 끝없이 보이고, 반짝이는 모래만 가득 펼쳐져 있는 모래의 바다지. 그 모래의 바다에는 놀랍게도 모래 등대도 있단다. 또 그 모래 바다를 건너는 배가 있는데 나무로 만든 배가 아니라 낙타라고 하는 동물이지. 저 장안 서로의 끝에는 그 낙타를 수백 마리씩 모아 놓고 먹이를 주는 저잣거리와 거대한 우물이 있단다. 나중에 가 보거라."

치원은 자세하게 설명하는 현준스님의 말을 들으며 고개를 끄덕이기는 했지만, 무슨 말인지 도무지 이해가 되지 않았다.

그때 마침 누군가 신라 말로 반갑게 설명을 하기 시작했다.

"자, 해 돋는 나라 동국에서 온 분들은 이쪽으로 오세요. 제가 설명을 해드리겠어요. 자, 자, 이쪽으로. 해동성국 발해에서 오신 분들도 환영합니다! 물론 서라벌에서 오신 분들이 더 많겠죠? 동쪽 아름다운 반도에서 오신 분들은 다 함께 들어요!"

아리따운 처자의 목소리는 그야말로 옥이 굴러가는 아름답고도 고운 소리였다. 옆에서 알 수 없는 서역 말로 소란스럽게 떠드는 노랑머리의 여인이나 키 큰 당나라 여인보다 훨씬 돋보이고 빛나는 얼굴이었다. 치원은 그 빛나는 얼굴의 아름다운 목소리로 설명을 하는 처자가 '해 돋는 동쪽의 나라, 해동성국 발해, 서라벌'을 말할 때 마음속에서 뜨거운 그 무엇이 같이 흐르고 있다는 것을 느꼈다. 그러면서 서해를 건너올 때 배에서 봤던 신라의 수군들이 배에 '동東' 자가 새겨진 깃발을 휘날리며 힘차게 함께 노를 저으면서 바다를 가르던 모습이 새삼 떠올랐다.

"현장법사께서는 태종황제 3년(서기 629년)에 이 땅을 떠나 서역으로 갔습니다. 부처님의 큰 덕을 직접 확인하기 위하여 고난의 길을 가신 것입니다. 그때까지만 해도 우리 황도에 수많은 사찰과 스님, 불서가 있었습니다만 경전의 정확도가 떨어졌습니다. 왜냐하면 번역 과정에서 오류가 많았기 때문입니다. 우리 중화의 글자, 한자와 저 천축국天竺國의 범어梵語(산스크리트어, 고대 인도어)를 아우르는 스님들이 드물었기에 경전의 의미를 제대로 알 수가 없었습니다. 그래서 현장법사玄奘(602~664)께서는 우리 장안을 떠나게 되었습니다. 그때만 해도 스님이 국경을 벗어나려면 당연히 황제의 허락을 받아야 했습니다. 법사께서는 대덕大德(부처님의 덕)을 무척 사모한 나머지 황제의 허락 없이 무작정 떠났습니다. 사막을 건너고, 눈이 덮인 천산산맥을 넘어 아득하고 머나먼 나라로 향했습니다. 그 먼 나라 중에는 범연나국梵衍那國(지금의 아프가니스탄 바미안)도 있었습니다. 그 신비한 나라에는 석굴 사원이 있었고 '황금이 번쩍이는 화려한 불상'도 있었습니다. 그 후 현장법사께서는 마침내 마가다왕국Magadha 王國 나란타사那爛陀寺에서 깨달음을 얻었습니다. 그리고 부처님의 사리 150두, 불상 8구, 범어원어경전 520질 657부를 얻어 우리 장안으로 돌아오게 된 것입니다. 17년간 장엄한 정진이었습니다. 대사께서 낙타에 경전과 불상, 그리고 진신사리眞身舍利(부처님의 사리)를 싣고 산맥과 사막을 넘어 태종 19년에 돌아오실 때, 황제(당 태종)께서 성문 밖으로 납시어 맞으셨다고 합니다."

그 처자가 초롱초롱한 눈을 반짝이며 여기까지 얘기했을 때, 현준스님은 두 손을 모으고 조용히 눈을 감았다.

"나무아미타불 관세음보살……."

곁에 있던 치원도 현준스님을 따라 합장을 했다.

참으로 불가사의한 일이다. 아무리 불심이 돈독하고 불법에 대한 탐구열이 높다 하여도 한 인간의 몸으로 어떻게 그 높은 산맥과 사막, 더위와 추위, 배고픔과 무서움을 이겨냈단 말인가. 그러면서 타국으로 가 그 나라 말을 익히고, 그 어려운 범어를 완벽하게 깨우쳐 경전을 안고 돌아올 수 있단 말인가. 치원은 자신이 빈공과 과거에 합격하기 위하여 바다를 건너온 일이 정말로 별것 아니라는 느낌을 받았다. 10년을 기약하고 부모님 품을 떠나 장안에

온 일이 아무것도 아니라는 것을 깊이 깨달았다.

처자는 계속 말을 이어갔다.

"현장법사께서는 그 어마어마한 분량의 범어 경전을 한문으로 옮기셨습니다. 바로 오늘, 우리가 서 있는 이 누각에서 그 엄청난 작업을 하셨습니다. 자랑스럽게도, 당시에 우리 신라에서 유학 온 스님들도 이 역경譯經 작업을 도왔습니다. 법사께서는 여러 나라에서 유학 온 스님들을 발탁하셨는데, 신라출신의 신방神昉, 지인智仁, 승현僧玄, 순경順憬스님들이 이 영광스러운 역경에 참여하였습니다."

처자의 설명을 들으며 치원은 고개를 끄덕이면서도 입을 다물 수가 없었다.

"그래, 우리 신라 사람들은 그토록 뛰어나기 때문에 범어를 한자로 옮기는 그 힘겨운 역경 사업도 훌륭히 해낼 수 있었단다."

그런 치원을 바라보는 현준스님은 신라인으로서 자긍심을 느끼는 치원을 향해 대견하다는 듯이 빙그레 웃었다.

두 사람은 그 신라 처자가 낭랑한 목소리로 안내를 하고 있는 대안탑大雁塔을 뒤로 하고, 그 탑을 중심으로 하여 장대하게 펼쳐져 있는 자은사慈恩寺를 둘러보았다.

"이 나라의 모든 것은 크고 장대하단다. 그렇지만 너무 주눅 들지 마라. 크다고 해서 다 좋은 것이 아니다. 불심은 외형의 크기로 좌우되는 것이 아니란다. 학문도 마찬가지지. 이 나라의 학자들이나 유학생들은 수도 많고, 규모도 거창하고, 만나는 사람마다 높은 지식과 광대한 학문 세계를 다투어 말하고 있지. 하지만 길고 짧은 것은 대 봐야 아는 법. 학문의 깊이와 진짜 지식의 깊이는 견주어 보아야 하지 않겠니?"

대로를 건너던 현준스님은 문득 생각이 났다는 듯이 치원을 돌아보며 말했다. 치원이 그 말을 듣고 고개를 끄덕이자 현준스님은 계속 말을 이어갔다.

"넌, 해낼 수 있어. 너의 영민함과 끈질김이라면 이보다 더 큰 것도 충분히 해낼 수 있어."

현준스님은 더 이상 사형이 아닌, 피붙이인 치원의 형으로서 마음속 이야기를 하고 있었다. 치원도 그런 형의 마음을 잘 알고 있었다.

"하지만 지금은 배가 고파요. 우선, 우리 뭣 좀 먹어요."

어느새 치원은 형에게 투정을 부리는 어린아이로 돌아가 있었다.

"하긴 나도 배가 고프다. 암, 먹어야지. 그래 밥부터 먹자."

현준스님은 자신도 배가 고프다는 듯이 아랫배를 비비며 활짝 웃었다. 현준스님이 앞장서 들어간 집은 알록달록한 구슬이 치렁치렁하게 늘어서 있는 당나라식 국숫집이었다. 행인들이 바글거리고 머리에 흰 수건을 두른 젊은이들이 김이 솟아나오는 부엌에서 요란한 소리를 내며 볶고 지지고 냄새를 피웠다. 구석에 앉은 두 사람에게 치원 또래의 소년이 다가와 주문을 받았다. 현준스님은 주문을 하며, 소년에게 무슨 말인가를 덧붙였다.

"형, 뭐라고 했어요?"

"응, 고기는 넣지 말라고 했어."

그 말을 들은 치원이 두 눈을 동그랗게 뜨고는 어깨를 으쓱했다.

"싫어, 싫어. 난 고기 먹을래요."

치원이 또 응석을 부렸다.

"하나는 고기를 많이 넣어 주시게."

현준스님이 웃으며 그 소년을 다시 불러 당부했다.

얼마 후 국수 두 그릇이 나왔다. 국수 가락만 소복이 쌓인 현준스님의 그릇과는 달리 치원의 국수 그릇에는 보기만 해도 먹음직스러운 고기가 푸짐하게 올라 앉아 있었다. 치원은 고기를 보자마자 걸신이 들린 듯 허겁지겁 먹기 시작했고, 그런 아우를 바라보는 현준스님의 얼굴에는 화색이 가득했다.

배불리 먹고 나자 다리에 힘이 들어가고 눈도 밝아지는 것 같았다. 그제야 미처 보지 못했던 전경들이 하나둘씩 시야에 가득 들어왔다. 땅속을 뚫고 들어갈 듯이 축 늘어진 버드나무 가지들이 햇빛을 머금어 반짝이는 잎을 자랑하듯이 흔들며 한낮의 한가로움을 더하고 있었다. 그 곁에는 짧은 바지를 입은 사내들이 모자로 얼굴을 덮은 채 수레 위에 반듯이 누워 낮잠을 즐기고 있었다.

골목 양쪽에는 누각을 연상케 하는 건물이 있었는데, 창문마다 울긋불긋한 옷들이 매달려 따스한 햇살을 온몸으로 받아내고 있었다. 빨래를 따스한 볕에 말리는 모양인데, 사람들이 정신없이 다니는 머리 위에 깃발처럼 걸어 놓은 것이 참으로 신기하기만 했다.

그러거나 말거나 나이 든 노파들은 집 앞에 멍석을 깔고, 그 위에 상을 펼쳐 놓고 마작을 하고 있었다. 또 다른 여인들은 지나가는 사내들의 눈길을 사로잡으려는 것인지, 아니면 모처럼 시원한 바람으로 사타구니의 묵은 먼지를 털어내려는 속셈인지는 몰라도 다리를 질펀하게 벌리고 앉아 실눈을 뜬 채 장죽을 빨고 있었다.

그 앞을 지나는 사내들은 처음에는 놀란 눈으로 그 여인들의 허연 속살을 쳐다보고는 발걸음을 겨우 옮기며 두 눈에 초점을 잃어가고 있었다. 그 사이를 지저분한 호복을 입은 아이들이 갑자기 길거리로 뛰쳐나와 이리저리 뛰어다니고 있었다. 거리를 가로지르며 뛰어다니는 아이들 때문에 마차를 끌던 말들이 깜짝깜짝 놀라 고개를 쳐드는 통에 그 곁을 지나던 행인들도 덩달아 놀라 뒤로 자빠졌다.

치원 일행이 들어선 곳은 천복사薦福寺였다. 그 천복사에도 대안탑과 비슷한 소안탑小雁塔이 있었지만 안내하는 사람은 그 어디에도 없었다. 대신 대리석 탑신 위에 탑과 절에 대한 유래가 소상하게 적혀 있었다.

불도에도 경쟁과 동경이 있기 마련이다. 현장법사가 천축국에 다녀와 거대한 역경 사업을 시작하고, 법명을 떨치자 당의 고승이었던 의정義淨도 분발하게 되어 당 고종 2년(671년)에 광주廣州(광쥐우)에서 뱃길을 이용해 천축국으로 향한다. 그는 무려 20년이나 천축국 전역을 돌아보고, 인근 스리비자야(인도네시아)에까지 구법 수행을 떠났다. 그 후 그는 귀국길에 400질의 범어 경전을 가져오고,

바로 그 범어 경전을 번역하기 위해 세운 것이 소안탑小雁塔이며, 천복사薦福寺였던 것이다.

"사형, 다리 아파요. 좀 쉬면서 보자구요."

치원이 지친 표정으로 주저앉았다.

"고승들의 발자취와 거찰을 살펴보는 것도 하나의 공부란다. 이 정도 공부를 하고 그렇게 주저앉으면 어찌하느냐? 학문도 결국 체력과 정신력으로 하는 것이거늘."

현준스님이 치원에게 다가오며 짐짓 나무라는 투로 말을 했다. 그러면서 현준스님은 그늘 밑에 있는 나무 의자에 앉지 않고 꼿꼿한 자세로 서 있었다.

"여기 와서야 알겠군요."

치원이 이마에 흐르는 땀을 손등으로 닦으며 현준스님을 쳐다 봤다.

"무얼?"

현준스님은 응석을 부리는 치원의 시선을 외면한 채 빈 하늘을 바라보며 대꾸했다.

"우리의 혜초慧超대사(704~787, 신라 성덕왕 3년~원성왕 3년)도 결국은 이분들 때문에 분발해서 천축국으로 향했군요."

"그렇지, 우리의 혜초대사도 바로 자신보다 앞서 출발했던 이 당나라의 현장법사, 의정대사의 선구적인 자취를 따라 자신을 던진 것이지. 현장법사에 비하자면 거의 백 년 뒤의 출발이었고, 의정대사에 비하면 오십여 년 뒤의 출발이었던 셈이지. 불법의 세계

에도 선구자가 있고 그 선구자의 발자취를 따라 후세의 구도자들
은 분발하게 되는 것이란다."

　말을 끝낸 현준스님이 성곽 너머에 있는 먼 산을 바라보았다.

신비한 산(종남산)

사람들이 붐비는 마차에는 자리가 옹색한 나머지 발 디딜 틈도 없었다. 사람들의 손에는 저마다 저잣거리에서 사온 온갖 물건이 들려 있었다. 하지만 날씨가 좋은 탓인지 그네들의 얼굴에는 마치 나들이라도 가는 듯한 흥겨움이 가득 배어 있었다.

마차가 황도를 완전히 빠져 나간 후 시냇물을 건너자 길은 계속 남쪽으로 이어졌다. 마차가 덜컹거릴 때 짐 옆에 실려져 있던 닭들이 느닷없이 후다닥 날갯짓을 하는 바람에 여인들은 깜짝 놀라다가도 서로 쳐다보며 멋쩍게 웃었다. 아이들도 덩달아 손을 흔들며 깔깔거렸다.

그러나 현준스님은 이런 낯익은 풍경은 관심 없다는 듯이 사방을 휘휘 둘러보며 시선을 어느 한 곳에 고정하고 깊은 감회를 느끼고 있었다.

"사형! 이 산에 와 봤어요?"

"그럼. 황도에서 공부해 본 사람이라면 누구나 이 산을 와 봤을 거야. 예로부터 아주 유명한 산이니까. 시인 묵객들이 많이 놀다가고, 도를 구하는 사람들이 이 계곡의 고찰들을 많이 찾았지."

"그럼 이 산이 유명하고 아름다워서 찾아오는 거예요?"

현준스님은 눈을 감은 채 흔들리는 마차에 몸을 맡기고 있었다. 한참 동안 생각에 잠겨 있다가 치원을 바라보며 천천히 말해주었다.

"사실은 나도 한때 신라에 돌아가지 않고 이 산에 남으려 했단다. 이 산은 속세에서 종남산이라 부르는데 참으로 기이한 힘을 가지고 있다는 생각이 들더구나. 너도 앞으로 이 산에 많이 오르게 될 게다. 보면 볼수록, 오르면 오를수록 참으로 신비한 산이야. 신라 큰스님이셨던 의상대사께서도 바로 이 산에서 득도를 하셨고, 네가 그렇게 원하는 빈공과에 일찍이 급제하여 이 땅에서 명성이 자자했던 김가기金可紀(출생 연도 미상~859년) 선비도 바로 이 산에서 도를 깨우쳤단다. 그런데 그 도의 모습은 각각 달랐어. 의상대사는 이 산에서 부처님의 도를 깨우쳤고, 김가기 선비는 묘하게도 노자의 도덕경을 오래 읽은 후 결국 선서仙書(신선에 관한 책)에 심취하여 스스로 신선의 경지에 이르고 말았지."

현준스님은 무언가 깊은 상념에 잠긴 듯 긴 한숨을 내쉬며 살며시 눈을 감았다.

"사형! 정말 신선이 있을까요? 사람이 정말 신선이 될 수 있을까요? 신선은 어떠한 사람인가요?"

치원이 현준스님의 팔을 잡고 흔들며 말했다.

"글쎄……."

현준스님은 그 무엇도 단정하지 않고 이곳 종남산에는 많은 신선이 살고 있으며 신선이 되려고 도를 닦는 사람들이 이곳저곳에 머무르고 있다고 했다. 신선은 도를 닦아서 현실 인간세상을 벗어나 자연과 우주를 벗 삼아 인간과 함께 살아가는 상상의 사람을 말한다고 부연설명까지 해주면서 그냥 말끝을 흐렸다.

얼마 후 마차가 멈추는가 싶더니 마차에 타고 있던 사람들은 서둘러 내리기 시작했다. 그러더니 모두 사하촌으로 분주한 발걸음을 옮겼다.

현준스님과 치원은 그들과는 달리 일주문을 지나 절로 들어갔다. 그런데 일주문에는 향적사香積寺라는 현판이 또렷하게 걸려 있었다. 그 절은 예로부터 수많은 문인이 찾아와 시를 읊고 찬양했던 유명한 사찰이었다. 절의 규모가 아주 크지는 않았지만 중국 정토종淨土宗의 종사宗寺(시조가 되는 절)이기 때문에 그 분위기만큼은 아주 엄숙했다. 추녀 끝에서 우는 풍경소리조차 숙연함을 더해주고 있었다.

대웅전에 모셔져 있는 아미타불과 선도화상善導和尙(613~681년, 정토종의 대성자, 소리 내어 염불을 하는 기도법을 권장했던 선사) 앞에 다다르자 현준스님은 숨을 고르고 합장을 한 채 공손하게 예를 올렸다. 치원도 현준스님을 따라 마음을 가다듬은 후 합장을 했다. 이미 수많은 사람이 정성스레 손을 모은 채 줄지어 서 있었고, 경내에는 탑돌이를 하는 사람들이 무리를 이루고 있었다.

예를 마친 후, 현준스님은 치원을 데리고 망루처럼 높은 축대로 향했다. 그 위에 올라서니 끝없이 펼쳐진 계곡이 시야에 가득 들어왔다. 세속에 물든 마음마저 풀어 헤치고 싶은 생각이 저절로 떠오르게 했다.

현준스님이 치원을 바라보며 눈을 껌벅이자 치원도 그 뜻을 알겠다는 듯이 고개를 끄덕였다. 누가 봐도 형제의 그 모습은 이심전심以心傳心의 표정이었다. 시야에서 보이는 곳에 알 수 없는 형형색색의 계곡에 심취하니 두 형제는 원하는 것을 이루고자 찾아온 것 같았다. 넓고도 먼 새로운 세상 앞에서 형제의 이런 모습은 계곡을 휩쓸고 지나는 바람마저 잦아들게 했다. 치원과 현준스님은 별다른 말없이 경내를 두루 살피기 시작했다. 그것은 엄숙한 구도의 행위였다.

향적사 순례를 모두 마친 치원 일행은 잠시 숨을 고를 틈도 없이 부지런히 걷고 또 걸어 산 하나를 더 넘어 깊은 계곡으로 들어갔다.

계곡 끝에 작은 암자 하나가 그림처럼 붙어 있었다. 숨을 헐떡이며 암자에 다다르자, 현준스님은 암자 밖에서 밭은(힘들이지 않으며 자주하는 기침) 기침을 하며 기척을 했다.

"누구냐?"

안에서 웬 노인의 쩌렁쩌렁한 목소리가 흘러 나왔다.

"네, 서라벌로 도망갔던 현준이 스승께 문안을 올립니다."

그러자 방문이 벌컥 열리며 백발의 노인이 상체를 내밀었다.

"누구라고?"

윗니가 서너 개밖에 남지 않은 노인은 그야말로 호호백발이었다.

"네, 오래전에 스승님 곁을 떠났던 현준입니다."

그러면서 현준스님은 뜰에 엎드려 삼배를 올렸다. 그런 모습을 지켜보던 치원은 의아하기만 했다. 그저 백발의 노인과 현준스님을 번갈아 바라보며 고개를 갸우뚱거릴 뿐이었다.

"너도 예를 올려라. 스승님이시다."

현준스님이 치원을 돌아보며 예를 빨리 올리라고 했다. 치원은 영문도 모른 채 뜰에 엎드려 현준스님이 했던 대로 노인에게 삼배를 올렸다. 노인은 밭은 기침을 한 번 더 하며 범상하게 생긴 두 젊은이의 예를 받았다.

"떠날 때는 언제고, 또 소식도 없이 이렇게 바람처럼 나타났는고?"

그러더니 노인은 애써 시선을 외면한 채 열었던 방문을 도로 닫으려는 시늉을 했다. 그러자 현준스님이 황급히 읍을 하면서 외쳤다.

"스승님! 제 아우를 데리고 왔습니다. 제 무례함을 용서하시고 제 아우를 데리고 왔으니 제 아우만은 어여쁘게 봐주시고 제 정성을 가납하여 주십시오."

그제야 노인은 매서운 눈길을 거두며 단단히 잡았던 방문을 활짝 열어젖혔다. 현준스님은 황급히 일어나 치원의 손을 잡아끌고 방으로 들어갔다.

자유인 최치원은 부모, 형제, 성인들(붉은 선으로 표시)의 보호에 의한 깨달음의 시작을 회화하여
작품화하였음.

현준스님은 준비해 온 예물을 노인 앞에 근심스럽게 펼쳐 보였다. 신라에서 가지고 온 비단 한 필이었다. 그러나 여전히 노기를 거두지 않은 노인은 선물에는 시선도 주지 않은 채 천장만 물끄러미 바라보았다.

"너도 여기 있었으면 높은 관직에 올랐을 수도 있고, 도를 닦았으면 김가기 정도는 되었을 터인데……."

노인의 얼굴에는 현준스님에 대한 원망보다는 아쉬움이 짙게 배어 있었다.

"김가기 사형은 어찌 되었습니까? 상당한 벼슬에 올랐다는 풍문을 들었습니다마는……."

현준스님이 무릎을 꿇은 채 고개를 들어 노인을 응시했다.

"김가기는 세속을 떠났지. 고개 넘어 자오곡子午谷에서 기화방초奇花芳草를 키우며 꽃 속에서 노닐다가 그 사람도 자네처럼 고국이 그리워 서라벌로 들어갔다가 다시 돌아왔지. 최승우崔承祐(출생 연도 미상~사망 연도 미상, 최치원·최언위와 더불어 신라 삼최 중 한 사람)는 저쪽 광법사廣法寺(종남산 계곡에 있는 또 다른 거찰)를 오르락내리락하며 도를 닦다가 이제는 신라로 돌아가 세속 사람이 되었고, 그래도 이 계곡에 남은 내 제자는 김가기밖에 없어. 아마 그 친구, 지금은 신선이 되어 구름 위를 날고 있을 거야."

노인은 몇 남지 않은 누런 이를 드러내 보이며 껄껄거리고 웃었다. 그 모습을 무연히 바라보는 현준스님은 계속 머리를 조아리며 스승에 대한 송구한 마음을 감추지 못했다.

"그럼, 계곡을 넘어가면 김가기 사형을 만날 수 있겠습니까?"

현준스님이 노인의 앞으로 조금 더 다가가며 물었다.

"이 사람아, 자네도 도를 배워 본 사람이 왜 그렇게 생뚱맞은 소리를 하는가? 구름이 된 사람을 계곡을 넘어간다고 찾아갈 수 있겠나? 그 사람은 환단還丹(장수하는 환약)을 상복하여 결국 시해尸解했지."

노인의 대답은 예상과는 달리 무척이나 천연덕스러웠다.

"끝내…… 시해를……."

무릎을 세우며 차마 말을 잇지 못하는 현준스님의 얼굴에는 아쉬움이 짙게 서려 있었다.

"이 사람아, 시해라는 것은 신선이 된다는 얘긴데. 신선이 되는 것을 눈으로 본 사람 있나? 나도 지금 내 나이를 모르고 있는데……."

노인은 또 껄껄거리며 한참이나 웃었다. 이와 반대로 현준스님은 읍을 한 채 숨을 죽이고 있었다. 그러자 노인이 현준스님을 쏘아보며 준엄하게 말했다.

"자네도 지금은 여기서 배운 도술을 다 잊었겠지? 암, 그렇겠지. 자네도 내게서 환반법과 시해법까지는 모두 익혔었는데 말이야."

노인이 현준스님을 측은한 눈빛으로 바라보며 혀를 끌끌 찼다. 그러자 현준스님이 고꾸라지듯 엎드리며 나직이 말했다.

"스승님, 용서하십시오. 이제는 불가의 옷을 입고 있어 스승님의 가르침을 많이 잊었습니다. 그러나 여기 제 아우를 데리고 왔습니다. 제 아우가 과거에 합격하고 나면, 스승님 문하에 두고자 함입니다."

말을 끝낸 현준스님은 차마 고개를 들지 못했다.

"누구 맘대로? 네놈 동생이라고 내가 받아들일 성싶으냐?"

노인은 눈꼬리를 치켜세우며 말했다. 그 단호한 목소리 속에는 안타까움과 함께 노기가 서려 있었다.

"스승님, 제발 노여움을 푸시고 제 아우를 받아 주십시오. 아직 어리고 세속적인 욕망이 있으니까 과거에 합격하고, 웬만큼 자신의 뜻을 이룬 후에 반드시 스승님 문중에 들도록 하겠습니다."

현준스님은 엎드린 채 다시 간청을 했다.

"그래?"

그러면서 노인은 치원의 온몸을 위아래 훑듯이 빠르게 쏘아보았다. 그런 노인의 날카로운 시선에 두려움을 느낀 치원은 현준스님 곁에 납작 엎드렸다.

"자네 아우라면 동복同腹 동생을 말하는 겐가? 자네 모친은 백제 왕가의 여인이 아니었더냐?"

노인의 매서운 눈빛이 다시 현준스님에게로 향했다.

"스승님! 그 부분은 차후에 차차 말씀드리도록 하겠습니다. 아직은 제 아우에게 미처 하지 못한 말들이 많은 상태입니다. 제 아우에게 먼저 그 모든 사실을 소상히 말한 후, 스승님께도 알려 드리겠사옵니다. 오늘은 그저 제 아우의 인사만 받아 주십시오."

현준스님이 놀란 가슴을 쓸어내렸다. 그런 제자의 마음을 알아차린 노인도 더 이상 그 이야기에 대해 거론하지 않았다. 괜스레 멋쩍어하며 헛기침만 연신 해댈 뿐이었다. 그러면서 은근슬쩍 화제를 다른 방향으로 돌렸다.

"향적사에 다녀왔다고?"

"예, 그렇습니다."

"그렇다면 아가야! 지필묵을 가져 오거라!"

노인은 갑자기 밖에 대고 큰소리로 말했다. 그 소리를 기다리기라도 한 듯 밖에서 "예, 가지고 갑니다." 분주한 발소리를 내며 누군가 방 안으로 들어섰다.

낯선 여인이었다. 발걸음이 아주 날렵하였으며 백옥같이 해맑은 얼굴에는 상냥한 미소까지 머금고 있었다. 그 소녀가 방문을 열고 들어설 때 계곡의 맑은 모든 향기가 바람을 타고 한꺼번에 몰려오듯 방 안 가득 싱그러운 향기가 퍼졌다. 눈꼬리가 약간 들리고 피부가 백옥같이 흰 것이 귀한 집안 여인의 자식처럼 고귀한 향기를 품고 있었다. 그녀를 바라보는 현준스님과 치원은 순간 가슴이 턱 막히는 충격을 받았다. 흰색 무명옷을 수수하게 받쳐 입은 그 소녀에게서 왜 그런 충격을 받았는지 사뭇 의아하기만 했다.

"먹을 갈아라."

노인이 그녀에게 낮은 목소리로 말했다. 소녀는 곧바로 무릎을 다소곳이 꿇어 앉아 소리 없이 먹을 갈았다. 그리고 장지壯紙 한 장을 치원의 앞에 깔아 놓았다. 아주 익숙한 솜씨였다.

"종남산에 다녀왔다면 왕유王維(699~761년) 시인이 향적사에 대해

읊은 내용을 써 보거라."

　노인의 말이 끝나기가 무섭게 치원은 공손히 무릎을 꿇고 아리따운 소녀가 건네주는 붓을 받자마자 거침없이 써 내려가기 시작했다.

　　過香積寺 과향적사

　노인은 비스듬히 앉아 유심히 지켜보고, 현준스님과 소녀는 조심스럽게 치원이 붓을 잡고 글을 쓰는 모습을 바라보았다.

　　향적사를 알지 못하고
　　몇 리를 구름 낀 봉우리 속으로 들어가네
　　고목이 우거져 사람 다니는 지름길도 없는데
　　깊은 산 속 어디에서 종소리 울리나
　　샘물 소리 높은 돌에 부딪혀 오열하고
　　햇빛은 푸른 소나무에 얹혀 차갑네
　　엷은 저녁 어스름 빈 연못 굽이에서
　　편안히 좌선座禪하며 독룡[1]을 누르는 중이 보이네

　　不知香積寺 부지향적사　數里入雲峯 수리입운봉

　　古木無人逕 고목무인경　深山何處鐘 심산하처종

---

1. 독룡毒龍 : 불교 고사에 나오는 연못 속에 산다는 독한 용. 즉, 인간의 번뇌를 이른다.

泉聲咽危石 천성열위석 日色冷靑松 일색랭청송

薄暮空潭曲 박모공담곡 安禪制毒龍 안선제독룡

치원이 시 쓰기를 끝내고 나자, 이를 지켜보고 있던 현준스님은 아주 만족스럽다는 듯이 환하게 웃었고, 소녀도 살포시 눈웃음과 함께 미소를 지었다. 소녀가 치원이 쓴 그 시를 갖고 와서 정중히 노인에게 바치자 노인은 자리에서 일어나 앉으며 큰소리로 말했다.

"이 아이가 분명 네 동생이란 말이냐?"

"그렇습니다, 스승님."

현준스님은 한 치의 머뭇거림도 없이 분명하게 대답을 했다.

"흠……."

그제야 노인은 옅은 신음소리를 내며 치원이 써 놓은 시를 내려다보았다. 그러더니 너털웃음을 터뜨리며 다시 호탕하게 말했다.

"허헛, 왕유도 놀라겠다! 글씨는 누구한테 배웠는고?"

"네, 어려서부터 동네 서당에서 훈장님으로부터 배웠습니다."

치원은 무릎을 꿇은 채 머뭇거림 없이 대답을 했다.

"흐음……. 열두 살짜리 아이의 글씨가 아니로고. 글씨는 왕희지王羲之(307~365, 진나라 때의 명필)요, 시풍은 왕유라. 그래, 공부할 곳은 정했느냐?"

치원을 바라보는 노인의 눈에서는 그간의 모든 경계가 말끔히 사라지고 도리어 놀란 듯한 얼굴을 감추지 않았다.

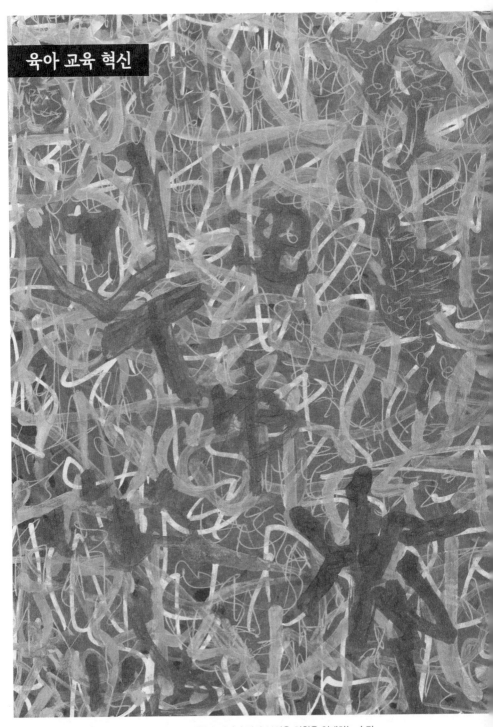

육아 교육 혁신

육아 교육의 중요성을 형상화한 이미지. 최치원의 어머니 반야 부인은 치원을 잉태하는 순간
더욱더 몸과 마음을 청정하게 유지하며 남편 견일에게도 항상 밝은 미소로 불사에 전념하라고 권했다.

"국자감에 들어가고자 합니다만, 천거해 주실 분을 찾지 못하고 있습니다."

치원을 대신해 현준스님이 노인에게 어려운 사정을 소상히 설명해 주었다.

"과거에 붙고 못 붙고는 바로, 그 천거인을 찾을 수 있느냐 없느냐가 관건이지. 흐흠, 남문 밖에 사는 배찬裵鑽을 찾아가거라. 내가 서찰을 써 주마."

치원의 미래를 엿본 노인이 단호한 표정을 지었다. 그리고는 머뭇거리지 않고 배찬에게 보내는 소개의 글을 단번에 써 내려갔다. 그러면서 노인은 소녀를 바라보며 눈을 찡긋거렸다.

"호몽豪夢아, 걱정 말아라. 니 오라비는 우리 당나라 사람이니까 진짜 과거에 응시하는 거고, 이 사람은 신라 사람이니까 외국인들이 보는 빈공과賓貢科를 볼 거 아니냐?"

그 말을 듣고 나서야 소녀는 경직된 표정을 풀고 비로소 생글거리며 웃었다.

"누가 뭐랬어요? 할아버지, 전 제 오라버니 걱정은 조금도 안 해요."

한 점 티도 없는 호몽의 아름다운 얼굴을 바라보던 치원은 또다시 숨이 멎을 것만 같았다.

서찰을 받아 든 현준스님과 치원이 노인에게 큰절을 올리고 일어섰다. 조심스레 방문을 열고 밖으로 나가 마당에 서서 다시 한 번 노인을 향해 허리를 굽혔다. 구름 한 점 가리지 않은 푸른 하늘

태양빛은 조용한 암자를 비추고 산 계곡에서 살랑살랑 불어오는 바람소리만 이따금씩 조용히 들릴 뿐이었다.

"현준아, 내가 네 동생의 관상을 보니 장차 귀한 인물이 되겠구나. 하지만 어쩐지 하늘에 외롭게 떠 있는 하얀 구름같이 외로워……. 허, 참!"

암자를 잠시 벗어나려던 두 사람의 발길을 노인이 돌려 세웠다.

"무슨 말씀이신지?"

현준스님이 당혹스러운 표정을 지으며 물었다.

"상은 귀한데 뜬구름처럼 떠돌이 신세니라. 허, 참. 말 나온 김에 내가 자네 동생에게 이름을 하나 지어 주지. 당나라에 과거를 보러 왔으니 나이는 어리지만, 지금 현재 성인이라고 봐야 하지 않겠느냐? 어른 대접을 해서 내 자字 하나를 내어 주지."

노인은 잠시 생각에 잠기는가 싶더니 이내 호몽에게서 종이와 붓을 넘겨받았다.

"치원이라고 했지? 너는 일단 관직에 근무하게 될 것이다. 그러나 너의 재주를 진심으로 알아 줄 인격자들이 아주 드물 것이다. 그러므로 외로운 구름처럼 한없이 떠돌고 또 떠돌아 당나라는 물론 신라 방방곡곡을 누비고 다니면서 이 세상의 큰 성인으로 인정받을 것이다."

그리고 노인은 힘주어 두 글자를 써 주었다.

'고운孤雲!'

호몽은 고운이라는 말을 여러 번 뇌더니, 이내 두 눈을 동그랗게 뜨고는 매우 놀라면서 노인을 쳐다보았다.

"스승님! 우리 오라버니 이름도 고운인데요?"

호몽은 몹시 흥분을 하고 있었다.

"이놈아! 글자가 다르잖냐? 뜻도 다르고!"

그러자 호몽은 멋쩍은 듯이 살포시 웃으며 돌아앉았다. 치원은 노인이 건네준 그의 또 다른 이름인 고운孤雲이라는 자字를 소중하게 받아들고 가슴에 품었다.

"어르신, 소중하게 간직하여 평생 귀하게 쓰겠습니다."

읍을 하고 돌아서는 치원을 바라보는 노인의 입가에는 흐뭇한 미소가 흘러넘쳤다. 호몽은 치원의 모습이 보이지 않을 때까지 눈길을 돌리지 않았다. 그것은 마치 연정을 품은 여인네의 뜨거운 눈빛과도 같았다.

노인으로부터 자를 받아 든 후로 치원은 길을 걷는 내내 한마디 말도 없었다. 야무지게 다문 입가에서 초연한 사내의 기운이 느껴졌다. 그런 치원을 바라보며 현준스님은 좀 전에 노인에게서 들은 치원의 앞날이 걱정되었다.

어느새 두 사람은 고개를 넘기 위해 언덕을 올라가고 있었다. 그때 웬 나무꾼이 지게에 나무를 한가득 싣고 좁은 산골짜기를 내려오고 있었다. 나뭇꾼은 스치고 지나다가 현준스님을 힐끗 쳐다보더니 고개를 갸웃거리며 몇 발자국 더 나아갔다. 서너 걸음 옮겼을 때 나무꾼은 갑자기 발걸음을 멈추더니 다시 현준스님을 돌아보았다. 그때 현준스님의 두 눈에서 오뉴월의 번개보다도 강렬한 불빛이 튀고 있음을 치원은 분명히 보았다.

"아니, 김가기 사형이 아니십니까?"

현준스님이 나무꾼을 향해 큰소리로 외쳤다. 나무꾼은 잠시 주춤거렸다. 머리에는 백발이 성성하고 시커먼 얼굴에는 주름이 가득했지만 발걸음은 날렵했다. 어찌나 빨리 걷는지 두 사람이 쉽사리 따라잡을 수가 없었다. 나무꾼은 젊은 장정도 엄두를 낼 수 없을 만큼 무겁게 생긴 나뭇단을 마치 가벼운 섶을 지고 달리듯 그렇게 경중경중 움직였다.

"허허, 누구라고요? 글쎄, 나도 들어봤음직한 이름인데? 김가기라……. 신라에서 왔던 그런 사람이 있긴 있었지. 하지만 우화등선羽化登仙한 그 친구를 구름 속에서나 찾을 수 있을까?"

나무꾼은 알 듯 모를 듯한 소리로 말하는 것 같았으나 어느새 발걸음을 돌려 속도를 냈다. 열 몇 발짝 발걸음을 내딛는 듯하더니 정말 믿을 수 없는 속도로 산허리를 돌아버리자 시야에서 보이지 않았다. 그리고는 자취를 감추고 말았다. 현준스님과 치원이 차오르는 숨을 참으며 부지런히 쫓아가는데도 도무지 따라 잡을 수가 없었다.

그때 현준스님이 갑자기 멈추어 서더니 이상한 몸짓을 하기 시작했다. 네댓 걸음, 여남은 걸음, 그리고 스무 걸음 남짓 움직이더니 현준스님의 몸이 마치 구름처럼 붕 떠올랐다.

그도 단숨에 산모퉁이를 바람처럼 휘돌았다. 이 어리둥절한 광경을 바라보는 치원은 도통 뭐가 뭔지 알 수가 없었다. 눈으로 직접 보고서도 그 사실을 도저히 믿을 수가 없었던 것이다. 짙은 안개나 비구름 사이에 꼼짝없이 갇힌 신세라고나 할까. 아무튼 정신이 몽롱해졌다. 그때 현준스님이 헉헉, 하는 숨소리를 내며 쿵, 하고 공중에서 떨어졌다.

"그래, 김가기야. 틀림없는 김가기야. 허, 참! 나와 함께 환반법과 시해법을 익혔는데, 끝내 우화등선했구나."

현준스님은 치원이 알아들을 수 없는 말을 혼자 중얼거렸다. 아직 정신을 못 차린 치원은 그러거나 말거나 신경을 쓰지 않고 묵묵히 걷기만 했다. 머릿속이 온통 하얀 게 아무런 궁금증도 일어나지 않았다. 얼마나 걸었을까. 두 사람 앞에 옹달샘이 나타났다. 현준스님은 반갑다는 듯이 달려가 샘가에 엎드려 정신없이 물을 들이켰다.

"넌 오늘 본 일을 크게 마음에 두지 말거라. 오늘 우리가 뵌 노인분은 이 종남산에서 가장 도술이 높은 종리권鐘離權(당나라 시대의 선사, 가장 도술이 높았다고 하는 전설적인 인물)이라는 어른이시다. 저 어른 밑에서 김가기나 지증대사도 모두 도술을 배웠다. 나도 한때는 심취하여 환반법과 시해법까지는 익혔는데, 불교에 귀의한 후에 도술을 버려 지금은 모두 잊은 상태다. 사실 도술은 공자 맹자의 사상과는 맞지 않는단다. 넌 공부를 해야 하니까 이 도술은 당분간 잊거라."

현준스님이 이마에 흐르는 물방울을 닦으며 말했다. 하지만 치원은 마치 꿈속을 헤매고 있는 것만 같았다. 어디선가 뻐꾸기 소리가 요란하게 들리고, 마치 술에 취한 사람처럼 몽롱한 상태에서 구름 위를 걷는 기분이었다.

"형님, 저도 도술을 배우고 싶습니다. 불로장생하는 법, 신선이 되는 법을 꼭 배우고 싶습니다."

치원은 그렇게 말하면서도 자신이 지금 무슨 말을 하고 있는지조차 알아차리지 못했다.

"아니다, 지금은 때가 아니란다. 먼저 학문 공부에 전념한 후 빈공과에 급제를 하거라. 그리고 그때 가서 도술을 익히거라. 그래도 늦지 않을 것이야. 도술을 배우고 싶을 때는 언제든지 이 종남산에 와서 저 어른을 찾아뵙거라."

현준스님은 여전히 두리번거리며 무언가를 찾고 있는 듯 보였다.

"아까 종리권선사께서 말씀하신 어머니에 관한 내용은 뭡니까? 어머니께서 백제 왕족의 후예라니요?"

가까스로 정신을 차린 치원이 암자에서 현준스님과 노인이 주고받은 말에 대해 물었다. 현준스님은 잠시 당황하는 기색을 보이더니, 이내 애써 치원을 외면하며 뻐꾸기가 우는 먼 산을 바라보았다. 온 산을 흔들어 놓을 듯 둥지를 찾는 뻐꾸기들의 울음소리는 치원의 여린 가슴을 파고들었다.

고란초의 비밀

토함산 기슭에만 열여섯 개가 넘는 절이 있었다. 불국사가 본사
本寺였고, 고만고만한 말사末寺들이 열 개가 넘게 자리 잡고 있었
다. 서라벌이 아닌 충청도 사비(지금의 부여) 근처에 있는 부소산扶蘇
山 아래 여러 개의 절이 있으나 특히 나제전란으로 인해 절이 많이
파괴된 고란사皐蘭寺 보수를 위하여 경문왕은 최견일 도편수를 책
임자로 지정하여 보수하도록 하였다. 그중에서 곡사鵠寺라고 불리
는 절은 원성왕 때부터 절터를 닦고 다져서 절 규모가 아주 컸다.
그 절을 증축하느라 건장한 사내들이 분주히 움직이며 목재를 나
르고, 돌을 나르느라 여념이 없었다.

사내들 가운데는 제법 키가 크고 늠름해 보이는 사내 하나가
왕명을 받고 그 불사佛事를 주도하고 있었다. 굳게 다문 입술에서
쓸데없는 말을 삼가는 사내의 강직함이 묻어 있고, 부리부리한 두
눈에서는 결코 굴하지 않고 학문이 높은 선비의 강직한 기백이 엿
보였다. 그 사내는 언뜻 보아도 사내 중의 사내로 잘 생긴 호남형

부여 고란사

얼굴이었다. 사람들은 그를 최견일 도편수라 불렀다.

최 도편수는 불심이 깊은 재가승이었다. 승복만 걸치지 않았을 뿐 그는 불심이 깊었고, 일하는 품새도 다른 사람들과 다르게 불사에 대한 식견이 풍부했다.

"자, 내달에는 단청을 입히겠소. 비가 오기 전에 마무리를 잘 해야 하니, 모두 서둘러 주시오."

한 치의 빈 틈도 없이 단호하게 작업 지시를 하는 그를 모두 두려워하지 않을 수 없었다. 그의 호령에 사내들은 힘든 기색을 애써 감추며 분주히 움직였다.

"최 도편수는 왕실의 신임이 아주 두터워 경문대왕으로부터 총

애를 받아 큰 불사는 도맡아 하고 있다오. 불사를 할 때는 왕명을 받아 시행하는 모습이 마치 왕자처럼 보이잖아. 주지 스님도 최 도편수 앞에서는 꼼짝도 못하잖아."

"저분이 손 본 절이 한두 군데여야 말이지. 저 주작대로 옆에 있는 황룡사나 분황사도 다 저분이 손을 봤대. 단청도 새로 입히고, 탑도 새로 쌓았다는군. 그러니 큰 절에서 일만 있으면 무조건 저분을 모신다고 그러잖아."

"신라 통일과 중흥을 위하여 당나라 유학을 마치고 돌아온 지눌대사의 권유에 따라 옛날 황룡사 9층 탑을 쌓을 때에는 선덕여왕께서 이간伊干(지금의 국무총리 격) 김용춘 어른을 시켜 불사를 마무리 지으셨다고 하는데, 꼭 저분이 그 이간 어른 같지 않나?"

일하는 사내들이 먹을 음식을 준비하던 아낙네들이 머리를 맞대고 수군거리기 시작했다.

"아유, 이간 어른을 뵈었어요? 저는 저 도편수가 황룡사 9층 탑을 지었다는 백제의 아비지 같은데요? 그분도 그렇게 잘생겼다고 하잖아요."

한 젊은 여인이 야릇한 눈길로 최 도편수를 가리키며 부끄러운 듯 피식 웃었다.

"그러면 저 최견일 도편수가 김용춘 이간이고, 반야 부인은 선덕여왕이겠네?"

묵묵히 대화를 엿듣다가 모처럼 한마디 거든 한 아낙의 말에 모두 까르르 웃었다.

"아무튼 저분은 그 어떤 큰 절의 주지 스님보다 위엄이 있다니까. 그리고 반야 부인은 꼭 여왕 같단 말이지."

"어쩌면 전생에 여왕이었는지도 모르지. 선덕여왕님이 환생하신 것 같잖아?"

여인들은 저마다 한마디씩 거들며 웃기를 반복했다.

"쉿! 너무 불경한 말은 안 하는 게 좋아. 여왕마마 얘기는 함부로 하는 것이 아니거늘. 하지만 저 견일 도편수가 분황사의 모전석탑模塼石塔(벽돌 모양으로 돌을 깎아 만든 석탑)도 손보고, 석정石井을 팠다고 하니까 우리 서라벌에서 불사로는 제일이 아닐까?"

"그럼, 그럼!"

이렇게 여인들이 숙덕거릴 때 키 큰 여인이 도편수 쪽으로 가고 있었다.

"호랑이도 제 말 하면 온다더니……."

또 다른 여인이 도편수 쪽을 바라보며 입을 삐죽거렸다. 도편수에게 다가간 여인이 그의 귀에 대고 무어라고 속삭이자, 최 도편수는 큰소리로 외쳤다.

"자! 중참(점심) 먹고 합시다! 모두 일손을 놓으시오!"

그 말에 여태 지친 표정으로 일하던 사람들의 얼굴에는 금세 화색이 돌았다. 일찍 온다고 더 많은 음식을 주는 것도 아닌데, 다들 서둘러 발걸음을 옮기고 있었다.

도편수와 얘기를 끝낸 여인이 절 마당을 건널 때, 걷는 모습에도 위엄이 서려 있었다. 결코 촐랑거리며 걷지 않았고, 땅을 쳐다

보거나 턱을 치켜들고 걷지도 않았다. 항상 시선을 멀찍이 두고 사뿐사뿐 궁녀나 왕후가 걷는 것처럼 우아하게 걸었다. 걸을 때마다 당나라 분가루나 서역 향수에서 나는 아련한 내음이 짙게 퍼져 주위를 황홀하게 했다. 이를 지켜본 여인들 모두 참으로 이상한 일이라 여기며 다시 수군거리기 시작했다.

"저 반야 부인이 백제 사람이었다며?"

"그래, 백제 황실의 후손이래."

"어쩐지 기품이 있었어."

이때 최 도편수가 목에 걸쳤던 수건을 거두어 이마의 땀을 씻고 사람들에게 어서 모이라는 듯 손을 위아래로 흔들었다. 대웅전 앞에 펼쳐진 음식에서 김이 무럭무럭 나고 싱그러운 무국이 식욕을 돋우고 있었다.

막 서른 살이 된 최견일이 반야 부인을 만나게 된 인연은 부여의 고란사 불사일을 하면서 알게 되었다. 따스한 봄의 햇살이 눈이 부시도록 빛을 내고, 백마강에서 불어오는 서늘한 강바람이 뭇 사내와 처자들의 가슴을 설레게 했다.

오전 내내 잠시라도 쉬지 않고 일을 하느라 온몸이 땀으로 뒤덮인 견일이 허기를 달래기 위해 점심밥을 먹고 있었다. 그때 요사채의 부엌에서 한 여인이 나와 다른 여인들을 지휘하고 있는 모습이 견일의 시야에 가득 들어왔다.

그녀가 목판을 가지런히 놓고 깨끗한 수건으로 그 위를 여러 번 닦은 후에 준비한 밥상을 질서 정연하게 내려놓는 모습이 아름다워 보였다. 그런 여인의 치맛자락을 열 살쯤 되어 보이는 사내아이가 잡고 무엇을 해 달라고 요구하자, 여인은 일손을 멈추고 아이를 살짝 끌어안으며 하던 일을 마치고 같이 가자고 하였다.

'아니, 저렇게 아름답고 품위 있는 여인이 이 고란사에 있었단 말인가!'

단청 일을 준비하고 있던 견일은 그 여인을 바라보는 순간 숨이 멎는 것 같았다. 신라가 삼국 통일을 한 후 많은 세월이 지났지만 옛 백제나 고구려 땅에는 전화로 인하여 겨우 형태만 남아있는 사찰과 당나라와 신라 연합군의 말발굽에 밟혀 파괴된 절이 많았기 때문에 신라 왕실에서 그런 절들을 재건하도록 재정을 뒷받침하고 있었다. 그래서 견일은 왕실의 명을 받아 백제 땅에 파괴된 절을 재건하거나 보수하는 일을 총지휘하고 있었다.

백제 왕실의 내불전內佛殿(궁중 안에 있던 사찰)이었던 고란사도 마지막 항전 때 절반쯤 타버린 상태였기 때문에 대웅전까지 무너진 터라 나무를 덧대고 단청을 새로 입히는 작업을 하고 있었다. 요사채는 모두 소실되어 아예 형태를 알아볼 수 없었기 때문에 새로 짓는 중이었다.

"최 도편수, 뭘 그렇게 넋을 놓고 있는 겐가?"

그 곁을 지나가던 주지 스님이 견일의 정신을 번쩍 들게 했다.

"네, 뻐꾸기 소리가 하도 좋고 저 대왕포 나루터의 배가 멋져서요."

그 말을 들은 주지 스님이 어이없다는 듯이 빙그레 웃었다.

"이 사람아, 속일 사람을 속여. 자네 저 여인을 마음에 두고 있는가?"

주지 스님은 견일의 마음을 훤히 꿰뚫고 있었던 것이다. 견일은 심하게 부끄러운 나머지 얼굴을 붉히며 시선을 어디에 두어야 할지 망설였다.

"내가 제대로 봤구만. 저 여인 정도라면 젊은 자네 가슴을 흔들어 놓고도 남지. 암, 그렇고 말고. 자네가 우리 고란사의 불사를 잘해 주면, 차후에 내가 손을 한번 써 보지."

주지 스님은 눈을 가늘게 뜨고는 배시시 웃으며 견일을 응시했다. 견일은 차마 주지 스님의 눈을 마주할 수가 없었다.

"어떤 여인인지요?"

견일은 여전히 그 여인의 자태에서 눈을 떼지 못하고 우두커니 선 채 주지 스님에게 물었다. 주지승인 구지스님은 아무런 말도 하지 않은 채 발걸음을 옮기며 견일에게 따라오라는 듯이 눈짓을 했다. 견일은 점심밥을 남겨두고 구지스님을 따라 대왕포 나루 쪽으로 걸어 내려갔다. 널찍한 바위가 보이자 구지스님이 그곳에 털썩 주저앉았다.

"아들 하나가 딸려 있는 것이 흠이지만 충분히 자격이 있는 여인일세. 백제의 마지막 옹주로서 낭사의 후손이니까."

견일이 침을 꿀꺽 삼키자 구지스님은 계속 여인에 관해 있는 그대로를 말해 주었다.

"남편은 충신이었던 성충 집안의 피를 이어받은 사람인데 나라가 망한 일, 선조들이 죽임을 당하고 당나라에 잡혀 갔던 일을 생각하며 허구한 날 술을 마시고 방황하다가 어느 틈엔가 겨우 마음을 다잡고 반야 부인과 결혼하고 1년이 지나지 아니한 채 곧바로 당나라를 오가며 무역을 시작했네. 무역을 시작한 후 2년쯤 될 무렵 당나라 신라방에서 시비가 붙었다네. 신라 장사꾼, 발해 장사꾼들과 패싸움을 하다가 발해 쪽 장사꾼의 칼을 맞고 그만 세상을 떠났다네. 아주 잘 생긴 사내였는데 말이야."

구지스님은 착잡한 마음을 애써 감추며 구름 한 점 없는 파란 하늘을 바라보았다.

"아까 그 사내아이가 유일한 혈육인 모양이죠?"

견일이 조심스럽게 물었다.

"그렇지. 그 사내아이 하나를 데리고 성내에서 바느질 일로 연명하고 있는 것을 안타깝게 여기신 내 앞의 주지 스님이셨던 고밀 선사께서 우리 절로 거두셨지. 우리 고란사에 와서 부엌일을 주관한 지도 삼 년이 넘었네. 아마 지금 스물여덟 살쯤 됐을 거야. 옹주답게 예절이 바르고 아는 것도 많아. 이 절에 들른 젊은이들은 저 여인을 아예 살아 있는 관세음보살이라고도 한다네. 그래서인지 그냥 되돌아가는 법이 없어. 무슨 구실을 붙여서라도 하루 이틀 저녁을 우리 절에서 꼭 묵고 가지만, 정작 저 보살은 웬만한 남자들에게는 눈길 한 번 주지 않네."

구지스님이 다시 실눈을 뜨고 견일을 쳐다보며 짐짓 견일의 표정을 살폈다. 견일은 갈증을 느끼듯이 침을 꼴깍 삼키며 안절부절 못하고 있었다.

"제가 이 고란사의 불사는 백제 제일의 불사로 마무리 짓겠습니다."

견일은 자세를 고쳐 앉으며 구지스님의 손을 움켜잡았다.

"아이고, 이 사람. 내 손을 움켜쥐는 손길이 불같이 뜨겁구만.

그래, 그렇게 마음이 뜨겁다면 함께 활활 탈 반쪽을 찾아야지. 내 최선을 다함세."

구지스님은 흡족하다는 듯이 자리를 털고 일어섰고, 견일은 다시 고란사를 바라보며 두근거리는 마음을 좀처럼 가라앉히지 못했다. 견일은 고란사의 불사를 진행하는 동안 매일 아침마다 일찍이 예불을 올리며, 불사가 성공적으로 마무리되기를 간절히 바랐다. 그러면서 한 여인을 향한 애타는 마음도 간신히 진정을 시켰다.

그해 여름, 드디어 온 정성을 기울인 고란사의 불사가 모두 마무리되었다. 그날 밤, 구지스님은 두 사람의 혼례의식을 치러주기 위하여 고란정 앞으로 오라고 하였다. 두 사람은 스님 앞에 나란히 섰다. 구지스님은 그 고란정의 물 한 동이를 떠 놓고 그 위에 고란초를 띄웠다. 고즈넉한 달빛이 고란정의 물을 아름답게 비추고 있었다.

"옛날 백제의 궁녀들은 바로 이 고란정의 고란수를 임금님께 올릴 때 정성을 들이기 위해 이 고란수 위에 고란초를 이처럼 정성스럽게 띄워서 고이 들고 갔다고 하더군. 이 고란초 한 잎의 생명력도 오십 년은 간다고 하네. 오늘 신랑 견일은 이 고란수 위에 아름답게 떠 있는 고란초 같은 반야를 부인으로 모시게 되었으니, 앞으로 백 년 동안 그대의 생명을 다해 아내 반야를 지켜 주겠느뇨?"

구지스님의 목소리는 낮으면서도 장엄한 힘이 느껴졌다.

"네, 제 생명보다 더 소중하게 이 사람을 지키겠습니다."

견일의 목소리는 조금 떨리고 있었지만 무언가 강한 결의가 묻어 있었다. 그는 두 눈에 힘을 주고는 반야를 쳐다보았다. 그러면서 비취색의 예복을 입은 반야의 손을 잡았다. 반야는 그윽한 눈빛으로 견일을 올려보았다.

반야는 눈가에 촉촉한 물기 있는 모습으로 말했다.

"제 아들 현준을 당신의 아들로 받아 주십시오."

"암, 여부가 있겠소? 훗날 우리 사이에서 태어나는 자식과 조금도 차별없이 내 자식이라 생각하고 잘 키우겠소."

구지스님은 두 사람의 대화를 듣고 매우 만족한 모습으로 신혼부부의 혼례의식을 끝내면서 천년만년 백년해로할 것을 간곡히 당부하고 헤어졌다.

두 부부는 첫날밤을 맞이했다. 남편 견일이 먼저 말했다.

"그대와 나는 이제 부부의 인연의 맺었으니 내가 그동안 가슴 깊이 간직한 인연의 소중함을 고백하지 아니하면 마음속으로 죄를 짓는 것 같아 고백하겠소. 난 경문왕으로부터 신임을 받고 있으므로 서라벌에 돌아가도 왕실 불사를 계속 도맡아 할 몸이오.

나와 경문왕의 특별한 인연을 어느 누구에게도 말하지 아니했으나 그대에게 처음으로 말하겠소. 경문왕과 나는 서라벌 남산 아래 한마을에서 태어나 어릴 때부터 같은 학당에서 동문수학하는 동안 노자의 도덕경과 사서삼경을 함께 공부하면서 자랐소."

견일은 경문왕과의 일을 떠올리며 반야를 앞에 두고 이야기를 계속했다.

"나는 노자의 도덕경을 즐겨 공부했는데 그 중에 가슴에서 평생 잊혀지지 아니한 구절은 화광동진和光同塵입니다. 화광동진은 이목구비를 막고 긴장감을 풀게 되면 마음으로 세상 이치를 통찰할 수 있는 지혜의 빛이 일어나게 된다는 말입니다. 이를테면 이롭게 하지도 않으며 해롭게 하지도 아니하여 귀하게 할 수도 없고 천하게 할 수도 없으므로 도를 아는 사람과는 친해질 수도 없고 멀어지지도 않기 때문에 자기 자신이 천하에서 가장 귀한 사람이라는 것을 스스로 깨닫게 된다는 말씀을 내가 공부하면서 가슴속에 늘 생각하였습니다. 세상 이치를 관찰할 때 이쪽저쪽도 아닌 경계자의 중심에 서서 생각하고 말을 조심해야 되겠다고 판단하였으므로 내가 살아오는 동안 이 말을 좌우명으로 삼고 실천하려고 항상 노력했습니다. 그리고 내가 특별히 공자의 논어를 탐독하면서 생각나는 구절은 견심견성見心見性으로, 부처님 마음으로 사물을 보면 부처님같이 보이고 개나 돼지 같은 마음으로 사물을 보면 개나 돼지같이 보인다는 말입니다. 즉 마음에 있는 것이 눈에도 그렇게 보이는 것이라고 했습니다. 또한 낙관적인 마음 상태를 항상 유지하는 것이 가장 중요한 것이라고 말했습니다. 꽃이 활짝 피고 나면 시들 일만 남고 달이 꽉 차고 나면 기우는 일만 남게 되므로 친구나 가족 관계에 있어서도 어느 정도 거리를 두어야만 기대와 동경심이 남아 있어 새로운 마음이 일어날 수 있다고 했습니다. 그러나 이 세상에서 가장 중요한 사람은 현재 내 마음을 필요로 하는 사람이라고 하였습니다. 그리고 가장 중요한 일은 당장 실행에 옮기는 것이라고 했습니다. 아울러 가장 중요한 시간은 지금 바로 이 순간이니 조금도 미루어서는 안 된다고 했습니다. 사람, 일, 시간을 중요시하기 위해서는 자기를 낮추고 남들을 존중하고 존경하면서 겸손한 태도로 상대방을 대해 주어야 한다고 했습니다. 즉 역지사지易地思之로 대하는 것이라고 했습니다. 이렇게 상대방을 대하는 것은 자기 스스로 수양의 도와 덕을 닦는 것이 된다고 했습니다. 이렇게 해서 훌륭한 인격을 갖게 되면 세상 사람들 모두가 나를 사랑하고 존경해 주므로 부모 형제나 다름이 없다고 했습니다. 그러므로 남을 용서하고 이해해 주는 것이 지혜이고 진정으로 남을 사랑하고 배려해 주는 것이 애인愛人, 즉 인仁이라 하였습니다.”

견일은 잠시 말을 멈추더니 반야를 다정하게 쳐다보더니 다시 말을 했다.

“세상의 이치를 깨달은 사람들이 늘 하는 말로는 인생은 유한하며 자연은 영원하다고 합니다. 우주만물의 질서에 따라 유유히 흘러가는 시간 속에 사람은 지극히 작은 존재입니다. 눈 깜박할 사이에 사람의 생명은 사라지고 맙니다. 그리하여 성현들은 세상을 살아가면서 깨달은 세상 이치를 모든 사람이 유용하게 사용할 수 있도록 문자나 글씨, 그림으로 도움을 주는 사람이라는 것을 깨닫게 됩니다. 인생 처세를 통해서 깨달은 다양한 '삶'의 경험은 무수한 세월의 터널을 지나 오늘뿐만 아니라 미래까지 이어져 가야 하는 것이 서恕와 충忠, 두 글자이므로 다 같이 노력하자고 나와 경문왕이 다짐했습니다. 경문왕은 남들보다 무예가 뛰어나고 사서삼경도 통달했습니다. 학당 훈장은 저와 경문왕 간에 선의의 경쟁을 시키면서 교육을 시켰습니다. 무예는 내가 경문왕을 도저히 따라갈 수 없었으나 학문과 그림 그리기는 제가 경문왕에게 결코 뒤지지 아니 했습니다. 경문왕과 저는 경쟁을 통해서 공부하였고 서로서로 도움을 주면서 끈끈한 정을 주고받았습니다. 그 후 경문왕은 젊은 나이에 화랑으로 선발되어 국선도의 풍월주가 되었습니다. 그리하여 신라 문성왕의 두터운 신임을 받고 있었습니다. 문성왕에게는 아들이 없고 공주 세 명만 두었는데 공주를 여왕으로 임명할 수가 없어 고민하던 중 국사로 있었던 스님이 풍월주와 첫째 공주를 결혼시켜서 다음 왕으로 승계시키면 된다고 하였습니다. 그리하여 왕은 첫째 공주와 풍월주를 혼인시켰습니다. 풍월주 역시 다른 사찰의 이름난 고승으로부터 첫째 공주와 결혼하면 장차 왕이 될 수 있다는 말을 들었습니다. 왕위 임명은 당나라에서 허락을 받아야 되므로 풍월주를 왕으로 허락해 달라는 요청을 하여 당나라에서는 무예와 시문에 뛰어남을 인정하고 왕위를 허락해 주었습니다. 풍월주가 왕위에 오르자마자 스스로 경문왕이라고 하였습니다. 경문왕으로 왕명을 지은 후 백성들이나 신하들의 말을 귀 기울여 잘 듣고 문치文治로 나라를 잘 다스렸습니다. 그리하여 내 귀는 당나귀 귀라는 별명이 붙은 왕이기도 합니다. 경문왕은 왕이 되자마자 최우선 국정과제로 백제, 고구려와의 전쟁으로 소실된 사찰을 우선 재건축하는데 역점을 두면서 그림과 문장에 뛰어난 붕우유신朋友有信인 저를 왕실로 불러 중요 사찰 보수의 일을 전담하게 했습니다. 그러므로 저는 사찰 중건 일을 많이 했습니다. 이러한 일들은 저와 경문왕이 인간관계를 맺고 이 세상을 이롭게 하자는 목표를 정했기 때문입니다."

반야는 견일의 말을 다소곳이 앉아 경청했다.

"그대를 이렇게 만나게 된 특별한 인연도 경문왕 덕분이라고 생각합니다. 앞으로도 불교의 일을 많이 하게 될 것이므로 나나 그대를 위해 부처님께서도 우리 집안을 잘 이끌어 주실 것이오."

그 말을 듣던 반야가 갑자기 눈물을 흘리기 시작했다. 아무래도 자신의 과거가 떠올라 반야를 울컥하게 한 듯했다.

견일이 반야의 눈가에 흐르는 눈물을 정성스럽게 닦아 주었다.

그날 밤 반야는 견일의 품에 안겨 뜨겁게 달아올랐다. 새로운 삶을 맞이한다는 것이 사뭇 행복했던 반야는 온몸으로 견일을 감싸며 그가 진정한 사내로 태어날 수 있도록 지극정성으로 어루만져 주었다.

견일은 그런 반야의 혀끝에 온몸이 녹아내리며 그녀의 깊은 곳을 향해 내달리다가 이내 자신의 모든 것을 쏟아내고는 겨우 마음을 진정시켰다. 그러다가 다시 반야의 부드러운 손길이 몸을 흔들자 이내 기운을 차리고 깊은 동굴을 내처 달리는 성난 호랑이처럼 반야의 몸을 파고들었다.

부여에서 구지스님의 소개로 부부인연을 맺고 얼마 후, 왕명을 받은 견일은 곧장 서라벌로 돌아가지 않고, 반야와 현준을 데리고 문창현으로 향했다. 당시 통일신라의 문창현文昌縣 신치新峙(전라북도 옥구군 옥구면) 부근에 있는 천방사千房寺가 전쟁통에 불타 없어진 후 오랫동안 잡초에 묻혀 있다가 복원 작업이 시작되었기 때문에 그곳으로 향했던 것이다.

문창현은 참으로 아름다운 고장이었다. 내륙으로는 큰 평야가 있었고, 서해바다에서는 당나라나 왜국으로 갈 수 있는 커다란 포구(군산)가 있었고, 바다 건너에는 수많은 섬(고군산열도)들이 저마다 아름다운 자태를 자랑이라도 하듯 뽐내고 있었다.

천방사에는 창건에 얽힌 사연이 전설처럼 내려오고 있었다. 삼국통일을 위한 전쟁을 벌일 때 김유신과 김춘추는 이미 힘이 부쳐 있었다. 백제 계백장군에 의해 김춘추의 딸과 사위가 전사하자 김춘추는 사랑하는 딸의 죽음을 달래주기 위해서 어릴 적 당나라에서 인연을 맺어온 고급관리들을 찾아가 실용 및 실리외교인 나당연합으로 백제를 멸망시키기로 굳은 결심을 하면서 당나라의 힘을 빌리기로 했다.

그때 함대를 이끌고 서해바다를 건너 온 당나라 최고사령관은 소정방蘇定方(595~667)이라는 장군이었다. 그는 당나라 병사 13만 명을 이끌고 산동반도에서 출발하여 서해를 건너 백제로 향했다.

신라 무열왕 7년, 백제 의자왕 재위 20년, 당나라 고종 즉위 5년, 서력으로는 660년이 되던 해 3월, 소정방은 신구도대총관神丘道大摠管이라는 총사령관 깃발을 휘날리며 문창현 앞바다로 들어섰다. 그런데 그 바다는 미로와 같았다.

바다 쪽으로는 60여 개의 섬이 밀림처럼 들어서 있었고, 바닷물의 파도가 갑자기 심해지는데 당나라 군대가 백강(금강)으로 들어가는 길목은 갯벌로 인하여 뱃길을 찾을 수가 없었다. 함대를 이끄는 선두 부대의 장군도 그만 심한 파도로 인하여 뱃길을 잃고 말았다. 그날따라 바다에는 안개가 자욱하여 지척을 헤아리기가 매우 어려웠다. 소정방은 당황하여 그만 뱃전에 엎드리고 말았다. 그때 짙은 안개를 비집고 희미하게 산머리가 보였다.

"천지신명이시여! 우리 군대 모두를 구하여 주시옵소서. 만약 저희들이 살아남으면, 승전하고 돌아오는 길에 저기 보이는 저 산마루에 일천 개의 절을 지어 보은하겠나이다. 반드시 보답하겠나이다."

소정방은 하늘을 향해 기도를 했다. 그런데 기이한 일이 벌어졌다. 소정방이 천지신명께 소원을 말하고 삼배를 올린 후에 허리를 펴니 놀랍게도 해무가 걷히기 시작한 것이다. 그 길로 소정방은 문창현에 상륙하여 내륙으로 달려갔다.

그 사이 김유신은 백제의 계백階伯 장군을 황산원黃山原(논산 일대)에서 대파하고, 뒤늦게 도착한 소정방은 기벌포伎伐浦(전북 부안군 동진면 당산리 일대)에서 백제군을 제압했다. 그리고 소정방과 김유신의 군대는 협력하여 사비성에 들어가 백제 의자왕과 태자 융隆을 생포했다.

　백제의 왕과 태자를 당으로 끌고 가며 의기양양해진 소정방은 귀로에 문창현의 그 산, 해무 속에 갇혀 있을 때 바라보았던 산에 올라갔다. 그러나 그 산은 의외로 크지가 않아 일천 개의 사찰을 세울 수가 없는 지형이었다. 그래서 소정방은 급한 대로 일천 개의 돌을 모아 석불을 만들었고, 절 하나만을 지어 일천 개의 석불을 방에 각각 모시도록 했다. 그곳이 바로 천방산의 천방사인 것이다.

　백제 왕실의 후손인 반야는 신라 사람인 견일을 남편으로 맞아 나날이 행복한 일상을 보냈다. 열 살짜리였던 아들 현준은 어느새 미소년의 모습이 되었다. 천불사가 보이는 그 바닷가에서 즐겁게 뛰어 놀기도 하고 뱃놀이도 하면서, 봄의 새싹과도 같은 깨끗하고 아름다운 기쁨을 맛보았다. 때마침 두 사람 사이에 사랑이 더욱더 무르익기 시작했다.

　"새로 태어나는 아이는 어떠한 사람이 되기를 원하십니까?"

　반야가 잔뜩 상기된 얼굴을 한 채 숨을 몰아쉬며 겨우 물었다.

　"이미 있는 다른 성현들보다 학문을 통해 이 세상 모든 사람에게 이로움과 빛을 줄 수 있는 사내 녀석이 태어났으면 좋겠소."

　견일이 반야를 힘껏 껴안았다.

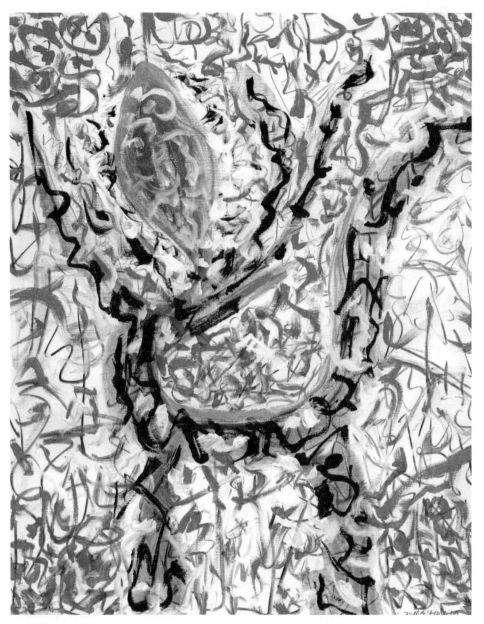

자유인 최치원 출생과 성장에 대하여 천·지·인의 도움이 있었다는 것을 회화하여
작품화하였음.

"소첩이 항상 관세음보살님께 불공을 드리고 있으니 당신의 소원이 꼭 이루어질 것입니다. 더구나 우리의 인연이 어디 보통 인연입니까? 불사를 하면서 이렇게 만나지 않았습니까? 부처님을 비롯한 천지신명께서 우리 부부인연을 맺어준 것으로 생각합니다. 저는 항상 관세음보살과 같이 생활해 왔으니, 서방님께서도 절 일을 하면서 상대하는 모든 사람을 존중하고 배려하여 주면서 남들에게 이익이 되게 하여 주십시오."

반야가 견일의 품 안으로 더 깊이 파고들면서 간절히 당부했다. 그 후로도 반야 부인은 사랑하는 남편의 소망을 이루기 위해서 시간이 나는 대로 인근 고란사를 찾아가 관음전에서 불공을 드렸고, 집에서는 매일매일 정화수를 떠 놓고 삼신할머니에게 기도를 올렸다.

그렇게 시작된 기도가 어느덧 백 일이 지나고 있었다. 어느 날 반야 부인은 피로가 몰려와 잠시 졸고 있었다. 그때 하얀 옷을 입은 산신령이 다가와 반야 부인을 흔들었다.

"열흘이 지난 후 남편과 합궁을 하면 반드시 기도대로 소원이 이루어질 것이다. 그러면 이 세상 모든 사람을 가장 이롭게 할 지혜로운 현자가 탄생할 것이고, 신라를 넘어 당나라까지 크게 이롭게 할 것이다."

그 소리에 반야 부인은 깜짝 놀라 눈을 떴다. 비록 꿈이지만 산신령의 말이 귓전을 맴돌면서 떠나지 않았던 터라 그 계시가 예사롭지 않고 마냥 신비스럽게 다가왔다. 산신령의 계시를 받은 이후 반야 부인은 몸과 마음가짐을 평상시보다 더욱더 청정하게 하고 절간 시중과 가사도 정성을 다하면서 관세음보살님께 기도를 올렸다.

"당신도 관세음보살처럼 몸과 마음을 항상 청정하게 하세요. 또 모든 일을 진행함에 있어 항상 미소를 띠고 열심히 정진하고 또 기도하세요."

반야 부인은 견일에게 꿈 이야기를 하며 신신당부했다.

"모든 사람을 이롭게 하는 지혜로운 현자를 잉태하게 해 주시옵소서."

반야 부인은 주문을 외우듯이 숨 쉬는 순간순간 생각하고 또 기도했다. 마침내 산신령이 말한 열흘째 되는 날이었다. 견일과 반야 부인은 깨끗한 물로 몸을 말끔히 씻은 뒤 서로 기도드리고 진시(11시쯤)가 될 때쯤 잠자리에 들어 합궁을 했다.

견일은 여느 때 보다 더 소중하게 그녀를 몸과 마음으로 사랑해 주면서 더 힘껏 끌어안으며 자신의 굵직한 사내를 반야 부인의 몸속으로 힘껏 밀어 넣었다. 반야 부인이 황홀감에 젖어 입을 벌리고 뜨거운 숨을 한껏 토해내자 견일은 마침내 몸을 부르르 떨며 움츠러들었다. 그들은 기름진 밭에 새로운 씨앗을 뿌리는 농부의 심정으로 사랑을 주고받으면서 서로서로 뜨거운 기운을 느꼈다.

그때 반야 부인은 분명히 보았다. 견일이 자신에게 새 생명의 기운을 힘껏 쏟아내는 순간 미소를 가득 머금은 관세음보살이 천장에서 내려다보고 있었다.

"우리 부부가 무척 사랑하는 것을 보고 하늘이 우리에게 아이를 하나 보내 주시려나 봐요. 집안의 경사를 위해 새 생명이 태어나려고 하는 것 같아요."

한 달 남짓 지나자 반야 부인은 견일의 손을 잡으며 기뻐했다.

"당신, 아기를 가졌소?"

견일이 깜짝 놀라 입을 다물지 못했다.

"어머 작은 소리로 말하세요. 누가 들으면 어쩌려고요? 복중의 아이가 우리 부부의 행동을 마음으로 보고 있으며 또한 우리가 말하는 것을 다 듣고 있어요. 나쁜 말과 행동을 일체하지 말고 아름다운 말과 행동을 해 주세요."

반야 부인이 기겁을 하고는 견일의 입에 손을 대었다. 그러자 견일이 반야 부인의 뜻을 알고 안으며 방바닥에 조심스럽게 눕혔다. 사랑의 열매가 시작되고 있었다. 점점 불러오는 배를 안고 반야 부인은 무척이나 행복한 나날을 보냈다.

시간이 흘러 차츰 낮이 짧아지고 밤은 길어지더니 이내 찬바람이 불어 날씨가 제법 추워지기 시작했다. 반야 부인은 태기가 있은 이후부터 몸이 점점 무거워져 종전처럼 일하기가 어려웠다. 그래도 어려운 사람들을 찾아가서 도와주고, 특히 일부 탐관오리들의 핍박으로 인하여 고향을 등지거나 혹독한 가뭄과 홍수로 인해 가정이 붕괴되어 부모를 잃고 고아가 된 아이들이 모여 사는 곳을 찾아가는 일을 멈추지 않았다. 아이들을 자기 자식처럼 아끼고 사랑하며, 맛있는 음식을 정성스럽게 마련해서 마음껏 먹게 했다.

"당신은 아들이 좋아요, 딸이 좋아요?"

반야 부인은 대청마루에 앉아 만삭이 된 배를 어루만지며 견일과 모처럼 오붓하게 대화를 나누고 있었다.

"당신 닮은 딸이 태어나도 좋고, 나를 닮은 사내아이가 태어나도 좋지. 더욱더 좋은 것은 당신과 나의 좋은 유전자만 받아서 세상사람으로부터 존경받는 인물이 되는 것이겠지만 그저 우리 아이가 건강하게만 태어나길 바랄 뿐이오."

견일이 허리를 구부리고 반야 부인의 배에 귀를 대었다. 뱃속에서 아이가 발버둥을 치는 모습이 그대로 느껴졌다.

"저는 사내아이였으면 좋겠어요. 그러니 당신이 아기 이름부터 잘 지어 주세요."

"아기 이름? 으흠⋯⋯."

견일은 먼 산을 바라보며 곰곰이 생각하느라 한참 동안 말이 없었다.

"아기 이름은 태어날 때까지 시간을 두고 생각해 봅시다. 그보다 먼저 우리한테 아기가 생겼으니까 예전과 다르게 우리 이웃은 물론 모든 사람을 존경하고 배려하면서 살아갑시다. 옛말에도 남에게 피해를 주면 반드시 자기나 후대에 되돌아온다는 말이 있지 않소?"

견일은 반야 부인에게 다짐이라도 하듯 얼굴을 마주 보며 두 손을 꼭 잡았다. 얼마 후 출산일이 가까워진 반야 부인은 태몽을 다시 꾸게 되었다. 이른 새벽, 우주만물을 처음 비추는 태양을 두 손으로 잡고 가슴으로 끌어안는 꿈을 꾼 것이었다. 그리고 열흘이 지나 반야 부인은 해산의 막바지에 이르러 고통에 시달리고 있었다.

아침나절부터 진통이 시작되었으나 아기는 쉽게 태어나지 않으며 애만 태웠다. 산통을 견디다 못한 반야 부인이 아랫배를 움켜잡고 방바닥을 뒹굴다시피 하며 가까스로 고통을 참아냈다. 진땀을 흘리던 반야 부인은 정오 무렵이 되어서야 갓난아이의 울음소리를 들을 수 있었다. 이들 부부는 이제 갓 세상에 태어난 아기를 내려다보면서 사내아이인가, 계집아이인가를 먼저 살펴보았다.

"사내아이입니다."

산파가 탯줄을 자르며 견일에게 말했다.

"아기를 내게 안겨 줘 봐요."

기진맥진한 반야 부인이 겨우 정신을 차리고 나서 나지막이 말했다. 산파가 아기를 깨끗이 씻긴 뒤 반야 부인의 가슴에 조심스럽게 올려놓았다. 난생 처음 어미의 가슴에 안긴 아기는 우렁찬 울음을 토해냈다.

얼마 후 간신히 울음을 멈춘 아기는 반야 부인의 가슴에 얼굴을 묻고 정신없이 젖을 빨았다. 견일은 더 가까이 다가가 젖을 먹고 있는 아기의 눈을 살폈다. 눈빛이 매우 총명하게 빛나는 게 마치 관세음보살의 아름다운 미소를 머금고 있는 듯했다.

"아기의 이름은 지으셨습니까?"

반야 부인이 견일을 바라보며 빙긋 웃었다.

"그렇소. 부인께서 태몽을 꿀 때부터 기원한 천수천안의 지혜를 가진 관세음보살과 모든 일을 성취하려 노력하고 실천을 행하는 보현보살을 나는 늘 생각했소. 그리하여 세상 이치를 깨닫는다는 뜻에서 '치致' 자로 하고, 한없이 먼 하늘나라까지 이익을 줄 수 있다는 뜻에서 '원遠' 자를 넣어 치원이라고 이름 지었소. 부인 생각은 어떠시오?"

그러자 반야 부인은 얼굴 가득 미소를 지으며 고개를 끄덕였다.

천방사 불사가 시작되고 사 개월이 지났을 무렵 고란사 주지 구지스님이 천방사 불사를 하고 있는 최견일을 만나기 위해 천방사 하촌을 지나가다가 마을 부녀자들이 최견일 부인에 대하여 이상하게 말하는 것을 우연히 엿듣게 되었다.

"최견일 부인은 원래 우리 백제 옹주의 후손이었대. 그런데 신라출신 견일 도편수에게 마음을 주고 혼인을 했다는구먼."

"아무리 남자가 좋아도 그렇지, 백제의 왕손이 어찌 신라 도편수에게 시집을 가누?"

"그런데 이번에 두 사람 사이에 아이가 생겼대. 백제와 신라의 합작품이지."

저마다 아무런 생각 없이 호들갑을 떨며 말하는 것을 우연히 듣고서 고란사 주지 구지스님은 하촌 마을 부녀자들에게 반야 부인과 최도편수 이들 부부 인연이 맺어지게 된 동기를 상세히 이야기해 주었다. 특히 이들 부부 사이에 태어날 아들 탄생에 관한 자기의 태몽 이야기도 함께 들려주었다.

서천 천방산

견일이 천방산에 올라 천방사의 마지막 단청을 마무리하게 되어 집에 들어오지 못하는 상황이 벌어졌는데 반야가 누워 있는 방 안에 정체 모를 괴물이 들이닥친 것이다. 얼굴에 금돼지 탈을 쓰고 있던 그 괴물은 어마어마한 힘으로 반야를 혼절하게 만들어 그녀를 안고 서해 섬쪽으로 달려가는 것을 보았다. 뒤늦게야 소식을 전해 들은 견일이 황급히 산에서 내려와 울부짖는 현준을 마을 사람에게 맡기고는 기도를 시작했다.

"제 반야를 찾게 하여 주시옵소서. 아름다운 제 반야를 구해 주소서. 나무아미타불! 관세음보살!"

그때 어디선가 기이한 소리가 들렸다.

"천방산 앞바다 내초도의 금돼지굴로 즉시 달려가 보거라."

그 소리를 듣고 견일이 황급히 마을 사람들과 함께 배를 저어 섬에 들어갔다. 그런데 거짓말처럼 반야는 막 몸을 풀고 편안한 자세로 누워 있었고, 그 곁에는 강보에 싸인 잘 생긴 사내아이가 울고 있었다. 두려워한 나머지 그토록 증오했던 괴물은 어디론가 자취를 감추고 보이지 않았다. 견일은 반야와 아이를 데리고 집으로 돌아왔다.

마을 사람들이 무어라 하든 견일은 전혀 개의치 않고 오로지 천방사 불사에만 매달렸다. 그러면서 견일과 반야 부인의 사이에서 태어난 치원은 아무 탈 없이 나날이 무럭무럭 잘 자랐다.

치원이 네 살이 되자 어머니와 형으로부터 글을 배웠다. 제 형과 함께 바닷가에서 잘 놀았고, 틈만 나면 넓고 매끄러운 바위 위에서 형과 함께 글을 읽었다.

달 밝은 가을밤에는 달빛 아래에서 소리 내어 책을 읽었다. 마을 사람들도 어린 치원이 바위 위에서 낭랑하게 글 읽는 소리를 쉽게 들을 수 있었다. 글 읽는 소리는 서풍을 타고 마을로 날아갔다.

"무슨 아이가 저렇게 밤늦도록 책을 붙잡고 씨름하누? 아이라면 아이답게 놀이에 열중해야지. 지가 무슨 천재라고 책 읽는 일에만 매달리누."

마을 사람들은 너나 할 것 없이 치원의 글 읽는 소리를 들으며 혀를 끌끌 찼다. 그러나 뱃사람과 농사짓는 사람들이 대부분인 이곳 마을 사람들은 세월이 지나가면서 결국 어린 치원을 공부 잘하는 아이로 인정하기 시작했다.

"야 이놈아, 저 천방사 불사를 맡은 서라벌 사람 아들을 보거라. 달빛 아래서 글을 읽지 않느냐? 너는 아침에도 뛰어 놀고, 점심 먹고 나서도 뛰어 놀고, 저녁에도 아이들과 무리를 지어 바닷가에서 뛰어 놀기만 하니? 도대체 언제나 책을 읽을 것이냐? 이놈아! 책을 읽어야 서라벌로 가고, 서라벌로 가야 출세를 하지."

처음에는 아이가 아이답게 뛰어 놀아야 한다며 글 읽는 치원을 향해 손가락질을 일삼던 사람들이 이제는 글 읽기를 게을리하며 뛰어 노는 데만 정신이 팔린 제 아이들을 나무랐다.

훗날 마을 사람들은 어린 치원이 앉아서 공부했던 그 넓은 바위를 자천대紫泉臺라고 불렀다. 그 바위 옆에 붉은 물이 솟아오르는 샘이 있었다.

"넌 어쩌면 책 읽는 소리도 그렇게 낭랑하니? 고요한 가을밤에는 네가 책 읽는 소리가 십 리 밖에서 뿐만 아니라 이웃 당나라 사람들도 글 읽는 소리를 들었다는 소문이 있더라. 네 글 읽는 소리를 듣고 우리 동네 아이들이 책을 읽기 시작했단다. 참으로 고맙구나."

치원이 마을에 나타나면 아낙네들이 모여 들어 치원의 머리를 쓰다듬어 주며 칭찬을 아끼지 않았다. 치원이 여섯 살을 넘겼을 때 견일은 천방사 불사를 7년 동안 끝내고 서라벌로 돌아가기로 했다. 서라벌로 돌아오면서 견일과 반야 부인은 부부의 간절한 기도 속에서 산신령과 고란사 구지스님 이야기를 갖고 태어난 아들이 보통 아이들과 다르게 성장하는 모습을 자랑스럽게 여겼다.

"너는 누가 뭐래도 서라벌 사량부의 자랑스러운 아들이다. 이름을 지어준 대로 장래 세상 이치를 깨닫고 남을 이롭게 하는 명성있는 학자나 지도자가 되기를 아비와 어미는 항상 기도 드렸단다."

이들 내외는 치원의 손을 번갈아 나누어 잡으면서 솟아오르는 기쁨을 서로서로가 감추지 못했다.

현준스님은 지난 과거 부모님과 치원이 함께 즐겁게 살던 모습을 지켜보았던 것을 말해주었다. 현준스님과 치원이 종남산을 다 내려와 삼태기 모양의 옹달샘 곁에 앉아 있을 때 멀리 향적사의 종이 울리고 있었다. 그러자 현준스님이 동생 치원을 바라보았다.

"치원아, 네가 태어날 때 나는 열한 살이었다. 웬만큼 철이 들 때였으니까 문창현의 그 넓은 들과 바다를 다 기억할 수 있단다. 그때는 참 행복했었지. 우리 어머니가 가장 행복했던 시절이기도 했지. 천방사의 불사를 끝내고 돌아오시던 아버지는 언제나 단 엿이나 과일, 그리고 어머니가 좋아하시는 백제 절편을 사들고 오셨어. 어머니는 내 손을 잡고 천방사로 가는 오솔길이 내려다보이는 언덕까지 올라가셔서 아버지를 기다리셨지. 아버지는 우리만 보면 손을 흔들면서 잰걸음으로 달려오셨어. 그때가 참 행복했던 시절이었단다."

현준스님은 조용히 눈을 감았다.

"제가 천방산 앞 바다에 있는 그 섬에서 태어났다는 태몽이 무슨 의미일까요? 좋은 일일까요? 나쁜 일일까요?"

현준스님에게 모든 이야기를 듣고 난 치원은 자신의 기이한 태몽에 대해 의문을 품었다.

"나도 그것이 궁금했단다. 그래서 이곳에 와 유학을 하며 도를 닦을 때, 스승님께 그 태몽의 의미를 여쭈어 봤었지."

현준스님은 입가에 흐뭇한 미소를 가득 머금었다.

"그랬더니요?"

치원은 몹시도 궁금했다.

"종리권선사께서 이렇게 말씀하셨단다. 그때 어머니를 납치해 간 돼지 머리의 괴물은 백제의 지신地神이었다는 거야. 귀한 백제의 왕손이 신라 사내와 혼인한 것을 시샘하여 그 섬으로 납치해 간 거라고 하셨느니라."

현준스님은 팔을 뻗어 치원의 어깨를 다독였다.

"그런데요?"

치원이 눈을 크게 뜨고는 현준스님을 주시했다.

"그런데 어떻게 해서 어머니가 무사하셨고 또 너를 그 금돼지굴에서 낳게 되었다는 의미가 궁금한 것이더냐?"

현준스님은 옅은 미소를 지으며 치원의 머리를 쓰다듬고는 계속 말을 이어갔다.

"선사님의 말씀은, 수많은 불사를 하는 동안 오직 부처님 세계를 위해 온몸을 바친 아버지의 크나큰 공덕이 그 심술궂은 백제의 지신을 누르고 너를 무사히 태어나도록 했다는 것이다. 그리고 그 일은 오히려 전화위복이 되어 너에게는 이 세상 그 누구에게도 없는 천재성을 갖게 했단다. 그래서 너는 분명히 세상 사람들을 이롭게 하는 명성 있는 학자나 탁월한 지도자 또는 융합된 통찰의 지혜를 갖춘 큰 성인이 될 것이라고 선사께서 말씀하셨단다.”

현준스님이 치원의 손을 잡으며 단호하게 말했다.

“형님, 제가 정말 사람들을 이롭게 할 만한 자격을 가지고 있을까요?”

치원은 자리에서 일어나 현준스님 앞에 무릎을 꿇고 앉아 정중히 물었다.

“나는 믿느리라. 정말로 너는 어려서부터 한 치의 흐트러짐도 없이 올곧게 자란 아이야. 앞으로도 너는 모든 사람의 모범이 될 것을 확신하고 있어. 그리고 사물을 판단함에 있어 결코 좌나 우로 치우치지 않고 언제나 정도를 걷는 크나큰 대인이 될 거라고 모든 사람이 말하는 것을 들었다.”

현준스님이 치원의 손을 잡아 일으키며 위엄 있는 목소리로 말했다. 그리고는 치원의 시선을 동쪽 서라벌을 향하게 하고, 정성스레 손을 모아 예를 올렸다. 형제는 서라벌에 있을 부모님을 생각하며 동쪽을 향해 정중하게 예를 올리고 또 올렸다. 옹달샘 위를 지나는 솔바람이 잠시 머물더니 작은 파장을 일으켰다.

현준스님과 치원은 종남산에서 내려와 배찬 대감집으로 발걸음을 돌렸다.

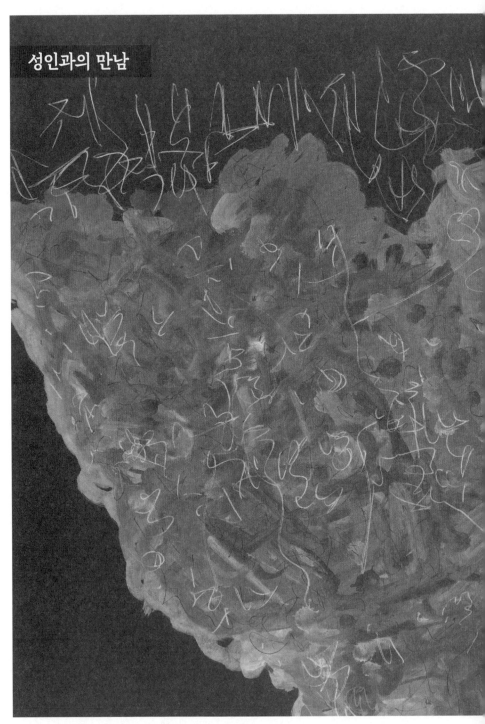

성인과의 만남

최치원의 철학과 사상이 담긴 대한민국의 창조와 혁신정책, 그리고 미래를 준비하는 방법을 회화 25점으로
작품화하여 정부에 제안한다.

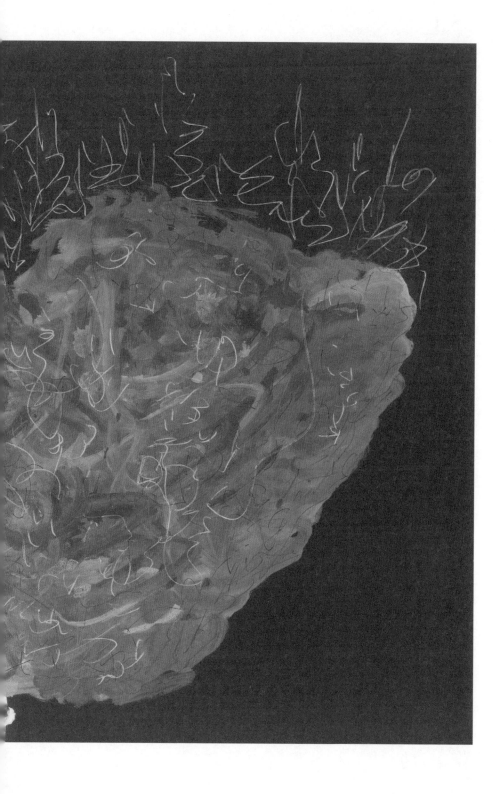

국자감

배찬의 집은 동문 근처에 있었다. 학자의 집은 붉은색 벽돌담이 휘휘 돌아 선비의 단아한 기백을 드러냈으며, 벽돌담을 담쟁이넝쿨이 빼곡히 에워싸고 있어 자연을 벗 삼아 편안한 마음으로 자연의 도를 즐기는 배찬의 마음을 엿볼 수 있었다.

현준스님의 뒤를 따라 치원이 그의 집으로 들어서자, 그는 툇마루에 앉아 관복을 벗지 않은 위풍당당한 모습으로 두 사람을 맞이했다.

"신라에서 왔다고?"

눈빛은 매섭고 목소리는 낮지만 강한 힘이 느껴졌다.

"저는 어르신을 뵌 일이 있습니다. 국자감에서 강의를 들었고 지도를 받은 적도 있습니다."

현준스님이 예를 올리고 난 후 조용히 말했다.

"그랬던가?"

배찬은 기억을 더듬으며 탁자 위에 놓인 종리권의 추천서를 펴

들었다.

"어떻게 해서 종리권선사의 추천 글을 받게 되었나?"

그의 눈빛은 여전히 두 사람을 경계하고 있었다.

"제가 국자감에 다니면서 종남산에 들러 그분의 문하에 든 일이 있습니다."

현준스님은 배찬의 기세에 눌리지 않으면서 차분한 목소리로 아뢰었다. 그제야 배찬의 얼굴빛이 다소 누그러지는 듯했다.

"흠, 종리권선사의 제자라면 도술이 상당한 수준에 올랐을 터인데……."

"도에 정진하지 못하고 지금은 불도에 귀의하였습니다."

"재가승인가?"

"아닙니다. 고국 신라에 돌아가 해인사에 입문하였습니다."

"흐음, 그건 그렇고 이제는 아우를 우리 국자감에 넣겠다고?"

"그렇습니다."

"신라에서는 품계가 어찌 되는가?"

잠시 동안 부드러웠던 배찬의 목소리는 다시 경직되어 있었다.

"저희 집안은 6두품 집안입니다."

현준스님은 전혀 굴하지 않은 채 또박또박 말을 이어갔다. 그 말을 들은 배찬은 짐짓 다행이라는 듯이 고개를 끄덕였다.

"품계는 됐네. 그럼 시험을 봐야지. 지필묵을 준비하거라."

그의 말이 떨어지기가 무섭게 현준스님이 얼른 일어나 장지를 펴고 먹을 갈았다. 얼마 후 배찬은 헛기침을 연신 해대며 붓을 들고 오언율시의 앞부분을 써 내려갔다.

    궁핍한 근심 천만 갈래이니
    맛있는 술 삼백 잔을 들 것이라

    窮愁千萬端 궁수천만단 美酒三百杯 미주삼백배

배찬이 이 글을 치원에게 내밀었고, 치원은 전혀 당황하지 않고 찬찬히 살펴본 후 주저하지 않고 대구를 썼다.

    근심은 많고 술이 비록 적지만
    술을 기울이니 근심이 오지 않네

    愁多酒雖少 수다주수소 酒傾愁不來 주경수불래

치원이 건네주는 글을 읽어 본 배찬은 그제야 까다로울 만큼 빈틈이 없어 보이는 학자의 본 모습을 뒤로 하고 빙그레 웃었다.
    "자네도 술을 하는가?"
    치원을 바라보는 배찬의 얼굴에는 인자한 웃음이 가득했다.
    "저는 이제 열두 살이라……. 아직 어린 관계로 술을 배우지 못했습니다."
    치원이 무릎을 모으며 공손히 대답했다.

"술도 못 하는 사람이 이백의 월하독작月下獨酌 오언시를 어찌 알고 있단 말이지?"

배찬은 신기한 듯 치원을 훑어보며 말했다.

"송구합니다만, 그냥 시만 줄줄 외웠을 뿐입니다."

치원은 다시 머리를 조아렸다. 그러자 배찬은 다시 붓을 들었다.

나에게 묻기를 무슨 일로 푸른 산에 사느냐 하나
웃으며 대답하지 않으니 마음이 스스로 한가롭네

問余何事棲碧山 문여하사서벽산 笑而不答心自閑 소이부답심자한

이번에도 치원은 전혀 머뭇거림 없이 대구를 맞추었다.

복사꽃이 물에 떠서 흘러 아득히 떠내려 가니
따로 천지가 있어 인간 세계가 아니로세

桃花流水杳然去 도화유수묘연거 別有天地非人間 별유천지비인간

치원이 글쓰기를 마치고 나자 그것을 바라보는 배찬의 얼굴에는 매우 흐뭇한 미소가 끊이지 않았다.

"이 시의 원전 도화원기桃花源記는 누구의 것인고?"

"네, 도연명 시인의 것입니다."

한동안의 문답이 끝나자 배찬은 매우 만족스러운 듯 큰소리로 웃었다. 그러더니 창 밖에서 사람이 들을 수 있도록 큰소리로 외쳤다.

"차를 내오거라! 신라에서 보기 드문 천재가 하나 왔느니라."

치원을 바라보는 배찬의 눈빛은 한 점 흔들림 없이 강했으며, 앙다문 입가에는 전에 없는 웃음기가 가득 배어 있었다. 얼굴이 희고 몸매가 가냘픈 아름다운 소녀가 찻잔을 받쳐 들고 조용히 문턱을 넘어섰다. 배찬은 등나무 의자에서 허리를 떼며 큰소리로 물었다.

"아니, 네가 어쩐 일이냐? 하녀 월하는 어디 갔느냐?"

소녀는 다소곳이 대답했다.

"네, 제가 저잣거리에 심부름을 시켰습니다. 아버님."

대감은 웃으며 말했다.

"아무튼, 네가 차를 내오는 것도 괜찮은 일이 됐구나. 좋은 구경을 하게 된 셈이니까."

그러면서 대감은 방바닥에 깔려 있는 치원의 시들을 가리켰다.

"밀리엄, 보거라. 여기에 놓여 있는 이 시들이 바로 이 소년이 쓴 건데 이 소년은 멀리 신라에서 왔다는구나."

밀리엄이라는 이상한 이름으로 불린 그 소녀는 손바닥으로 입술을 가린 채 시를 찬찬히 내려다보았다. 그리고 말했다.

"참으로 명필이네요. 저도 집에서 붓으로 늘 글을 써 보지만 글이 이렇게 바르게 써지지 않는데 어쩌면 글이 이처럼 바르고 단아하게 써졌죠?"

대감은 득의만면한 표정으로 싱긋 웃으며 말했다.

"그런데 문제는 이 신라소년이 열두 살짜리라는구나."

소녀는 다시 입을 가리며 살짝 웃었다.

"아버님, 그 말이 정말이에요? 열두 살이라고요? 어머!"

소녀가 믿기지 않는다는 듯 치원을 바라보았다. 대감은 말을 이어갔다.

"내 오랫동안 국자감에서 일했고 수많은 수재를 보았지만, 자네같은 열두 살짜리 소년이 오언고시와 칠언율시를 통달한 것은 처음 보네. 앞으로 우리 국자감에서 우리 당나라 글자의 성조를 확실히 익히고 문장 속의 대구 운영과 고사성어 배치법을 충분히 익히면 훌륭한 변려문駢儷文을 쓸 수 있을 걸세. 자네 변려문이란 말을 들어 봤나?"

배찬은 치원과 현준스님에게 찻잔을 건네며, 마치 오랜 친구를 만나 글을 주고받은 것같이 몹시도 즐거운 듯이 큰소리로 치원에게 다시 물었다.

"대개 중국의 고문은 변려문으로 돼 있다고 알고 있습니다. 역경의 문언전文言傳, 서경의 전모典謨, 대서大序 그리고 초사楚辭 등이 변려문의 특징인 대구로 이어져 있습니다. 진나라의 이사李斯가 쓴 간축객서諫逐客書에도 변려문의 솜씨가 보입니다. 이런 변려문은 한나라에 들어와서 부賦의 발달로 이어졌습니다."

치원은 공손하게 말했다. 배찬은 고개를 끄덕이며 옅은 신음소리를 냈다.

"그래서?"

배찬은 치원의 이야기를 더 들어 보고 싶어 다시 물었다.

"남조시대에서는 소통蕭統이 편수한 문선文選이 변려문의 모범이라 할 수 있습니다."라고 치원이 대답하였다.

"그래서 자네는 그런 문장을 살펴보았는가?"

"정확한 뜻은 모르오나 대충 훑어는 봤습니다."

치원은 배찬의 물음에 전혀 망설이지 않았다.

"어쩌면 이렇게 훌륭한 아우를 두었는가?"

배찬은 마시던 찻잔을 내려놓으며 여전히 흐뭇한 미소를 띤 채 현준스님을 바라보았다. 현준스님은 별다른 말없이 배찬을 향해 허리를 잠시 굽혔다 폈다. 현준스님의 공손한 몸짓에는 자신의 아우를 인정해 준 것에 대한 고마움과 함께 앞으로 잘 이끌어 주기를 바란다는 염원이 짙게 배어 있었다.

"신라에서는 우리 당나라의 변려문을 어떻게 접하고 공부하고 있는가?"

현준스님의 마음을 이해한다는 듯이 고개를 끄덕인 배찬은 계속하여 다시 치원을 바라보며 물었다.

"서라벌 태종무열왕조에 강수强首(출생 연도 미상~692)라는 선비가 있었습니다. 저와 같은 육두품 출신의 선비인데, 그분은 스스로 변려문을 익혀 당 황조에서 보내온 모든 외교문서를 앉은 자리에서 해독하였고 답신도 정확히 변려문으로 작성하여 당 황조에 보냈습니다."

　침착하게 말을 이어가는 치원의 목소리에서 신라인으로서의 자부심마저 느껴졌다.

　"내가 그 사람을 알지. 설총이라는 학자와 강수라는 학자를 내 어찌 모르겠는가. 특히 학자 강수는 우리 당에서 유학하고 있던 태종무열왕의 아들인 김인문金仁問을 돌려보내 달라고 간곡히 청하는 글을 썼지. 사실 말이 유학이지 인질이 아니었던가? 허허……. 그래서 학자 강수가 청방인문표請放仁問表라는 명문을 쓰지 않았던가?"

　배찬은 다시 고개를 끄덕이며 차를 마셨다.

　"아, 대인께서는 우리 신라의 역사까지 모두 알고 있으시군요."

　현준스님과 치원은 배찬의 넓고도 깊은 안목에 새삼 감탄하면서 마음으로부터 존경심이 일어났다.

　역시 대학자는 달랐다. 비록 종5품이지만 당나라의 국자감을 총괄하는 책임자였던 배찬의 견문과 학식은 시대를 뛰어넘었다. 어쨌든 그날 밤 배찬은 약속한 시간을 훨씬 넘기면서까지 두 형제와 담소를 나누며 전에 없던 즐거운 시간을 보냈다.

　밀리엄이라고 불린 그 소녀는 시종 조용히 아버지와 신라에서 왔다고 하는 그 열두 살짜리 소년과의 문답을 들으면서 깊은 생각을 하는 눈치였다. 치원이 자리에서 일어나려고 할 때 소녀가 한마디를 하였다.

　"먼 타국에서 혼자 그 어려운 진사시험 공부를 하려고 하면 고생이 보통이 아닐 터인데 집에 계신 부모님께서 아드님 걱정을 많이 하시겠어요."

현준스님과 치원은 함께 고개를 숙이며 말했다.

"염려해주셔서 감사합니다."

그러자 배찬 대감은 말했다.

"참, 내 여식을 제대로 소개하지 못했군. 내 하나밖에 없는 여식일세. 내 서재를 들락거리며 책깨나 읽었는데 요즘에는 바로 집 앞에 있는 대진사에 다니며 경교라는 서역종교를 배우고 서역말도 배운다네. 참, 새로운 문화에 호기심이 많은 소녀지. 앞으로 남매처럼 서로 오가며 글공부를 좀 해 보게. 아니지, 우리 여식에게 글공부를 시켜줘야 하겠지. 우리 밀리엄이 열다섯이니 치원군에게는 누님이 되겠네. 신라 최치원군, 누님에게 좋은 글공부를 시켜주시게나."

"사실 우리 국자감에 들어오려면 먼저 생원 시험을 봐야 하는데, 일단 나이가 열네 살이 돼야 한다네. 물론 정식 시험도 봐야 하고……. 그 시험 절차 역시 굉장히 어렵고 까다롭지. 하지만 난 오늘밤 국자감의 책임자로서 하나의 도박을 해 보려 하네. 신라에서 온 자네를 내 권한으로 입학시켜 보겠네. 열두 살짜리 천재가 몇 년 만에 우리 빈공과에 합격할 수 있을까? 바로 그 점을 시험해 보기로 하겠네."

그러더니 머리를 뒤로 젖히고 크게 웃었다. 한동안 그의 웃음소리는 잦아들지 않았다. 얼마 후 겨우 마음을 가다듬고 치원을 바라보는 그의 눈빛에서는 강한 확신마저 느껴졌다. 종리권선사가 추천서를 써 준 것이 헛된 것이 아니구나 하는 생각으로 그렇게 밤이 깊도록 대화는 계속 이어졌다.

이 순간 이후부터 자신의 제자로 삼을 것이니 내일 국자감으로 치원을 오라고 하였다. 밤늦게까지 이야기를 하는 동안 너무나 많은 시간이 지나서 실례가 아닌가 하여 현준스님이 먼저 배찬의 말이 끝나기를 기다렸다가 돌아갈 뜻을 전했다. 그랬더니 배찬은 뭔가 아쉬움이 가득한 눈빛을 보내 왔다. 그렇다고 해서 언제까지나 일어서지 않고 계속 대화를 나눌 수만은 없는 일이었다.

두 형제는 자리에서 일어나 배찬 스승께 삼배를 올리고 그의 집을 나섰다. 두 사람이 문을 나설 때 대감은 밀리엄 소녀와 함께 대문까지 따라나와 배웅을 해 주었다. 현준스님은 길을 걸으며 밤 공기가 무척 시원하게 느껴졌다. 종리권선사의 추천으로 배찬을 찾아가 만난 자리에서 국자감 시험을 통과했다는 사실이 현준스님은 도저히 믿기지가 않았다. 또 아무런 당황도 하지 않고 차분하게 배찬의 글에 응수한 동생 치원이 마냥 대견스럽게 느껴졌다. 다음 날 배찬 스승이 말한 대로 치원은 국자감으로 찾아갔다.

국자감은 대안탑이 서 있는 자은사 바로 곁에 있었다. 그곳은 치원이 처음으로 당나라에 건너와 현준스님의 손에 이끌려 갔던 곳이다. 수많은 박사와 석사 그리고 학자들이 머무는 당나라 최고의 학문 연구소답게 위엄이 갖추어져 있음이 느껴졌으며, 우거진

수림 사이로 마찻길이 잘 갖춰져 있어 정취를 더했다. 또 먼 변방에서 온 유학생들을 위해 학사學숨(기숙사)가 웅장하게 마련돼 있으므로 유학생들은 쉽게 거처를 마련할 수 있었다.

학사에는 그동안 구경도 못해 본 책들이 즐비해 있어 학문을 닦기에 조금의 부족함도 없어 보였다. 사기史記, 한서漢書, 후한서後漢書 같은 이른바 삼사三史에 역경易經, 서경書經, 시경詩經, 예기禮記, 춘추春秋 같은 오경五經은 필독서였고, 제자백가諸子百家에 속하는 유가儒家, 도가道家, 음양가陰陽家, 법가法家, 명가名家(논리학파), 묵가墨家, 종횡가縱橫家(외교술파), 잡가雜家, 농가農家 등의 관련 서적들이 가득했다.

국자감에는 치원 외에도 이역만리 타국에서 온 학생들로 가득했다. 그들은 시간이 나는 대로 서로 신기한 외국 말을 배우기 위해 자주 어울렸고 술도 적잖이 마셨다.

특히 사막 건너 서역에서 온 외국인들은 한자의 어려움 때문에 빈공과에 합격할 확률이 낮았다. 그래서 그들은 당나라에 온 것, 장안에 머물며 국자감에서 공부했다는 것만으로도 스스로 만족해하는 분위기였다.

그도 그럴 것이 그들은 빈공과에 합격하거나 말거나, 당나라 말을 배우는 일에 신경을 더 썼고 과거 합격은 안중에도 없었다. 그들은 고국으로 돌아가면 당나라 말을 할 수 있고 이 지구상에서 뛰어난 문명과 문화를 갖춘 당나라에 대한 학문과 안목을 가지고 있다는 것 하나로 고국에서 높은 관직에 오르거나 관청에서 하는 외국 상거래를 도맡아 할 수 있기 때문이었다.

또 역관(통역관)으로 일을 하거나 무역을 하며 자국 관리들을 안내하는 일만 맡아도 많은 돈을 벌 수가 있었다. 그러다 보니 서역 유학생들은 수업이 끝나면 곧장 저잣거리로 나가 문화와 문명이 발달한 당나라의 이모저모를 구경하는 일에 시간을 아끼지 않았다. 또 저녁만 되면 먹고 마시며 장안의 밤을 마음껏 즐겼다.

그 와중에서도 왜국에서 온 자들은 달랐다. 그들은 치원 못지않게 시간을 허투루 쓰지 않으며 밤늦도록 서책을 끼고 살았다.

그러나 왜인들조차도 치원의 학구열에는 미치지 못하였다. 한 평도 되지 않는 자그마한 서재 벽에 한 조각의 서신을 붙여 놓고 다른 마음이 들 때마다 쳐다보며 마음을 고쳐먹었다.

그것은 신라 땅을 떠나올 때 포구에서 견일이 건네준 아들을 향한 아버지의 마음이었다. 치원은 아버지가 건네준 그 서신을 수시로 바라보며 한시도 그 가르침이 마음속에서 떠나지 않도록 자신을 다그쳤다.

十年不第進士 십년불제진사 則勿謂吾兒 칙물위오아

吾亦不謂有兒 오역불위유아 往矣勤哉 왕의근재 無墮乃力 무휴내력

어느 날 우연히 치원의 서재에 들른 다른 벗들이 그 내용을 보고 말았다.

"이보게, 치원이! 자네 욕심이 너무 지나친 거 아닌가? 십 년 안

에 합격을 한다고 해도 약관의 나이야. 우린 이미 서른을 넘겼어. 너무 요란 떨지 마시게나!"

개중에는 치원을 놀리며 결코 쉽게 합격할 수 없으리라는 암시를 내비쳤으며, 혹자는 치원의 똑똑함을 경계하는 듯했다.

"이보게, 신라 친구. 일단 우리 국자감에 들어온 것이 기적처럼 보이네. 난 지난해 겨우 들어왔는데 앞으로 짧게 잡아 십 년을 계획하고 있네. 십 년도 짧지. 십 년 안에만 합격해도 대단한 거니까. 아무튼 젊은 친구, 잘 부탁하네."

왜국에서 온 스가와라 미치자네菅原道眞(845~903 고대 일본의 시인, 당나라 시집에 시를 남긴 일본인)는 짐짓 진지한 표정을 지었다. 그 후로 범상치 않은 치원을 보고 그 왜국인은 틈나는 대로 치원의 방에 드나들며 아주 집요할 정도로 이것저것 캐묻기 시작했다.

지심이라는 이름을 가진 서역인도 치원에게 관심을 갖기는 마찬가지였다. 지심은 치원을 만난 지 얼마 되지도 않아 당나라 말을 아주 잘 하는 치원을 칭찬하며 하루 종일 치원의 곁을 떠나지 않으려고 했다.

"이보게 치원이! 내 돈은 다 낼 테니, 우리 함께 술이나 한잔하러 나가세. 모처럼 아무런 걱정 없이 밤새 마셔보지 않겠는가? 저작 거리 뒤에 있는 술집인데, 안주는 두말할 필요 없고, 술 따르는 기녀들이 야들야들하니 아주 사내의 애간장을 녹인다네."

남자에게는 참을 수 없는 유혹이었다. 그러나 그때마다 치원은 그저 웃음으로 위기를 모면하고는 했다.

"이 사람아, 자네는 먹고 즐기면서 공부할 수 있는 처지지만 난 다르다네. 고향에 계신 아버님과 어머님이 자나깨나 나만 생각하고 계셔. 우리 집안의 운명이 내 두 어깨에 걸려 있단 말일세."

신라 땅에서 아들을 위해 밤낮으로 기도하고 있을 부모님을 생각하면 치원은 한시라도 딴 마음을 품을 수가 없었다. 지심도 그런 치원의 마음을 어느 정도는 헤아리고 있었기에 더 이상 치원을 유혹하지는 않았다. 다만, 지심은 술 냄새를 풍기며 돌아오면서 언제나 치원을 생각해 먹을 것을 싸들고 들어왔다. 현준스님이 귀국을 서두르고 있을 때 배찬 대감의 수하에 있는 관리가 급히 치원을 찾았다.

"오늘 저녁쯤 짬을 내서 배찬 대감님을 뵐 수 있겠나?"

치원이 대답하였다.

"그렇지 않아도 저희 형님이 귀국을 하시게 되어 한 번 뵈었으면 어떨까 싶었는데 일개 서생의 신분으로 대감님을 찾아뵈올 명분이 없어 마음고생을 하고 있었습니다."

그 관리는 목소리를 낮추며 말하였다.

"지금까지 대감님께서 국자감에서 공부하는 서생을 사사로이 만난 일이 없었네. 쓸데없는 오해를 살 수도 있으니까. 그러나 자네에게만은 각별한 관심을 가지고 계신 것 같아. 절대로 다른 사람들 모르게 유시酉時까지 형님과 함께 찾아뵙도록 하게."

그날 저녁 현준스님과 함께 배찬 대감댁에 이르렀을 때 담장 너머까지 음식냄새가 풍겨져 나왔다. 평상복으로 편안하게 갈아입은 대감은 형제의 절을 받고 거실의 의자에서 유쾌하게 말했다.

"나도 삼십 년 전 진사가 되기 위해 준비를 하면서 얼마나 고생을 했던지 참말로 그때는 뱃속에 걸인이 버티고 앉아 있었던 것 같아. 먹어도 먹어도 배가 고프고 돌아서면 또 먹을 것 생각을 했지. 공부하는 학생에게 제일 필요한 것은 바로 배불리 먹는 일이야. 그러나 참으로 묘한 것은 밥을 배불리 먹었다가는 책장에 쓰여 있는 글귀가 눈에 들어오지 않는다는 것이지. 공부라는 게 참으로 묘해서 배가 좀 고파야 경서도 눈에 들어오고 시문도 잘 외워지는 것이지."

현준스님은 깊이 고개를 숙였고 치원은 자신의 속마음이 들킨 것처럼 얼굴을 붉혔다. 조금 있으니까 전에도 그랬던 것처럼 대감의 딸 밀리엄이 차를 들고 들어왔다.

"공부하느라 얼마나 고생을 해요. 하지만 키는 훌쩍 커서 어머머, 나보다 두 뼘은 더 크네? 그래도 얼마나 힘이 들겠어요. 볼이 훌쭉하고 온몸에 살집이 그렇게 없어서야 원."

마치 누님이 동생을 걱정하듯 애처로운 눈빛으로 치원을 바라보았다.

"고맙습니다. 걱정해 주셔서 감사합니다."

치원이 고개를 숙이자 밀리엄이 말했다.

"어머, 섭섭하네. 나는 속으로 누나라고 생각하고 있었는데 치원학생은 아직도 내가 어려운가 봐. 의례적인 인사만 하고."

배찬 대감은 기분 좋게 웃고 치원은 뒷머리를 긁었다. 대감이 의자에 등을 편안히 대면서 말했다.

"나는 직책상 국자감이 어떻게 돌아가는지 학사에서 공부하는 학생들이 어찌 지내는지 하는 것을 내밀하게 살피고 있네. 현재까지는 우리 치원학생이 잘 하고 있어. 아침마다 일어나면 동남쪽에 대고 꼭 절을 하며 무엇인가를 외고 있었지. 그 내용이 무엇인가?"

치원은 얼굴을 붉히며 답하였다.

"아침에 일어나면 동남쪽 신라 땅에 계신 부모님께 인사를 드리는 것이 너무나도 당연한 일이 아니겠습니까. 그리고 소생을 위하여 간밤에도 치성을 드리셨을 어머니에 대하여 특별히 감사를 표시하기 위해서 절을 한 것입니다."

"그런데 많은 젊은이들은 바로 그 점을 잊고 있는 거야. 공부를 잘하면 제 머리가 좋아서 잘 하는 것으로 알고 있고 무술을 잘 하면 제 몸뚱어리가 출중해서 그런 줄로만 알지. 자신을 만들어 준 어버이의 은혜와 그 근원을 잊고 있지. 물을 마실 때 사람들은 그 근원을 생각할까?"

대감은 거기까지 얘기하고 치원을 건너다보았다. 그러면서 슬그머니 지필묵을 건네주었다. 치원은 배찬 대감이 말한 뜻을 시로 표현하라는 것으로 알고 무릎을 단정히 꿇고 시 한 구절을 적어 내려갔다.

과일을 먹을 때는 그 열매를 맺은 나무를 생각하고
물을 마실 때는 그 물의 근원을 생각하라

落其實者思其樹 낙기실자사기수 飮其流者懷其源 음기유자회기원

치원이 쓴 글을 묵묵히 보다가 배찬 대감은 아주 만족스럽다는 미소를 지으면서 치원에게 물었다.

"원전을 알고 있는가?"

치원이 대답하였다.

"네. 남북조 시대의 유신庾信(513-581)이라는 시인이 쓴 유자산문집 징주곡澄周曲에 실린 시라고 알고 있습니다."

대감이 크게 웃으며 말했다.

"역시 자네는 신라의 천재야. 암, 음수사원飮水思源의 원전을 모르면 곤란하지."

그쯤에서 딸 밀리엄이 말했다.

"아버지, 또 시험이에요? 치원에게 밥 먹이려고 부르신 것 아니었어요?"

대감이 허허 웃고 일어섰다. 그날 저녁은 배찬 대감이 작심하고 준비한 진수성찬이었다. 특히 수험생에게 좋은 소족발, 꼬리까지도 나와 있었고 머리에 좋다는 들기름 친 야채들과 견과류까지 빠짐없이 차려져 있었다.

저녁이 끝나고 서재로 나왔을 때 배찬 대감은 차를 마시며 또다시 진지하게 물었다.

"자네는 무엇 때문에 그렇게 필사적으로 공부를 하나? 진사가 되든지, 장원 급제하면 무엇을 하겠다는 건가?"

치원은 찻잔을 붙잡고 조용히 생각하다가 대답하였다.

"첫째는 제 가문을 일으키고 싶습니다. 제 아버지께서 제가 조국 신라를 떠나올 때 이렇게 말씀하셨습니다. '십 년 안에 급제하지 못하면 내 아들이 아니다.' 저희 신라에서는 육두품은 진골의 영역에 오를 수 없습니다. 그러나 당나라 진사가 된다면 사정은 달라질 수 있습니다. 그래서 필사적으로 공부하는 것입니다."

배찬 대감이 되물었다.

"배를 타고 서해바다를 건너 이 장안에까지 온 궁극적인 목표가 개인의 출세에 있다는 말인가?"

치원이 대답했다.

"아까 말씀드린 내용은 제가 저희 아버지께서 써주신 글에 대하여 제 자신이 맹세한 내용이기 때문에 제 가문에 속한 여망에 해당되는 내용을 말씀드린 것입니다. 저의 보다 궁극적인 목표는 조국과 이 세상 사람들에게 이익을 주기 위하여 헌신하고자 합니다. 옛날 우리 신라의 젊은이들은 삼국통일을 하면서 자신의 목숨을 신의 나라라고 하는 조국 신라 평화 통일의 꿈을 향해 아낌없이 바쳤습니다. 반굴盤屈과 관창官昌 같은 어린 소년들이 조국을 위해 꽃봉오리 같은 나이로 목숨을 바쳤습니다. 지금까지 발해출신들은 더러 장원 급제를 해서 조국의 명예를 드높인 예가 있습니다만 안타깝게도 우리 신라출신은 아직까지 장원 급제를 하지 못했습니다."

배찬 대감이 계속 물었다.

인의예지 교육

인의예지 교육의 중요성을 형상화한 이미지. 열두 살 어린 나이의 최치원을 당나라로 유학 보내기에 앞서
치원의 어머니 반야 부인은 치원을 가르쳤던 서당 선생님을 찾아가 공손히 인사했다.

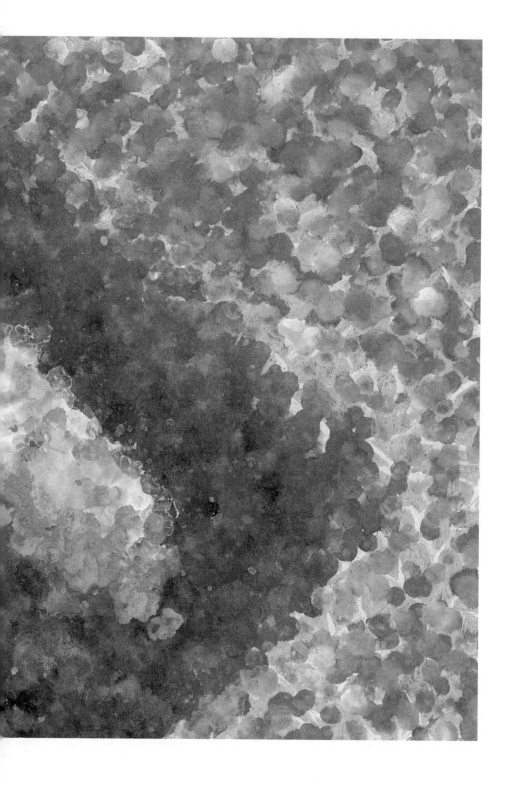

"자네가 장원 급제를 해서 신라인으로서 이름을 드높인 후에는 또 무엇을 하겠는가?"

치원은 눈빛을 밝히며 말했다.

"나 자신의 능력을 발전시켜서 얻은 학문을 반드시 실천하여, 이국이민利國利民의 정신을 근본으로 삼아 이 세상 모든 나라와 백성이 편안히 잘 살아 갈 방법을 가르치는데 이 한 몸을 바치겠습니다."

그제야 배찬 대감은 매우 만족한 얼굴로 돌아왔다.

"됐네. 바로 그걸세. 선비가 뜻을 세우면 가문을 세우고 입신양명을 하는 것은 당연하겠지만 보다 궁극적인 목표는 더 높은 곳에 둬야 할 걸세. 바로 그것은 이국이민하는 목민관의 철학을 갖는 일일세. 오늘 자네의 입에서 이국이민이라는 말을 들었으니 이제는 됐네. 이제부터 공부가 무엇인가를 가르쳐 주겠네."

배찬 대감은 국자감의 스승으로서 가르쳐 주는 것이 아니고 치원 그대의 원사圓師로서 특별히 가르쳐 주는 것이라고 말하였다.

"공부工夫의 정의와 목표는 몸, 인격, 마음 전체를 갈고 닦는 것이야. '공工은 공功'의 약자이고 '부夫는 부扶'의 약자이네. 무엇인가를 열심히 도와扶 공功을 성취한다는 뜻도 되는 것이야. 우리가 흔히 말하는 '성공한다'는 말도 단순히 '출세出世한다'는 뜻이 아니고 구체적으로 '공을 성취한다' 뜻이지. '공을 이룬다' 말하기도 한네. 학문만을 갈고 닦는 것이 아니라 무술, 예능, 먹고 입고 잠자는데 필요한 모든 기술 등 제각각 다른 분야에서 열심히 노력하여 자기가 알고자 하는 것, 즉 깨달음을 끊임없이 찾아가는 것을 말하는 것일세. 노자가 도덕경에서 '도道는 생生하는 것이고 덕德은 축畜하는 것이다'(道生之德畜之)라고 한 것은 도는 생생하는 하늘과 땅 그 자체를 말하는 것이고, 덕은 스스로 그러한 것自然을 끊임없이 찾아가는 것을 말한 것이네. 따라서 도는 공부의 대상이 아니네. 공부는 축적해 나가는 과정, 덕을 얻기 위한 것일세. 덕은 시간을 전제로 하는 시간적 예술이란 말이네. 덕은 공간적 예술이 아니란 뜻이야. 공부는 시간에 맞추어 해야 하고 공부할 시간을 놓쳐서는 아니된다는 의미이기도 하네. 공부할 때 공부해야 된다는 말이지. 자기가 경험한 시간을 공부라 해서는 아니된다네. 공부하는 목표와 이유는 자기성품, 성격, 성질을 향상시켜 새로운 변화를 창조하는데 있다네. 변화를 창조하기 위해서는 자기가 하고자 하는 '분명한 목표'를 세우고 '공부할 수 있는 기간'을 정하여 열린 마음으로 사람과 사물을 있는 그대로 보고 관찰하여 자기 자신이 확실하게 깨달을 수 있는 내공의 기운氣運을 향상시키기 위해 실력을 갈고 닦는데 있다고 할 수 있지. 그러므로 완전한 내공의 실력을 얻으려면 모든 사물에 대하여 발생원인과 결과를 소상히 분석하여도 그 결과물이 생각하는 사람에 따라 변하지 아니하는 진리의 경지에 이르러야 하네. 즉 생각에 따라 틈새가 일어나고 변화하게 되면 언제나 없어질 수 있고 사라져 버려서 또 다른 생각이 일어나게 되므로 이것은 진리가 아닌 것이네. 진실을 실천하기 위한 수단으로 공부하는 것이고, 공부하여 축적된 지식과 기술을 다른 사람에게 글이나 말, 행동으로 반드시 표현하는 것이 공부의 목적이고, 자신 마음속에 묻어 두는 공부는 자기를 괴롭게 한 흔적만 마음에 남게 되어 공부가 아니라 고통이라고 했네. 공부는 이 세상 어디에나 쓰기 위해서 하는 것이어야 한다는 말일세."

치원이 이 말을 듣고 배찬 대감에게 다시 여쭈어 보았다.

"도는 자연일 뿐이므로 '도' 공부는 하지 아니해도 된다고 했습니다. 덕 공부를 해야 된다는 것을 말씀하고 있습니다. 덕 공부를 하기 위해서 자연을 근본으로 삼고 마음 공부를 시작해야 되는 것으로 생각됩니다. 진리는 변하지 아니하는 것으로 말씀하셨는데 이 세상에 변하지 아니하는 근본을 공부하라는 것이 아니옵니까?"

배찬 대감은 그 근본은 자기 마음에서 생기는 것이라고 하였다. 마음은 생명의 시작과 함께 일어나는데 머무는 곳이 없고 생각하고 아픈 곳에 마음이 존재한다고 하였다.

치원을 보고 친근하게 말했다.

"눈을 감고 부모님 계신 곳을 생각해 봐. 조금 있다가 눈떠 봐."

치원에게 부모님을 보았느냐고 물었다. 치원은 부모님을 보았다고 말했다.

"치원 너의 몸은 부모 곁을 떠나 머나먼 이국만리 먼 이곳에 있지만 너의 마음은 네 몸 밖으로 나와서 너의 부모님을 보고 온 것이네. 마음은 태양빛보다 빠르게 움직이고 손으로 잡으려고 해도 잡히지 아니하여 형태가 없는 것이야. 따라서 마음은 숨쉬고 살아 있는 동안 생각하는 곳에 항상 존재하고 마음의 흔적은 몸의 오장육부 세포 속에 남아 있는 것이네. 자기 생명의 기운을 자유자재로 다스리기 위해서 공부하고 실천하는 것이라고 말할 수 있네. 공부를 통하여 깨달은 자의 마음은 이 세상이 아닌 저 세상까지 볼 수 있고 선과 악을 구분할 수 있지. 다시 말하면 불교에서는 불성佛性이라고 하며, 성경에서는 성령聖靈이라고 한다네. 선한 일과 올바른 덕만을 축적하고 행해야 된다는 뜻이야. 자기의 천명 운명 사주팔자는 생각하는 마음에 존재하고 있는 것이므로 선을 실천하고 덕을 축적한 자는 자기 마음을 자유자재할 수 있는 기운을 가져 남을 이롭게 할 수 있는 것이네. 그 사례를 하나 들면 바다의 물은 아무리 사용해도 물이 줄어듦을 눈으로는 알 수 없듯이 자기의 마음도 바다의 물과 같네. 선행과 덕을 아무리 쌓아도 눈에 보이지 아니하는 것이니 허공의 공기와도 같다고 할 수 있지."

치원은 원사님에게 물었다.

"무지에서 벗어나 이 세상 사람들을 이롭게 하려면 바른 생각을 갖고 바르고 진실되게 실천하며 살아가라는 것이고 선과 악이 구분되지 아니한 마음 그 자리가 '진리'라는 것이옵니까?"

원사님은 치원의 물음에 바로 대답했다.

"바로 그것이 이 세상 살아가는데 필요한 처세지도處世之道 및 인생지도人生之道이니라."

학사로 돌아오려고 대감집 문을 나설 때 밀리엄이 통에 넣은 무엇인가를 치원에게 쥐어주었다.

"이건 무엇입니까, 누님?"

"응, 양젖이야. 서역사람들은 양젖이나 낙타젖을 영양식으로 마시는데 나도 따라 마셔봤지만 아주 영양만점이야. 공부하는 치원에게는 가장 필요한 것일 거야. 내가 꿀물을 탄 것도 이 유리병에 넣었으니 피곤하고 탈진할 때 꼭 이것을 마시도록 해."

치원은 자신 집안에는 누님이 없지만, 아 이런 것이 누님으로부터 받을 수 있는 따뜻한 정이구나 하는 느낌을 받았다. 고개를 숙여 정중히 인사하고 현준스님의 뒤를 따랐다.

나라는 다르지만 나라와 사람을 구분하지 아니하고 특별교육까지 시켜준 배찬 대감의 인품에 치원은 다시 한번 경외심을 느꼈다.

원사님의 특별교육을 받고 숙소로 돌아온 치원은 원사님께서 특별히 가르쳐준 내용을 종이에 적었으나 공부하는 방법과 마음을 다스리는 방법을 자기 것으로 만들기 위해서 다시 한번 마음 정리에 몰두하다가 그만 자기도 모르게 깊은 잠에 빠져들었다. 잠을 자다가 꿈을 꾸게 되었다.

꿈속에서 신라에 계신 아버지가 하얀 도복을 입고 나타났다.

"내가 써준 서찰을 신라 땅을 떠나서 잘 읽어 보았느냐? 공부를 하다가 어려운 일들이 발생하면 조용히 눈을 감고 숨을 들이 쉴 때는 어머니! 숨을 내쉴 때는 아버지를 천번까지 계속 불러 보아라! 그러면 너의 마음이 온갖 집착에서 벗어나 초심으로 돌아오게 되고 깨끗해져서 고요한 상태가 될 것이야. 고요한 마음 상태에서 하고자 하는 목표를 그리워하고 목표를 만든 자와 하나가 되겠다는 믿음과 집중력을 갖고 끈기 있게 공부하면 안 되는 것이 없을 거야."

치원에게 이렇게 말하고 아버지는 홀연히 사라졌다.

깨어보니 꿈에서 아버지가 하신 말씀이 현실처럼 머릿속에 계속 남아 있었다. 나라와 백성을 사랑하고 이롭게 할 수 있는 학문은 무엇인가를 찾기 위해 국자감 도서실에 가서 공자 맹자의 인의예지 사상, 노자 장자의 자연 도리에 복종하는 도덕의 무위사상, 한비자의 법치주의 사상, 중국 옛 선현들이 남겨놓은 사상과 학문뿐만 아니라 서역학자들이 주장한 학문 서적까지 모두 공부하였다.

공부는 스스로 깨우쳐야 된다. 내가 주인공이 되어 중심의 자리에서 어느 곳에도 치우치지 아니하고 상대방을 바로 보고 바로 듣고 바로 믿어야 되는 것을 내 스스로 알아야 된다. 상대방이 잘못되고 틀린 것이 있더라도 틀린 것과 잘못된 원인을 찾아내는 것을 알아내는 것이 공부이다.

상대방이 행하는 말과 행동을 통해서 스스로 옳고 그름을 구분할 수 있는 통찰력을 갖추기 위해서 마음 공부하는 것이다. 공부는 자기가 잘 할 수 있는 것부터 즐기면서 하는 것이고 즐겁지 아니한 공부를 억지로 하게 되면 시간과 세월만 보내게 되는 것이다. 억지 공부는 마음에 괴로움을 일으켜 자기 몸마저 해치게 된다. 자기 스스로 즐겁게 공부하여 축적된 학문과 예능 기술의 최고 소유자가 될 때 자기 자신이 발전되어 성취한 힘을 가지게 된다.

최고 절정의 경지에 올라야 남에게 올바른 이익을 줄 수 있고 이롭게 할 수 있는 내공의 기운을 소유하게 되면 세상 사람들은 성인이 되었다고 말하게 된다. 치원은 백성을 이롭게 하고자 하는 학문을 만들어 백성 스스로가 주인이 되어야 한다는 것을 후세에 전할 수 있는 것이 무엇인가를 찾는데 노력하기로 굳게 결심했다.

이렇게 공부하고 있는 동안 공자가 논어에서 말씀한 배움(學)이 생각났다. 배움이란 문文을 배우는 것이라고 했다.

'문은 애쓰고 최선을 다하는 마음이라고 하였다.', 즉 열렬함(誠)이 통하고 자기가 하고 싶어 하는 것이 성취되는 것이라고 말한 것이다. 공자의 이 가르침은 공부하는 자가 백배 천배의 노력을 하면 이 세상 모든 일(事)이 안되는 것이 없다는 사필성심事必誠心이라는 것을 몸소 깨닫게 되고 공부는 자기의 깨달음이라는 것을 알았다. 치원은 인생 목표를 목숨이 살아있을 때까지 이 세상 영원하게 이어져 나갈 수 있는 것을 새롭게 발견하기 위해서 백사람 이상의 말을 들어 보고 깨달음 공부를 하고 반드시 이를 실천하기 위해 남보다 천배 이상 더 많은 공부를 하겠다는 실득인백언實得人百言 지기천지필知己千之必이란 말처럼 항상 그대로 이행하겠다고 다짐했다.

신라로 돌아가는 형님 현준스님을 배웅하고 자기 공부방으로 돌아와 보니 큰일이 벌어져 있었다. 밥은 굶더라도 손에서 놓을 수 없는 중요한 책들이 감쪽같이 사라져버린 것이었다.

옆방 친구들에게 책이 없어진 사정을 얘기해 봐도 모두 모른다고 고개를 흔들었다. 중요한 경서와 부시賦時가 적힌 책들을 또다시 구하려면 족히 두어 달은 걸릴 일이었다.

치원이 크게 낙담하여 고개를 숙이고 엎드려 있을 때 서역친구 지심과 왜에서 온 스와가라가 찾아왔다.

"왜 그래? 최치원? 야! 사내녀석이 눈물을 보이다니."

덩치가 큰 지심이 씩씩거리며 치원에게 사정을 물었다.

"공부할 책들이 없어졌어."

스와가라가 말했다.

"아니, 남의 책을 훔쳐가다니? 전장에 나가 있는 병사의 병기를 훔쳐간 것과 다를 바가 없잖아?"

지심은 목소리를 높였다.

"도대체 어떤 놈들이야? 내 이놈들을!"

그때 공부 잘 하며 의협심이 강한 고운이 들어섰다. 사정을 알고 난 고운은 치원을 달래주었다.

"없어진 책 목록을 만들어봐. 내가 집에 부탁해서 구해볼 터이니."

역시 부잣집 아들답게 시원시원하게 위로해 주었다. 그러나 스와가라가 말했다.

"이런 일을 적당히 덮어두고 넘기면 곤란해. 또 다른 사람이 피해를 볼 수가 있지."

지심이 덩치와는 어울리지 않게 추리를 했다.

"가난한 서생이 책을 훔쳐 용돈을 마련하려고 이런 짓을 하지는 않았을 거야. 우리 국자감에 들어온 서생치고 남의 책을 훔쳐 갈 만큼 치졸한 친구들은 없을 테니까. 그렇다면 이유는 딱 한 가지야. 치원이 네가 워낙 지독하게 공부를 하니까 위협을 느꼈거나 시샘을 하는 친구가 책들을 갑자기 치웠을 거야. 신라출신 서생의 공부를 방해하고 시기할 수 있는 상대는 누구일까?"

지심은 한참 동안 고개를 숙이고 생각을 하더니 고운과 스와가라를 데리고 나갔다. 치원이 옆방 친구의 책을 빌려 잠시 공부를 마치고 났을 때 쿵쾅쿵쾅 시끄러운 소리를 내면서 지심일행이 돌아왔다.

그 뒤에는 책보따리를 무겁게 짊어지고 고개를 푹 숙이고 있는 두 명이 서 있었다.

"고개 들어! 무릎 꿇어!"

책보따리를 내려놓은 두 사람은 풀이 죽어 지심이 명령하는 대로 무릎을 꿇고 손을 들었다. 학사의 2층 끝 방에 있는 말갈국의 어취라는 서생과 발해출신의 해수로였다.

"왜 그랬어?"

두 사람은 눈물을 흘리며 말했다.

"죄송합니다. 미안하게 됐습니다."

지심이 다시 다그쳤다.

"이실직고하지 못해?"

발해출신 해수로가 기어 들어가는 소리로 대답했다.

"용서하시오. 욕심이 과하여 이리하였소. 책은 적당한 때 돌려 드리려고 했소이다. 다만……."

"다만 뭐야?"

"다만 최치원 서생이 하도 열심히 공부를 하고 우리가 일반경서를 외고 있으면 아주 어려운 부나 시를 훨씬 먼저 외고 그 공부하는 속도가 우리와는 다르고 하도 빨라 그 속도를 줄여 보려고 했소이다."

지심이 소리를 질렀다.

"이놈들아! 속도가 느리면 느린 너희들이 분발을 해야지. 앞서 가는 치원의 공부하는 속도를 샘내? 아 그런 말도 안 되는 협량으로 이 다음에 장원 급제를 하면 백성을 어떻게 이끌어가려고 그러냐? 이 얼빠진 놈들아!"

고운이 나서면서 말렸다.

"지심이, 목소리 낮춰. 이 사람들도 다 만리타국에까지 와서 조국의 명예를 걸고 공부를 잘해 보려고 하는 사람들인데……. 너무 앞서가는 사람이 있으니 샘도 나겠지. 오늘 일은 여기쯤에서 없었던 일로 하세. 치원군, 이 두 사람을 용서하지 그래?"

치원이 고개를 끄덕였다. 그들은 책보따리에서 책을 꺼내 원위치에 놓으려고 애를 썼다. 치원이 말리며 말했다.

"내가 정리하겠소. 두고 가시오."

그날 한바탕 일을 끝낸 후 모두는 저잣거리로 나갔다. 최치원은 밤에 국자감 밖으로 나와 밤거리를 구경해 본 일이 없었다. 거리마다 환하게 등이 켜져 있고 등 밑에는 온갖 물건을 파는 상인들이 서서 소리를 지르고 또 골목에서는 지글지글 끓는 소리와 함께 식욕을 자극하는 온갖 음식들이 유혹을 하고 있었다.

지심이 성큼성큼 앞장을 서서 서역요리를 하는 집으로 들어갔다. 불판 위에서 양고기를 꼬치에 꿰어 곧장 구워내고 독한 술을 파는 집이었다. 치원이 물었다.

"고운은 여기 자주 와?"

고운이 대답했다.

"나도 이 양고기구이는 별로야. 냄새가 돼지고기만 못해. 하지만 가끔은 괜찮지."

스와가라는 양고기에 겨자까지 발라 맛있게 먹었다. 모두는 고향이야기, 그중에서도 고향집에 있는 형제나 어머니에 대해서 얘기했다. 스와가라는 자신이 스무살 적 왜나라를 떠나올 때 세 살 먹은 여동생이 부두까지 따라왔던 얘기를 하며 그 아이가 제일 보고 싶다고 말했다. 지심은 자신을 끔찍이 사랑하고 돈도 잘 부쳐주는 아버지가 제일 좋다고 아주 낙천적인 얘기를 하였다. 그날 양고기집을 나올 때 고운이 계산을 하였다. 그는 헤어질 때 외국친구들에게 말했다.

"나는 자네들처럼 절실히 그리워할 사람이 없으니 미안해서 계산을 했네."

그날 밤 최치원은 어머니의 꿈을 꿨다. 꿈속에서도 어머니는 향기 나는 분을 바르고 아주 고운 옷을 입고 계셨다. 치원이 손을 잡고 감포 바다로 향하였다. 감포 바다의 어시장에서 펄떡펄떡 뛰는 생선을 치원이 만지며 놀자 어머니는 곁에 서서 말했다.

"치원아, 치원아 살살하거라 살살해. 손에 비린내 묻는다. 냄새 난다. 만지지 말거라."

어머니는 치원이 즐거워하는 모습을 보고 마냥 좋아하셨다. 돌아오는 길에 커다란 넙치 한 마리를 사서 그것을 푹 고아 치원에게 주었다. 어머니가 건네주는 넙치국을 받아 마시며 치원은 "아! 맛있다, 아! 맛있다" 하며 어머니에게 고마운 마음을 표시하였다. 어머니는 치원이 먹는 모습을 보며 말하였다.

"치원아, 세상의 어미들이 제일 좋아하는 것이 무엇이겠니? 제 새끼 목구멍에 먹을 것이 들어가고 자식이 맛있게 먹는 모습을 바라보는 것이 아니겠니?"

어머니가 거기까지 얘기했을 때 치원은 꿈에서 깼다. 목이 말랐다. 머리맡에 두었던 자리끼를 기울여 마음껏 마시고 다시 자리에 누우며 어머니를 그리워하였다. 그의 눈가로 눈물이 흘렀다.

국자감에는 매일 일천여 명에 가까운 학생들이 모여 시문 짓기, 고문장 익히기, 고시 감상하기, 부賦(글귀 끝에 운을 달고 대구를 맞추는 시의 형식, 주로 비유를 쓰지 않고 직접 서술하는 작법)나 표表(표문이나 전문을 짓는 글쓰기)를 익히느라 여념이 없었다. 치원도 마음을 다잡고 다른 벗들과 함께 글공부에 열심히 매달렸지만, 그게 하루 이틀 사이에 될 일이 아니었다.

틈만 나면 글을 읽고, 그 형식을 공부하고, 도대체 명문장가들이 어떤 발심으로 글을 썼는가, 하는 시심과 시상을 공부해야 했다. 뿐만 아니라 같은 글을 쓰더라도 어떻게 해야 보는 이의 마음을 감동시킬 수 있는가, 하는 글쓰기의 요체, 즉 풍부한 상상력과 창작력을 갖추는 일이 내공을 쌓는 과정이었다. 또 명문을 만들기 위해 자신의 생각을 가감 없이 나타내는 것은 금물이었다.

한 가지 표현을 해도 에둘러 해야 하며 반드시 옛날에 있었던 사실을 논거로 들어야 하고, 고사 성어를 즐겨 써야 했기 때문에 역사책과 명문장가의 훌륭한 글을 반복해서 읽어야 했다. 그러다 보니 한숨도 못 자고 밤을 지새우는 일도 허다했다. 늘 잠이 부족해 잠시라도 한눈을 팔면 고개는 바닥으로 떨어졌다.

그래서 하루는 치원이 묘수를 냈다. 천장에 머리끝을 묶어 잠이 올 때 고개가 숙여지지 않도록 한 것이다. 이처럼 치원은 기름진 음식, 맛있는 술, 예쁜 미녀들을 향한 벗들의 유혹을 과감히 뿌리치고, 사람으로서 어찌할 도리가 없는 잠의 유혹도 이겨내며 글공부에 매진하고 또 매진했다.

어느덧, 3년이라는 세월이 흘렀다. 매서운 훈육 방식을 참아내지 못한 학생들 대부분이 국자감을 떠났고, 그토록 치원에게 어진 마음으로 다가왔던 지심이라는 서역 벗도 결국 자국으로 떠났다. 과거가 있는 해에 진사과에 합격하는 학생들의 수는 삼십 명을 넘지 못했고, 합격한 이들은 당나라의 초급 관리로 각 현(우리나라의 군에 해당하는 행정 부서)이나 중앙 행정부서로 배치를 받아 나갔다. 외국인들을 위한 빈공과는 본 고시 외에 별도로 시험을 보게 하는 절차였는데 한 번 합격하는 수가 다섯 명 이내였다.

최치원이 국자감에서 공부를 한 지 4년째 되던 해에 대과가 있었는데 그때는 치원 스스로 시험을 치르지 않았다. 시험 문제 수준과 자신의 실력을 비교해 볼 때 아직은 때가 아니라고 생각했기 때문이었다.

그런데 그해의 빈공과 장원 급제자는 놀랍게도 발해출신이었다. 오소도烏昭度라는 요동반도 출신의 젊은이가 발해의 국적으로 들어와 15년을 노력한 끝에 장원 급제한 것이다.

그가 장원 급제했다는 소문이 어떻게 발해에 전달됐는지, 마치 준비라도 하고 있었던 것처럼 축하 사절이 달려왔다.

미녀 스무 명과 젊은 청년 스무 명으로 이루어진 가무단이 깃발을 흔들며 국자감 주위를 돌았다. 물론 오소도가 묵던 학사 현관 앞에는 '발해의 수재 오소도 장원 급제를 축하합니다.'라는 축문까지 거창하게 써 붙였다.

빈공과에 장원 급제를 하고 나면 역시 당나라의 급제자와 함께 어사화가 내려졌는데, 발해의 축하사절단은 황제로부터 받은 그 어사화를 본국 임금에게 보여 주기 위해 비단으로 정성스레 싸고 또 쌌다.

그때 치원과 함께 동문수학한 이동李同이라는 자도 시험을 봤는데 안타깝게도 발해의 오소도에 밀려 차석에 머물렀다. 그러나 그 대우는 하늘과 땅의 차이였다. 급제자들을 위한 잔치가 벌어지고,

황제 앞에서 축사를 듣고, 알현을 하게 되는데 그 서열이 엄격했다. 이윽고 차례가 되어 오소도가 황제 앞에 나가자 당나라 황제가 맨 처음 물은 것은 그의 국적이었다.

"그대는 어느 나라에서 왔는고?"

오소도를 굽어보는 황제의 눈빛은 차고 매서웠다.

"폐하, 신은 발해에서 왔사옵니다."

오소도는 잠시 고개를 들어 황제를 향해 힘차게 대답했다. 그때 풍악이 울리더니 황제가 친히 어사화를 내려 주었다.

그 모습을 보기 위해 각국에서 사신이 배석하고 있었는데, 그 사신이 앉는 자리는 장원 급제자를 배출한 국가의 사신이 상석에 앉게 되어 있었다. 그날 신라의 사신은 발해에서 온 사신의 아래 좌석에 앉게 되었다.

치원도 멀찍이 서서 이 모든 광경을 바라보았다. 어사화를 받는 오소도를 향한 치원의 눈빛에는 강한 결의가 묻어났다. 그것은 머지않아 저 자리에 꼭 서고 말겠다는 자신을 향한 강한 외침이었다.

국자감에서는 해마다 모의 시험을 보았다. 당나라 학생들은 본 시험을 위해 치열한 경쟁을 했고, 외국 학생들은 빈공과 진사 시험을 위해 저들끼리 경쟁하는 체제였다. 이 모의시험을 통해 몇 년 후의 장원 급제자를 예측할 수 있었던 것이다.

봄과 가을에 학사를 돌며 국자감 학생을 모두 점검하던 배찬은 어느 날 고운顧雲과 치원을 불렀다. 신라에서 온 치원과는 달리 고운은 당나라인이었다.

"그동안 치러 온 수많은 모의 시험을 통해서 나온 성적에 의하면 본과 시험에서는 고운이 가장 유망하고, 빈공과에서는 최치원 자네가 유망하네. 앞으로 2~3년 만 더 정진하면 좋은 결과가 있을 게야."

그러면서 배찬은 치원을 물끄러미 바라보며 잔잔한 미소를 지었다. 그날 이후, 당나라 청년 고운은 치원을 각별히 대했다. 몸에 좋을 거라면서 자신이 먹을 보약도 건네주고, 으슥한 밤이 되면 여지없이 나타나 공부에 여념이 없는 치원을 불러내 푸짐한 야참을 대접하기도 했다.

고운의 마음 씀씀이에 감동한 치원도 집에서 보내오는 말린 생선이나 육포를 고운에게 건넸고, 어머니가 지어 보낸 누빈 배자褙子(조끼)까지도 선물로 주기도 했다.

예쁜 천을 잘 배색하여 품위 있게 지어 보낸 어머니의 배자를 고운이 받자마자 너무 감탄하며 그날 치원을 자신의 집으로 초청했다.

고운의 집은 장안북로 뒤쪽 소안탑 근처 아주 큰 부잣집이었다. 저녁 무렵에 고운의 집을 방문한 치원은 신라 고관대작의 집에서도 볼 수 없었던 예사롭지 않은 풍경에 그만 정신이 혼미해지고 말았다.

정원에 파 놓은 연못에 잉어가 노닐고, 놀랍게도 뒤뜰에는 남만 안남국(태국)에서 가져 왔다는 원숭이 한 쌍이 서로 등을 긁어 주며 한가로운 시간을 보내고 있었다.

집 안을 한 바퀴 휘휘 둘러본 후 치원은 고운의 안내에 따라 품위가 넘쳐 흐르는 고운 부모님에게 인사를 드렸다. 그리고 그의 방으로 들어갔다. 이어 저녁 밥상이 나오고 그 곁에는 붉은색 호복을 입은 처자가 밥상머리에 함께 앉았다.

처자를 바라보는 순간 치원은 어색하기도 하고 겸연쩍은 나머지 차마 고개를 들어 그 처자를 바로 쳐다볼 수가 없었다.

"내 누이일세. 여자치고 좀 걸물이지. 산도 잘 타고 노도 잘 젓고, 달리기도 잘 하고, 말도 잘 탄다네. 어디 그뿐인 줄 아는가? 도술도 좀 하지. 물론 글도 잘 읽는데…… 여하튼 여자가 다방면에 뛰어나다는 것이 좋은 일인지는 모르겠네."

고운이 치원에게 자신의 누이를 소개하며 겸연쩍게 웃었다.

"물론 좋은 일이죠! 여자라고 해서 항상 뒤에 앉아 있고 나서지 말라는 법이 있어요? 난 그렇게 살고 싶지 않아요. 남자들하고 똑같이 경쟁하고, 겨뤄서 이기고 싶어요!"

처자의 목소리는 무척이나 맑고 또랑또랑했다. 이 말을 들은 부모님과 고운도 웃었다. 모두가 웃는 모습을 보고 치원도 비로소 거북한 감정을 누르고 웃을 수 있었다. 그러면서 치원은 잠시 고개를 들어 그 처자의 낯빛을 살폈다. 그 낭랑한 목소리를 어디선가 들은 기억이 있는 것 같았다. 그때 고운의 누이가 생글거리며 치원을 바라보았다.

"우리 어디서……"

치원이 퍼뜩 짚이는 데가 있었지만 기어 들어가는 목소리로 겨우 말을 붙였다.

"그동안 잘 지내셨어요? 당나라 장안이 어땠나요?"

처자가 여전히 명랑하고 밝은 목소리로 말하며 치원을 바라보았다. 그제야 치원은 무릎을 탁 쳤다.

'아, 종남산 종리권선사의 방에서!'

신기한 일이었다. 종리권선사의 시중을 들던 그 처자는 무명옷을 걸쳤었고, 들에 피었던 민들레처럼 그렇게 수수한 여자로만 보였었는데, 이 밤 붉은 호복을 입고 있는 처자는 만발한 작약이나 모란처럼 그렇게 화려하고 고혹적으로 보였기 때문이다. 치원은 전혀 다른 분위기 속에서 본 아름다운 여인의 자태에 잠시 정신이 혼란스러웠다.

저녁 밥상을 물리고 고운 부모님들이 차를 마시는 동안 비로소 치원은 고개를 들어 고운의 방 안을 둘러보았다. 그러다가 머리에 깃을 단 젊은이가 말 위에서 화살을 뒤로 겨누며 달리는 그림에 시선을 멈추고 말았다. 그림을 뚫고 나올 듯한 장수의 기백이 치원의 숨을 멎게 했다.

"아니, 저건 고구려 사람을 그린 건데?"

그림을 보고 놀란 치원이 고운에게 물었다.

"자넨 그림도 잘 보는군. 맞아, 고구려 사람이지. 사실 우린 고구려 후손이야."

치원을 바라보는 고운의 눈빛이 의미심장하게 느껴졌다. 치원은 고운의 말에 다시 한 번 놀랄 수밖에 없었다.

"고구려 유민도 이렇게 잘 살 수가 있단 말인가? 자네 집은 아주 부자 같은데?"

치원은 고운의 집안이 고구려 유민이라는 사실을 도저히 믿을 수가 없었다. 게다가 치원은 고운의 집에 들어서며 무척 부자라는 것을 직감했기 때문이다.

"그럼요, 우리 집은 부자예요. 할아버지가 하시던 일을 아버지가 그대로 물려받았거든요. 우린 요동에서 살다 왔는데 그때부터 조상들이 쭉 무역을 해 왔어요. 말갈족靺鞨族(지금의 동북삼성 지역의 고 민족)들이 잡은 호피나 산짐승들을 중원에다 팔고, 중원에서 나는 비단이나 소금을 말갈에 팔아서 부자가 되었지요. 요즘에는 서역에서 넘어 오는 유리 제품이나 향신료를 그쪽에다 내다 팔아 큰 이문을 내고 있답니다."

고운의 누이가 치원을 향해 생글생글 웃으며 집안 내력에 대하여 말을 끝내자 고운이 말을 이어갔다.

"고구려가 망할 때 산해관山海關을 넘어 장안이나 낙양 쪽으로 온 사람들은 대부분 당나라에 귀화했지. 귀화한 사람들은 서화자가 되어 눌러 살게 되었는데, 우리처럼 돈을 많이 가지고 온 사람들은 조정에서 진사 벼슬도 주고 여러 가지 혜택을 주었지. 장사를 잘 하도록 독점권을 준 셈인데, 우리 집안은 산해관 너머 발해와 옛 말갈 지역의 전역을 독점적으로 상대할 수 있는 권리를 가지고 있지. 고조할아버지 때부터 장안 호족이 되었고 진사 집안이 된 게야. 하지만 우리 집안에서 과거에 장원 급제한 사람이 없기 때문에 내가 이렇게 국자감에 나가고, 자네와 함께 과거 시험에 목을 매게 된 걸세."

고운이 그간의 사정을 치원에게 모두 말해 주었다. 그 말을 들으며 치원은 쉽게 입을 다물 수가 없었다. 이 모습을 지켜본 처자가 치원을 바라보며 여전히 배시시 웃고 있었다.

"참, 내 누이의 이름을 기억하고 있는가?"

고운이 자신의 누이를 바라보며 눈을 찡긋해 보였다. 치원이 고개를 돌려 처자와 눈이 마주치는 순간 가슴이 연이어 쿵쾅거린 탓에 그녀의 이름이 쉽사리 떠오르지 않았다.

"제 이름은 호몽이에요. 고호몽顧豪夢! 그때 종남산 종리권선사님께서 제 이름을 분명히 부르셨을 텐데……. 제 이름을 기억하지 못하시니, 조금은 실망입니다요. 하지만 우리 집에서 이렇게 다시 만나게 된 것은 신기한 인연이에요."

치원의 난감한 표정을 모조리 읽었다는 듯 처자가 불쑥 나서 자신의 이름을 알려 주었다. 그제야 치원은 호몽이라는 그녀의 이름을 기억해 냈다.

"쟨, 참 이상한 애야. 산에만 가면 난 쟤를 도저히 따라갈 수가 없어. 어찌나 빠른지 내가 번번이 놓친다니까? 뭐 축지술을 익혔다나? 뭐 정말 그런 것 같아. 난 흉내를 낼 수 없으니까. 어디 그뿐인가? 사주관상도 제법 잘 본다네. 아무튼 나에게도 곧 좋은 소식이 있을 거라고 얘기를 해줬는데. 애, 호몽아. 이 친구는 어떠냐?

과거에 붙을 것 같으냐?"

서슴없이 대화를 나누는 남매가 치원은 보통 사이가 아니라고 여겼다. 누이를 바라보는 고운의 눈빛이 애틋해 보였다. 호몽은 그런 오라버니를 향해 눈을 찡긋해 보이더니 이내 치원의 낯빛을 찬찬히 살피기 시작했다.

"물론 어사화를 받습니다. 분명히 문명文名을 날릴 겁니다. 그러나 공자의 앞날에는 두 개의 커다란 먹구름이 몰려오고 있습니다. 그 먹구름이 꼭 공자의 것인지, 아니면 우리에게도 드리우는 것인지는 모르겠으나 공자님의 귀한 상에 그늘이 져 있군요."

종남산에서 종리권선사가 말했듯이 호몽은 묘한 여운을 남겼다.

"좀 자세히 말씀해 주시지요. 두 개의 커다란 먹구름이라는 게 도대체 무슨 뜻입니까? 제 신상에 안 좋은 일이 생긴다는 말입니까?"

치원이 호몽의 곁으로 바싹 다가 앉으며 물었다. 치원의 애타는 눈빛을 읽은 호몽은 잠시 눈을 내리깔더니 숨을 고르기 시작했다.

그러다가 잠시 후 드디어 입을 열었다.

"지금은 자세히 말씀드릴 수 없습니다. 저도 잘 모르는 천기에 속하는 내용입니다. 공자께서 앞으로 몸소 겪게 되실 테니, 천명을 기다려 보시면 알게 될 것입니다."

좀 전의 맑고 상냥하던 모습과는 달리 호몽의 눈빛은 애잔한 감정이 실려 있었다.

"너무 겁주지 말거라. 우리 범인들에게 그런 뜬구름 잡는 얘기를 하면 어디 알아듣겠느냐?"

고운이 치원의 눈치를 살피며 짐짓 호몽을 나무라는 척했다. 하지만 치원은 알 듯 모를 듯한 호몽의 낯빛을 보는 순간 앞날에 대한 불안한 마음까지 들었다.

"그런데 호몽아, 도대체 네가 배우고자 하는 그 도술은 뿌리가 어디냐? 내가 읽은 바로는 그 신선술의 근본은 도교에서 온 것인데, 도교는 아무래도 천축국에서 불교 전파를 위해서 우리 당나라로 찾아온 선종禪宗 창시자인 보리달마조사菩提達磨祖士가 첫 어른이 아니더냐? 안 그런가, 신라 친구?"

깊은 상념에 젖어 있는 치원을 흔들어 깨우며 고운이 화제를 호몽에게로 돌렸다. 그 바람에 호몽에게 더 자세한 것을 물으려던 치원도 짐짓 웃는 모습을 내비쳤다.

"난 도교에 대해서는 잘 모르겠는데……. 아무튼 이 당나라에서도 현종玄宗(712-756) 때에 이르러서는 국교의 대우를 받은 걸로 아는데, 요즘에는 불교를 높이 쳐주는 것 같기도 하고, 아무튼 나도 이 당나라에서 황제들이 왜 선교仙敎(도교)에 심취하시는지……. 바로 그 점을 신기하게 생각하고 있다네."

그렇게 말하면서도 치원의 시선은 여전히 호몽을 향해 있었다.

"수 황조에서 당 황조로 바뀔 때 많은 도사가 당 황조의 출현을 필연적인 사실로 예언하였고 당나라 황실이 노자老子와 성이 같기 때문에 노자의 사상을 받들어 모시기 시작했지. 달마는 소림사에서 9년간 벽면좌선을 끝내고 불교보다는 오히려 노자 이론에 기울어진 것 같은데, 아무튼 요즘도 황실에서는 황제들이 불로장생을 기원해서 단약丹藥(기를 돋우어 장수하게 한다는 환약)을 먹고 나라에 위급한 일이 생기면 도사들을 불러들여 도술을 부리게 하니까 도교를 불교보다 높이 쳐주는 것 같아. 결국은 내가 볼 때 노자사상이나 도술은 부처님의 나라 천축국 부근에서 온 것이 틀림없는 것 같다네."

평소에 서책을 늘 가까이 하며 책 읽기에 빠져 지내는 고운답게 명쾌한 설명을 했다.

"오라버니, 제가 종남산에서 종리권선사님께 들은 바로는 내용이 좀 달라요. 노자가 일찍이 말씀하시기를 동방에 도인들이 많았는데 주로 청구국靑丘國과 군자국君子國에 있었다고 해요. 그럼 청구국은 어디에 있었느냐, 바로 우리 고구려예요. 요동 지방에 있었다고 하니까요. 그리고 군자국은 신라라고 봐야 합니다. 그래서 우리 스승님은 신라나 고구려에서 건너온 동방의 백의白衣민족 사람들을 따뜻하게 맞이해 주는 것이지요. 또 사실상 그 동방사람들이 도술을 쉽게 익히기도 하구요. 신라에서 온 김가기 같은 선비는 이미 신선이 되었답니다."

치원은 호몽이 뜻밖에 전하는 내용을 들으며 새로운 세계를 발견한 것 같았다. 그는 자리에서 일어나 호몽에게 허리를 구부리며 말했다.

"소저, 앞으로는 제가 많이 배워야겠습니다. 일단 과거 공부를 끝내고 나면 소저에게 본격적으로 도술을 배우겠나이다."

치원의 난데없는 행동에 당황한 호몽이 갑자기 입을 가리고 깔깔깔 웃기 시작했다.

"공자님도 참 아직 갈 길이 먼 저 같은 여자에게 무엇을 배우겠다고 하시는 것이옵니까? 정 원하신다면 차라리 종리권선사님께 직접 배우십시오. 언제든지 날 잡아서 종남산으로 오세요."

호몽은 사뭇 진지하게 대답했다. 치원은 말 대신 고개를 끄덕이며 그러겠노라는 말을 했다.

치원은 마치 새로운 세계를 얻게 된 것 같았다. 그것은 호몽이 심취해 있는 도술에 대한 선망이자, 현준스님이 불문에 들어가며 포기했던 그 특별한 세계에 대한 호기심이었다.

호몽을 바라보는 치원의 눈길은 예사롭지 않게 뜨겁고 또 강렬했다. 그런 치원의 마음을 일찌감치 알아차린 호몽도 치원의 눈길을 피하지 않고 그대로 받아들였다. 묵묵히 이를 지켜보는 고운은 모처럼 마음의 뿌듯함을 느꼈다.

호몽은 고구려 후손 출신답게 씩씩하고 건강하며 무한한 생명력을 내뿜고 있었다. 치원은 호몽의 신비로움을 되도록 깊이 느껴보고 싶었다. 치원은 당나라 친구 고운의 집에 다녀온 후부터 자강불식自强不息의 마음으로 더욱더 공부에 전력투구하였다.

어사화를 꽂다

당나라 의종懿宗이 왕위에 오른 지 14년이 되는 서기 873년, 의종은 건강이 극도로 쇠해지고 있었다. 황실에 있는 도사들이 아침저녁으로 불로장생의 환약을 올린다고는 하지만 쉽사리 효험을 보지는 못했다.

그러던 어느 날, 황제는 갑자기 부처님의 진신사리가 보고 싶다는 생각을 했다. 부처님의 진신사리에 극진히 예를 올리면 건강도 회복하고 오래 살 수 있으리라는 실낱 같은 희망이 생겼던 것이다. 그런데 부처님의 진신사리는 장안 외곽에 있는 법문사法門寺에 있었다.

오래전에 부처님의 나라에서 어렵게 가져온 것이었기 때문에 진신사리는 그 누구의 명에 의해서도 쉽사리 옮길 수 있는 물건이 아니었다. 그러나 황제는 법문사의 주지에게 여러 번 청을 하였고, 황제가 타는 황금수레를 보내서 기어이 진신사리를 궁중으로 옮겼다. 의종 황제는 황후와 함께 아침저녁으로 진신사리를 찾아 극진히 예를 올렸다.

부처님의 진신사리를 함부로 궁 안에 들였다는 소문이 퍼지자 백성은 하나둘 원성을 퍼붓기 시작했다. 아무리 황제라도 나이가 들면 병드는 것이 당연한 자연 이치거늘 부처님의 사리까지 왕궁으로 옮겨와서 자신의 보신을 챙기는 일은 하늘의 뜻을 거슬려 불경스럽다고 생각했기 때문이었다.

더구나 사리를 옮길 때 막대한 재물과 엄청난 백성이 동원되고, 또 황궁에 화려한 장막을 짓고 조석으로 예를 올리는 데도 황제는 수많은 재물을 쏟아붓고 있었다.

그러나 그해 7월 그런 정성을 다했음에도 별다른 효험이 없이 의종은 끝내 승하했고, 어린 희종僖宗이 새로운 황제로 즉위했다. 그때 희종의 나이가 불과 열두 살이었는데, 그 주변에는 나이 많은 환관들뿐이었다.

더 정확하게 말하면 어린 희종은 부패한 환관들에 의해 옹립되었고, 결국 그들의 볼모가 된 셈이었다. 그러니 황실조정이 제대로 돌아갈 리가 없었다.

조정에서는 환관들이 어린 황제의 눈을 가리고 온갖 부정한 짓을 저지르고, 각 지방의 절도사들은 앞 다투어 사병을 키우며 국가의 기강을 흔들고 있었다.

이듬해 민심이 더욱 들끓고, 그 흉흉한 민심을 등에 업고 장원長垣 땅에서 왕선지王仙芝가 난을 일으키기에 이른다.

"소금 장수 왕선지가 반란을 일으켰대. 천하 사람은 다 평등하다고 외쳐대니까 금방 삼천 명이 넘는 반란군이 모였대."

"돌아가신 선황께서 너무하셨지. 매일 궁중에서 풍악이나 울리고 제사나 지내고 부처님 진신사리까지 황궁으로 옮겼으니 화가 없겠어?"

장안 사람들은 여기저기서 수군거리며 의종 황제의 과오를 비난하고, 흉흉한 민심을 틈타 난을 일으킨 왕선지의 용감한 행동에 은근히 동조하는 눈치였다. 하루하루가 다르게 세상 민심이 변해가고 있었다. 이처럼 민심이 요동을 치자 황실에서는 부랴부랴 진신사리를 법문사로 되돌려보냈다.

종남산에서 득도를 했다고 소문이 나 있는 최승우가 어느 날 국자감으로 최치원을 찾아왔다. 치원은 소문으로만 듣고 만나본 일이 없는 최승우가 갑자기 자기를 찾아온 것에 대해 내심 의아한 표정을 지었다.

"어인 일이십니까? 종남산에 계신 줄로만 알았는데……."

언뜻 보아도 큰 키에 가슴이 떡 벌어진 최승우는 수려한 외모까지 겸비해 마치 문무를 모두 갖춘 장군의 모습이었다. 무장 복장만 하지 않았을 뿐, 그는 사람을 주눅 들게 하는 이상한 힘을 가지고 있었다.

"진즉에 한번 찾아왔어야 했는데, 숙위 학생宿衛學生(국자감 학생) 노릇하기가 보통 어렵지가 않을 텐데 먹는 것도 시원찮고……. 내 오늘 한 잔 거하게 사리다."

최승우가 굵직한 팔을 뒤로 젖혀 자신의 목덜미를 만지며 조용히 말했다. 그러더니 치원의 대답에는 관심이 없다는 듯 이내 돌아서더니 먼저 길을 재촉했다.

최승우의 기세에 눌린 치원이 황황히 옷을 걸치고 그의 뒤를 따라나섰다. 그런데 어찌나 빨리 걷는지 따라가는 일 자체가 매우 힘들고 버거웠다.

언젠가 사형 현준스님과 종남산에서 만났던 김가기의 발걸음과 아주 흡사하다는 생각이 들었다. 건들건들, 쉬엄쉬엄 걷는 것 같은데 젊은 치원이 힘들게 뛰어야 겨우 따라잡을 수 있는 그런 걸음걸이였다.

얼마 후 최승우는 주막 앞에서 발걸음을 멈추었다. 뒤로 돌아 치원이 숨을 헐떡이며 따라오는 것을 보고는 씨익 웃으며 주막으로 들어갔다.

"흠, 장원 급제감이로구만. 당신은 틀림없이 장원 급제하겠소!"

아무 말없이 술잔을 기울이던 최승우가 난데없이 치원을 바라보며 크게 웃었다. 그의 눈자위에서는 치원이 여태 보지 못한 매서운 빛이 뿜어져 나오고 있었다.

"공부가 제대로 되지 않습니다. 장원 급제가 어디 그리 쉽겠습니까?"

치원은 짐짓 겸손한 태도로 최승우를 주시했다.

"우리 신라를 위해서라도 꼭 장원 급제하시오. 당신 개인의 영달을 위해 장원 급제하라는 말이 아닙니다. 지금 우리 신라는 말이 아닙니다. 진골들이 각 고을을 나누어 백성을 착취하고 이제는 육두품이나 장군들까지도 모두 지방에 나가 호족 노릇을 하면서 백성을 쥐어짜고 있다오. 자신들의 집에는 금으로 장식한 기둥을 세우고 호사스러움을 자랑하고 있단 말입니다. 백성은 그런 집들을 금입택金入宅이라 부르고, 그런 신흥 부자들이 철따라 별장으로 쓰는 집들을 사절유택四節遊宅이라고 합니다. 그런 요란한 집을 서역에서 들여온 구유(페르시아산 카펫)와 답등(빛을 환하게 해주는 페르시아식 등유리)으로 장식하고 실내에는 향기 나는 서역 나무인 자단(요르단 지역의 향나무)으로 기둥을 세워 놓고 있다오. 어디 그뿐인 줄 아시오? 여인들은 서역에서 들여온 푸른 구슬인 슬슬(페르시아산 유리 공예품)로 사치를 즐기고 있다 하오."

최승우의 목소리는 낮게 흘러나와 점차 소리를 높이더니 이내 우렁차게 온 방 안을 흔들었다. 그것은 마치 먹잇감을 발견한 맹수의 포효와도 같았다.

최승우는 주먹을 꽉 움켜쥔 채 술상을 내리치며 몹시 흥분했다. 그러더니 소리를 버럭 질러 주모에게 술을 더 내오게 한 뒤 치원이 마시든 말든 혼자서 그 많은 술을 다 마셨다. 그래도 최승우의 분노는 쉽게 가라앉지 않았다.

"이보오, 최형!"

최승우가 턱을 타고 흐르는 술을 손등으로 쓰윽 문지르며 치원을 불렀다. 그가 갑자기 최형이라고 부르는 바람에 치원은 깜짝 놀라 자세를 바로 한 채 눈만 껌벅였다.

"거, 어인 말씀이십니까? 저를 어려워하지 말고 편하게 말씀을 낮추시지요."

치원이 최승우의 눈치를 살피며 공손하게 말을 하는데도 그는 치원의 말에 귀를 기울이지 않았다.

"보시오, 최형. 지금 우리 신라 농민들의 형편이 어떤 줄 아시오? 서라벌 주작대로에 내다 버리는 아이들만 하루에 백 명이 넘습니다. 집에서 먹일 식량이 없어 먹이질 못하니까 밤새 어린 것들을 길가에 내다 버리는 거요. 어떤 자들은 어린 딸자식을 지주들의 첩이나 창기로 팔아 버리고, 사내놈들은 걸인으로 만들어 밥을 빌어오게 한다오. 이보시오, 최형! 이 당나라의 장강(양자강) 하구에는 천여 명에 이르는 신라의 걸인 떼가 있다 하오. 난 그곳에 가서 그 사람들의 참상을 보고 피눈물을 쏟았단 말이오."

눈동자가 튀어나올 듯이 두 눈에 잔뜩 힘을 주고 말하던 최승우가 더 이상 분을 못 참겠다는 듯이 술잔을 들어 벌컥벌컥 술을 들이키더니 이내 술잔을 바닥에 내동댕이쳐 버렸다. 그리고는 천장을 바라보고 아이고, 아이고, 하며 낮은 신음소리를 토해냈다.

치원은 문득 신라에서 배를 타고 올 때 뱃전에서 천민 출신 여인들이 살려 달라고 애걸하며 바다를 가를 듯이 울어대던 모습을 떠올렸다. 아마 그 여인들은 지금쯤 이 장안이나 낙양 어딘가의 홍등가로 팔려갔을 것이고, 아니면 장강 끝의 신라 빈민굴로 흘러 갔을 터였다. 그 생각을 회상하니 치원도 가슴이 답답하고 울컥하였다.

"저도 한 잔 주십시오."

치원이 한숨을 내쉬며 잔을 내밀었다.

"이제야 눈을 뜨시는 모양이군. 치원 학생, 꼭 장원 급제하시오. 그리고 그 장원 급제한 힘으로 쓰러져 가는 우리 신라를 일으켜 세워야 하오. 내 최근에 우리 신라에서 일어난 참상을 하나 말해 주리다."

최승우가 치원의 잔에 술을 가득 따라 주며 말했다. 그러더니 자신도 술잔을 들어 단숨에 마셔 버렸다. 그는 안주로 나온 돼지껍질을 질근질근 씹으며 치원을 바라보았다.

"최근 서라벌에서 근종近宗의 난이 있었다는 소문은 들었겠지요?"

돼지껍질을 씹어 대는 최승우의 낯빛이 굳어지고 있었다.

"네, 풍편에 들었습니다."

"근종이 왜 난을 일으켰다고 생각하시오?"

오며가며 들은 이야기지만 그 문제에 대해 심각하게 생각지 않은 치원인지라 근종이 왜 난을 일으켰는지에 대해서는 소상히 알지 못했다. 치원은 그저 최승우의 입 모양을 바라보며 무슨 말인가를 얼른 해주기를 기다렸다.

"선뜻 이해가 안 되지요? 잘 아시다시피 근종은 진골입니다. 직위가 자그마치 이찬伊湌이오. 이찬 위에는 대아찬, 파진찬, 잡찬 같은 최고의 직위밖에는 없소. 이찬이라는 자리에는 진골 이외에는 앉을 수도 없는 자리라오. 최치원 학생, 당신이 이 땅에서 장원 급제를 하고 신라에 돌아가 봤자 이찬은 꿈도 꿀 수 없소. 당신은 육두품이니까. 최고로 올라가 봤자 아찬阿湌 정도가 될 것이오. 아무튼 근종은 자신의 집에 아름다운 여인만 백 명쯤을 거느리고 있었고, 노복이 이백 명에, 사병만 오백 명이오. 그런데 왜 그가 반역을 도모했을까?"

그가 또 말을 멈추었다. 항상 중요한 대목에서 말을 끊는 그를 바라보던 치원은 야속하리 만큼 그가 얄미웠다. 잔뜩 긴장을 한 채 자신을 뚫어져라 쳐다보고 있는 치원을 조롱하듯이 최승우는 술잔을 들어 목을 축였다.

"신라 왕조가 기본적으로 잘못돼 있다는 것을 간파한 게지요. 왕들은 굶어 죽는 백성을 아랑곳하지 않고 절을 새로 짓는다, 탑을 쌓는다, 아무짝에도 쓸모없는 불사에만 여념이 없고, 또 이 당나라 황실에서 배운 그 못된 사술邪術…… 환약을 먹으면 불로장생하고 미약을 먹으면 하루저녁에도 수십 명의 여인을 거느린다는 그 더러운 버릇을 배워서 그짓만을 실천하고 있다 하오. 어린 비빈과 주지육림에서 헤어 나오지 못하는 것이 신라의 왕이라는 족속들이오."

어찌나 힘을 쏟으며 말을 하는지 금세라도 입 안에서 거품을 토해낼 듯한 기세였다.

잠시 말을 멈춘 최승우가 이번에는 술잔을 들이키는 대신 가만히 앉아 숨을 몰아쉬고 있었다. 그 틈을 타 치원은 객주 안을 휘휘 둘러보았다. 다행히 신라인의 행색은 찾아볼 수 없었고, 모두 호복이나 당의를 입은 당나라 사람들뿐이었다.

그들은 이따금씩 매우 흥분된 어조로 대화를 나누는 이 두 사람을 흘긋흘긋 쳐다보았다. 그러나 최승우는 그들의 시선 따위는 이미 잊은 지 오래였다.

"이찬까지 지낸 근종이 난 정말 멋진 사내라고 생각하오. 허구한 날 약에 취해 취생몽사하는 얼빠진 왕을 쫓아내고 자신이 정말 왕다운 왕 노릇을 한 번 해보고 싶었던 게지요. 그는 뜻이 맞는 육두품들과 선비들을 모아 모의를 했고 용기 있는 농민들과도 내통을 했다고 합디다. 그래서 그날 그동안 집에서 양성했던 사병 오백 명과 농민병을 데리고 월성을 쳤는데, 처음에는 일이 잘 되는가 싶었지. 대궐 문은 박살났고, 외문과 중문을 다 접수했고, 마지막 태화전만 때려 부수면 됐는데, 그때 태화전 뒤에 숨어 있던 삼백 명의 근위병들이 반격을 했던 것이오. 그 사이에 궁 밖에서 횃불이 오르며 외곽의 관병이 달려온 거요. 정말 신라에 제대로 된 역성혁명이 일어날 뻔했는데……."

최승우의 얼굴에는 지금까지의 노기는 보이지 않고 아쉬움만 가득 남아 있었다.

"이제, 그만 하시지요. 취하셨습니다. 혹시 누가 듣기라도 하면 어쩌려고 그러십니까."

치원이 주위를 둘러보며 최승우를 만류했다. 장안에는 신라인들의 왕래가 제법 많기 때문에 혹여 누군가 두 사람의 말을 엿듣기라도 한다면 신라와는 영원히 등을 져야 하는 일이 벌어질 수도 있었기 때문이다. 더구나 신라에는 그들의 가족이 있지 않은가.

"걱정 마시오. 이 집은 내가 잘 아는 집이오. 나를 밀고할 사람은 아무도 없소. 여기서 신라 말을 알아들을 수 있는 사람은 아무도 없으니 너무 걱정은 하지 마시오. 이 몸이 최치원 학생에게 전해 줄 말은 정작 지금부터요. 그날, 근종과 농민병들이 궁궐을 내려치던 그날, 격문을 써 부쳤던 선비가 누군 줄 아시오?"

연이어 술잔을 비운 최승우는 이미 혀가 꼬부라져 제대로 말을 잇지 못했다. 그래도 그의 눈빛만은 강렬한 빛을 내뿜고 있었다. 치원은 순간 불길한 생각이 들었다.

"이보시오, 그자는 바로 당신을 가르쳤던 훈장 스승이요. 학동들에게 노상 술이나 받아 오라고 호령을 하던 그 주태백이 고산 훈장이었단 말이오. 그는 사실 당신 같은 수재를 키울 만큼 학문이 높았던 사람이오. 그의 윗대 집안도 가야에서는 한때 왕족이었다고 합니다. 장보고의 후예지요. 그런데 장보고의 난에 연루되어 그 할아버지가 잡혀가고 나서 그 집안이 그렇게 몰락했다고 합니다. 그래서 서라벌로 흘러와 당신들 같은 학동을 모아 놓고 공부도 가르치고 술타령이나 하면서 많은 세월을 보냈지요. 그런데 근종을 알고 나서 그는 붓으로 조종의 혁명에 가담했습니다. 굶어서 죽으나, 혁명하다 칼 맞아 죽으나, 새끼들을 홍등가에 내다 파는 거나, 모반죄에 걸려 천민으로 끌려가는 거나, 별반 차이가 없다고 생각하며 멋진 격문을 써 붙였던 것이오. 정말이지, 고산 훈장의 격문 덕분에 근종의 난은 성공할 수도 있었지만 아쉽게도 성공 못했소!"

'고산 훈장이 난에 동참을 하시다니⋯⋯.'

치원은 그 이유가 궁금하다기보다는 난이 평정된 후 고산 훈장의 근황이 몹시 걱정되었다. 더 정확히 말하자면 사내아이처럼 늘 씩씩한 모습으로 생글거리며 웃던 보리의 안부가 몸서리치게 궁금해졌다.

맥박이 요동을 치는가 싶더니 이내 온몸이 후들거리기 시작했다. 목이 바싹바싹 마르며 심한 갈증이 느껴졌다. 견디다 못한 치원이 술잔을 들어 벌컥벌컥 들이켰다.

"여보시오, 최승우 선비! 그 집 딸 보리는 어찌 되었소? 보리는!"

치원이 거친 숨을 몰아쉬며 격앙된 목소리로 최승우를 채근했다.

"뭣이라? 누구라고? 보⋯⋯ 뭐? 이름이야 어찌 되었든 대역 모반자의 딸이라면 죽임을 당했든지, 아니면 노비로 팔렸겠지. 꽃다운 나이니까 죽이지는 않았을게요. 어떤 내시나 공신의 차지가 되었겠지. 그나저나 당신 스승에 관한 안부는 궁금하지 않은 모양이지?"

최승우는 술상에 엎드려 혀 꼬부라진 소리를 일삼았다. 치원은 다리와 어깨가 심하게 떨리는 바람에 꼿꼿이 앉아 있기조차 힘겨웠다.

"참, 볼 만했소. 주작대로와 황남대로가 만나는 종로 네거리에서 이찬 근종은 두 대의 수레가 끄는 삼끈에 다리를 매달고 거열형車裂刑에 처해졌소. 하지만 그는 수레가 움직이기 전에 이렇게 외쳤소. '나는 죽어서라도 이 두 눈으로 썩은 신라의 천 년 사직이 무너져 내리는 것을 똑똑히 보겠다.' 물론 형을 집행하는 충성스러운 자가 가만두지를 않았지. 조금 있으면 두 동강이 날 근종의 몸뚱이에 붙어 있는 그의 눈을 먼저 부젓가락으로 지졌소. 그리고 혀도 잘랐소. 사람들은 비명과 함께 눈을 가리는 척하며 그 근종의 몸통이 푸줏간의 고기처럼 크게 두 조각이 나는 것을 지켜보았소. 당신 스승인 고산 훈장은 그렇게까지는 되지 않았지. 근종의 거열형이 끝나고 나서 그는 나무에 묶인 채 큰 철퇴로 주살되었지. 그리고 남문 밖에 효시되어 백성의 구경거리가 되었지."

최승우가 퀭한 눈을 비비며 고개를 들더니 이내 술상 모서리를 연거푸 내리치며 열변을 토했다. 치원의 몸은 더욱 떨리고 있었다.

"그만하시오! 그만!"

치원이 술상을 발로 걷어차며 큰소리로 외치자 최승우는 두 눈만 껌벅거릴 뿐 별다른 내색을 하지 않았다. 술잔과 그릇들이 제각기 흩어지고 구석에 처박힌 술상은 다리가 부러진 채 누군가의 발길에 짓밟히고 있었다.

치원은 거친 숨을 쏟아내며 최승우를 노려보았다. 그리도 당당하던 최승우도 치원의 성난 얼굴에 기세가 꺾였는지 슬금슬금 뒷걸음을 치더니 바람처럼 사라졌다.

최치원은 그 후로 사흘을 꼬박 앓았다. 겨우 몸을 추스르고 자리에서 일어났을 때 배편으로 견일의 편지가 당도해 있었다.

'과거시험이 머지않았다고 들었다. 고국에서 들리는 흉흉한 소리에 추호라도 흔들리지 말고 오직 공부에만 자강불식하고 전념하거라. 너를 존재하게 해준 이곳 부모님만을 생각하고 또 생각하여라.'

순간 치원은 온 힘을 다해 편지를 구기고는 손을 부르르 떨었다. 있는 힘을 다해 어금니를 꽉 물었지만 가슴 밑바닥에서 끓어오르는 슬픔을 참지 못하고 뜨거운 눈물을 거침없이 쏟아내기 시작했다. 얼마나 울었던가. 다시 온몸에 힘이 빠지는가 싶더니, 치원은 그만 자리에 또 쓰러지고 말았다.

그해 여름은 유난히 더웠다. 더위를 참지 못한 사람들이 서슴없이 윗옷을 벗고 길거리를 활보하는 모습을 쉽게 볼 수 있었다. 그러면 순찰하는 군사나 순검들에게 잡혀 얻어맞기 일쑤지만 사람들은 그들의 눈을 피해 옷을 벗어 잠시라도 더위를 멀리하고 싶었다. 여인들도 틈만 나면 동이에 찬물을 받아 머리를 감고는 했다.

그러나 치원은 조금의 흔들림도 없이 국자감의 좁은 방에서 찜통보다 더한 더위를 이겨내면서 무릎을 꿇고 앉아 하루 종일 책장을 넘기며 큰소리로 글을 읽고 또 읽었다. 미처 닦지 않은 땀방울이 흘러내려 서책을 적시는 일이 다반사였다.

바람 한 점 없는 서재에서 치원은 거의 탈진하여 쓰러질 지경이었다. 어디선가 한 여인이 안쓰러운 표정으로 그 모습을 지켜보고 있었다. 호몽은 뒤가 급한 사람처럼 종종걸음을 치며 치원의 주위를 떠나지 않았다.

그러다가 치원이 잠시 서책을 덮고 쉴 낌새라도 보이면 얼른 부엌으로 달려가 커다란 그릇에 얼음을 가득 담아 화채를 만들어 치원의 방문을 열었다. 치원은 그 시원한 냉차를 한 모금 마시고는 같이 글공부를 하는 벗들에게 나누어주기도 했다.

그때마다 호몽은 안타까운 표정을 지었다.

'내가 얼마나 정성들여 만들었는데, 저걸 다른 사람에게 나누어주다니……'

호몽은 더위에 지친 치원을 위해 화채뿐 아니라 병아리를 푹 고아 만든 백숙을 치원에게 슬며시 건네주기도 했다. 호몽의 속마음을 알아차리지 못한 치원은 그것마저 동무들과 같이 나누어 먹었다. 그 모습을 뒤에서 살며시 지켜보던 호몽은 그저 눈을 흘길 뿐 아무런 내색도 하지 못했다.

그렇게 하루하루 무더위와 맞서며 힘겨운 나날이 지나, 어느새 여름의 막바지에 이르렀다. 그러던 어느 날, 국자감을 감독하던 배찬이 예부시랑(교육부 차관에 해당하는 직책)의 직책을 맡게 되었다. 그러더니 얼마 후 국자감 연못가에 있는 커다란 벽면에 방이 나붙었다.

희종 황제의 취임을 축하하며 천하의 영재를 얻기 위한
과거를 실시하노라!

국자감의 분위기가 술렁거리기 시작했다. 사람이 모이는 자리라면 으레 과거 시험에 관한 이야기가 빠지지 않았다. 그동안 글공부에 매진한 젊은이라면 과거 시험에 대해 관심을 갖는다는 것이 당연한 일이었다.

더구나 황제 취임 원년에 실시되는 과거는 정말 중요한 행사였으며, 이 과거에서 급제하는 인재들은 황제가 그들의 앞길을 보장해 준다는 것은 모두 아는 사실이었다.

치원이 연못가에 앉아 깊은 상념에 잠겨 있을 때 어디선가 고운이 황황히 달려왔다. 그는 다짜고짜 치원의 손을 잡더니 자신의 집으로 향했다. 영문도 모른 채 고운의 손에 이끌려 간 치원을 맞이한 것은 평소에 구경조차 해 보지 못한 음식들이 차려진 진수성찬이었다.

"염소탕에 약재를 듬뿍 넣은 영양탕을 준비해 놨네."

고운은 치원에게 숟가락을 쥐어 주며 흐뭇한 미소를 지었다. 당나라의 고관들이 먹는다는 진귀한 산해진미들이 차례로 나오고 마지막에는 한약 향이 물씬 풍기는 영양탕이 나왔다. 두 사람이 탕약 그릇을 내려놨을 때 호몽이 기다렸다는 듯이 접시에 담긴 꿀과 마른생강을 얼른 가져다 주었다. 생강을 꿀에 찍어 입 안에 넣으니 조금 전의 비릿한 고기 냄새는 어디론가 사라지고 달콤하고 향긋한 생강의 향내가 가득 고였다.

"너 아까부터 좀 이상한 것 같다. 반찬이나 고기를 모조리 치원이 앞에 놓은 것도 모자라 마지막 보약도 내 것보다 치원이 것이 더 많고 먹음직스럽던 걸? 어찌하여 이 오라버니보다 치원을 더

챙기는 것이냐?"

고운이 호몽에게 눈을 흘기며 짐짓 투정 섞인 말을 했다. 그 말을 들은 치원은 몹시 난처하여 그만 고개를 숙이고 말았다.

"오라버니, 당연한 것 아니겠어요. 오라버니는 집에서 늘 충분히 드시고 보신을 해 오셨잖아요. 하지만 저분은 국자감에서 해주는 음식을 주로 드셨기 때문에 늘 부족하게 드셨을 것입니다. 또한, 더위를 이기느라 힘드셨잖아요. 오늘 저녁이라도 충분히 드시고 마음껏 실력을 발휘하셔야죠."

호몽은 낯을 붉히면서도 애써 태연한 모습으로 제 오라버니에게 변명했다. 치원은 더더욱 할 말을 잊은 채 멍하니 방 안을 휘휘 돌아볼 뿐이었다.

그 모습을 지켜본 고운이 재미있다는 듯이 환하게 웃었다. 그러자 호몽은 빈 그릇을 챙겨 들고는 서둘러 밖으로 나갔다.

9월의 날씨답게 구름 한 점 없는 파란 하늘이 가슴속까지 시원하게 다가왔다. 붉은 물감으로 염색이라도 한 듯 고추잠자리가 높은 하늘을 수놓으며 오르내리고, 떠날 때를 아쉬워하며 지난날을 그리워하는 매미들이 큰 느티나무 가지에 붙어 처연히 울어대고 있었다.

그 아래에서 철없는 꼬마들이 소리를 지르며 웃통을 벗은 채 이리저리 뛰어다녔다. 상쾌하게 와 닿는 시원한 바람은 참으로 오랜만에 느껴보는 가을의 선선함이었다.

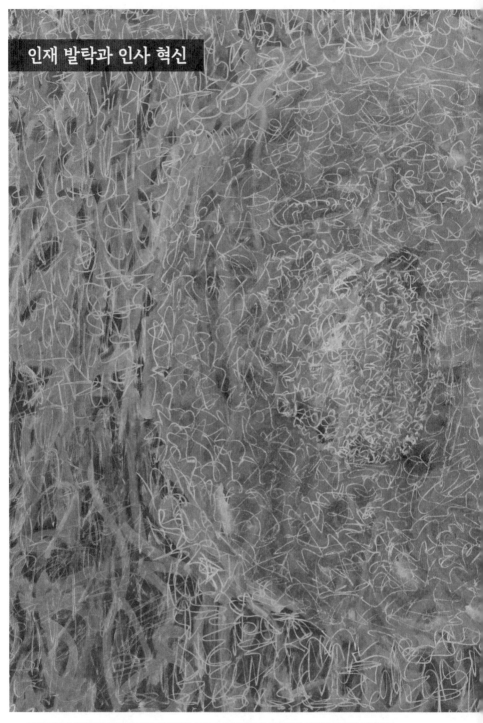

인재 발탁과 인사 혁신

인재 발탁과 인사 혁신의 중요성을 형상화한 이미지. 골품제도에 가로막혀 아무리 훌륭한 인재라도
꽃을 피우지 못했던 통일신라와 달리 당나라는 외국인들에게까지 인재 등용의 문을 활짝 열어줬다.

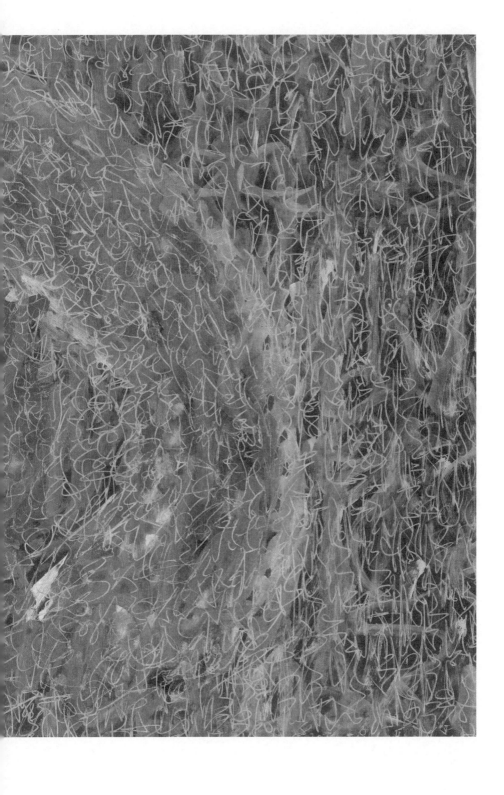

근위병들이 연병장에 커다란 천막을 치고 사라지자, 다른 병사들과 순검들이 과거 시험 응시자들을 세워 놓고 하나하나 점검을 하고 있었다. 붓 뚜껑과 붓 꽁지 속까지 샅샅이 살피며 혹시 모를 부정행위에 대한 철저한 검문을 하는 것이다.

치원은 긴장된 마음으로 순검 앞에 섰다. 부정을 위한 단 한 가지의 물건도 지니지 않았지만, 허리춤에 몰래 간직한 것이 있어 내심 불안한 마음을 떨쳐내지 못했다. 그러나 순검은 두근거리는 가슴을 매만지는 치원의 범상치 않은 풍모와 단정한 차림새를 이리저리 훑어보더니 별다른 수색도 하지 않은 채 그냥 들어가라는 손짓만 할 뿐이었다. 치원은 놀란 가슴을 쓸어내리며 수험장으로 들어섰다.

지정된 자리에 앉아 잠시 숨을 가다듬고 있자니 이윽고 취타 음이 들리고 황제의 등장을 알리는 관료의 우렁찬 목소리가 들렸다.

어린 희종이 씩씩하게 걸어 나와 어좌에 앉자 뒤를 따르던 조정 백관도 어린 희종의 주위에 자리를 잡고 앉았다. 조금 떨어진 곳에는 변방에서 온 사신들이 각 나라의 예복을 갖춰 입고 앉아 근엄한 표정으로 응시생들을 바라보았다. 이들은 모두 자국의 응시자들을 격려하기 위해 배석한 것이다.

치원이 고개를 들어 사신들이 자리한 곳을 바라보니 신라 사신은 발해 사신의 뒷자리에 서 있었다. 그때까지만 해도 발해의 오소도가 2년 전 황제의 어전시에서 장원 급제를 하였기 때문에 사신의 서열까지 그렇게 정해져 있었던 것이었다.

치원은 뜨거운 숨을 내쉬며 마음속으로 굳은 결의를 다졌다. 그리고 허리춤에 차고 있던 물건을 손가락 끝으로 조심스럽게 만졌다. 그것은 신라를 떠날 때 보리가 건네주었던 물고기 모양의 장식품이었다. 보리는 그것을 두고 가야 사람들의 성물이라고 했다. 그 장식품을 매만지는 순간 치원은 보리의 싱그러운 목소리가 귓전에 맴도는 듯했다.

'오라버니, 과거 시험 볼 때 이것을 꼭 지녀야 해요. 행운을 가져다 줄 거예요.'

치원은 갑자기 몸서리치도록 보리가 그리웠다.

그때 예부시랑 양섭楊渉이 큰소리로 외쳤다.

"황제 폐하께서 오늘 과거 시험을 보는 그대들을 위해 격려의 말씀을 하실 것이오!"

어린 황제가 앞으로 나서자 만조백관이 일어나 허리를 구부리고, 사해에서 모여든 외방 사신들도 모두 엎드렸다. 삼천 명에 이르는 응시자들도 분주히 움직여 땅에 이마를 대었다.

"모두 머리를 드시오. 오늘은 내 널리 인재를 구하는 날입니다. 그대들이야말로 우리 당나라의 미래를 책임질 인재들입니다. 아무쪼록 평소 공부한 것을 마음껏 펼쳐 좋은 글을 써서 우리 당나라의 대의를 세우고 기강이 흐려지고 있는 우리 황조皇朝의 골간을 다시 세우는 일에 앞장서 주기 바라오. 또 멀리 이 당나라까지 와서 시험에 참가한 다른 나라의 젊은이들도 최선을 다해 빈공과의 명예를 드높여 주기 바라오."

희종 황제는 짐짓 위엄을 드러내려고 목소리에 잔뜩 힘을 주고는 있지만, 열두 살짜리 앳된 소년의 분위기가 자연스레 묻어 나왔다. 황제의 격려사가 끝나자 오늘 시험을 총괄하는 관리가 앞으로 나섰다. 순간 치원은 놀란 나머지 입을 다물지 못했다. 그 사람은 놀랍게도 치원과 인연이 있었던 예부시랑 배찬이었다.

"오전에는 국가 공문을 다루는 부賦, 표表와 같은 공문서 쓰기를 시험해 보겠고, 오후에는 올해의 글제를 황제 폐하께서 친히 내리시게 될 터이니 명문들을 써 주시기 바라네."

배찬이 큰소리로 말하자 응시생들은 모두 그의 말에 귀를 기울였다. 그리고 예부시랑의 지시에 따라 시험 준비를 하느라 숨도 제대로 쉬지 못하고 분주히 손을 움직였다.

삼천 명이 훨씬 넘는 젊은이들의 대결장이었지만 긴장감 때문에 옆 사람이 바스락거리는 종잇장 넘기는 소리까지도 귀에 똑똑히 들려왔다. 모두 하늘을 우러러 행운을 빌었다. 새떼가 줄지어 날아가며 파란 하늘을 온통 화폭처럼 물들이고 있었다.

한편 고국 땅에 계시는 반야 부인은 전날 이상한 꿈을 꾸었다. 당나라에서 공부하고 있는 자식을 위해서 매일매일 정화수를 떠놓고 기도를 드리고 있던 중 하늘나라에 계시는 옥황상제가 무지개를 타고 신하와 궁녀들의 보호를 받으면서 자기집으로 들어왔다.

신하 한 사람이 큰소리로 반야 부인에게 옥황상제가 오셨으니 머리 숙이고 부복하라고 명하였다. 반야 부인은 이 말을 듣고 옥황상제 앞에 무릎을 꿇고 있으니 옥황상제께서 직접 황금빛이 나는 어사화를 머리에 씌어주면서 "너의 아들이 과거시험에서 장원 급제하여 명성을 만천하에 크게 떨칠 것이다."라고 말하는 게 아닌가! 그 말을 듣고 눈을 떠보니 너무나 현실 같은 꿈이었다.

꿈이 하도 신비스럽고 이상해서 남편에게 꿈이야기를 하자 남편은 어느 누구에게도 이 꿈이야기를 누설하지 말라고 당부하였다.

과거 시험을 본 지도 벌써 보름이 지났다.

종루에서 정오를 알리는 종소리가 크게 울리자, 황궁 곁에 있는 연병장 누각에서 연이어 북소리가 울리더니 이윽고 고적대의 연주가 시작되었다. 과거 시험에 응시한 젊은이들이 서둘러 발걸음을 옮기고 있었다.

치원도 서둘러 고적대의 연주가 끊이지 않는 누각으로 달려갔다. 숨을 헐떡이며 누각에 도착을 하니, 과거 시험의 주무관이었던 예부시랑 배찬이 그곳에 서 있었다.

그는 응시생들이 모두 모인 것을 확인하자 손에 들고 있던 비단 두루마리를 위에서부터 밑으로 주르륵 흘려보냈다. 수천 명의 응시생들과 많은 인파가 구름처럼 모여들었지만 모두 숨을 죽이고 있는 터라 정적만 흘렀다.

'장원 급제 고운顧雲'

그 비단 두루마리의 첫머리에 놀랍게도 고운이 장원 급제를 했다는 글자가 선명히 보였다. 그제야 여기저기서 웅성거리는 소리가 차츰 높아지기 시작했다. 치원은 분주히 시선을 움직이며 다른 이름들을 훑어 나가고 있었다.

'빈공과 장원 급제, 신라출신 최치원'

순간 치원은 그 자리에 얼어붙고 말았다. 당나라의 빈공과 시험에 자신이 당당히 합격을 했다는 사실이, 그것도 장원 급제라는 사실이 도저히 믿기지 않았다.

잠시 후 치원이 간신히 정신을 차리고 보니 고운의 일가족은 많은 인파에 휩싸여 쉽사리 빠져나오지를 못하고 있었다.

"감축 드립니다! 세상에, 장원 급제라니요!"

"저 집안은 부처님께 무슨 덕을 쌓아 저런 홍복을 누리게 되었노. 황제 원년의 어전시御前試에서 장원 급제를 하다니!"

"도대체 고운은 뉘 집 자손이야?"

"아, 북문에서 제일 큰 북문상회의 아들이 아닌가? 역시 돈 많은 집 아들이라 집안에서 뒷바라지를 잘해 줬겠지."

모여든 사람들이 저마다 한마디씩 거들고 나섰다.

"그런데 빈공과에서는 이변이 일어났네?"

"그러게 말이야. 지난번까지는 발해출신들이 빈공과를 휩쓸었는데, 올해는 신라출신이 장원 급제야? 도대체 몇 년 만인가?"

그들은 빈공과에 장원 급제한 치원에 대해서도 칭찬을 아끼지 않았다. 그들을 뒤로 하고 돌아서는 치원은 기쁜 마음을 감추지 못하고 하늘을 향해 손을 뻗으며 소리를 질렀다. 참으로 멀고도 험난한 길이었다.

사이사이 치원의 마음을 흔들었던 수많은 유혹의 손길과 지친 마음을 더욱 아프게 짓눌렀던 안타까운 사연들을 깊이 삭이며 내처 달려온 발걸음이었다. 주마등처럼 스쳐 지나가는 지나온 발자취를 떠올리며 치원은 뜨거운 눈물을 흘리고 말았다.

그때 멀찍이 인파를 뚫고 호몽이 숨을 헐떡이며 달려오고 있었다. 현준스님이 이를 무연히 지켜보고 있었다. 그동안 신라에 있던 현준스님은 치원이 과거 시험을 본다는 소식을 전해 듣고는 한달음에 달려온 것이다.

'아니? 저 소저는 종남산에서 봤던 처자인데? 여기는 웬일인가?'

현준스님은 오래전 종남산에 들러 종리권선사를 문안했을 때 그 자리에 있던 호몽을 떠올렸다. 그러면서 호몽이 달려가는 곳을 뚫어져라 지켜보았다. 그 끝에는 치원이 호몽을 바라보며 해맑게 웃고 있었다.

"감축 드려요, 공자! 해내실 줄 알았어요!"

숨이 턱까지 찬 호몽이 큰소리로 외쳤다. 그러면서 치원의 손을 덥석 잡았다. 하지만 치원은 빙그레 웃으며 다가오는 현준스님을 알아보고는 민망한 듯 손을 뺐다. 그리고는 몹시 난처해하는 호몽에게 현준스님을 소개했다.

"신라에서 오신 형님이에요."

"알죠. 종남산에서 뵈었잖아요. 저 기억력 좋다는 거 모르세요?"

호몽은 조금 전의 무안함을 풀어 내려는 듯 치원에게 눈을 흘

겼다. 호몽의 행동에 현준스님과 치원 모두 환하게 웃었다. 이때
사람들이 세 사람 주위로 갑자기 모여들었다.

그때 저만치 사람들 속에서 천천히 일행 쪽으로 걸어오는 사람
이 있었다. 까만 옷을 입고 눈을 내리깔고 아주 조용히 걸었지만
사람들은 이상하게도 그 품위에 눌려 길을 비켜주고 있었다. 현준
스님이 달려가며 먼저 인사하였다.

"아, 밀리엄 아가씨께서도 오셨군요. 그동안 제 아우를 음으로
양으로 도와주셔서 감사합니다."

밀리엄은 머뭇머뭇하다가 최치원에게 말했다.

"축하해, 아우님. 꼭 해 낼 줄 알았어요."

치원은 고개를 깊이 숙여 인사를 했다.

"대감님과 누님이 도와주신 덕분입니다."

밀리엄은 하얀 종이에 싼 책 한 권을 전해주었다.

"축하선물이에요. 제가 믿는 경교의 경전인데 마음의 여유가 생
길 때 시간이 나면 봐 주세요."

호몽이 다가와 의아한 표정으로 쳐다보자 현준스님이 낮은 목
소리로 말했다.

"배찬 대감님의 따님이세요. 제 아우를 자기 친동생처럼 잘 돌
봐주셨어요."

그러자 호몽이 밀리엄에게 다가가 활달하게 인사하였다.

"안녕하세요. 전 이번에 본과 장원으로 합격한 고운의 여동생이
에요. 최치원 진사는 제가 종남산이라는 곳에서 전에 만났었고요."

모두 모두는 함께 어울려 기뻐하고 또 기뻐하였다.

"이 분이 신라 사람 최치원이래요! 빈공과 장원 급제자예요!"

그 넓은 궁밖에 모여 있던 군중들은 두 패로 나뉘어 일부는 당나라 출신으로 본고시本考試에서 장원 급제를 한 고운의 가족을 둘러싸고 또 한 무리는 최치원 쪽에 몰려 있었다. 물론 장원 급제는 아니라 하더라도 방에 붙은 삼십 명의 본고시 합격자의 가족들은 모두 천하를 얻은 것처럼 득의만만한 표정으로 주위를 둘러보았고 마을 사람들이나 친척, 그리고 하인이나 노복까지도 모두 자기 일처럼 기뻐했다.

다음 날, 치원은 다른 급제자들과 함께 황제의 부름을 받았다. 말로만 듣던 황제의 어전에 부복하게 된 것이다. 당상에는 예복을 정중하게 갖춰 입은 당상관들이 저마다 품계를 나타내는 흉패와 허리띠 등을 두른 채 도열해 서 있었고, 당하에도 관리들이 저마다 품계에 따라 도열했다. 그 주위로는 무관들이 칼을 숨긴 채 꼿꼿이 서 있었다.

얼마 후 희종 황제가 얼굴에 연신 웃음기를 머금으며 당당히 걸어 들어왔다. 키 작은 희종이 황금어의를 거추장스럽게 추스르며 걷고 그 뒤를 나이 든 환관들이 오리걸음으로 따르는 것이 무척이나 우스꽝스럽게 보였다. 그러나 그 누구도 고개를 들어 웃을 수 없었고 숨소리조차 크게 내지 못했다.

"오늘은 참으로 기쁜 날이오. 천하의 인재를 얻었으니 이 황제도 더는 바랄 게 없소. 예부시랑, 오늘의 장원 급제자는 어떤 사람이오?"

황제가 예부시랑 배찬을 바라보며 말하자, 모두 고개를 들어 고운을 쳐다봤다.

"선대에는 고구려 출신이었지만 일찍이 귀화하여 동방 무역으로 큰 부를 쌓은 장안 북문의 거상 고顧씨 가문의 장손입니다. 올해 나이 스물하나이옵니다."

배찬의 힘찬 목소리가 어전을 가득 메웠다.

"장원 급제자 고운은 어서 나와 어사화를 받으라."

황제의 부름을 받은 고운이 허리를 구부린 채 조심스럽게 다가갔다. 그리고 공손하게 허리를 굽혀 황제가 내리는 어사화를 받들었다.

"고개를 들라."

황제의 위엄 있는 목소리가 조용한 어전을 흔들자 고운은 무척 감격스러운 듯 고개를 들었다.

"허어, 인물도 훤칠한지고……. 장부로다, 헌헌장부로다."

황제가 일어서더니 고운에게 직접 어사화를 꽂아 주었다. 풍악이 울리자 어전을 가득 메운 대신들이 모두 흐뭇하게 웃었다.

"올해의 빈공과 장원 급제는 누구인고?"

황제의 장엄한 목소리가 다시 어전을 가득 메웠다.

"신라출신 최치원이옵니다."

배찬은 다시 큰소리로 아뢰었다.

최치원이 조심스럽게 황제 가까이 다가갔다. 그가 계단을 오를 때 계단 위에 서 있던 각국의 사신들이 일제히 그를 바라보았다.

"신라출신이라……. 진골인가?"

황제가 치원의 얼굴을 빤히 쳐다보았다.

"육두품이옵니다, 폐하."

치원을 대신해 배찬이 얼른 대답을 했다. 그러자 황제는 아무런 말없이 고개를 끄덕였다.

"그래, 육두품도 훌륭하지. 고개를 들라!"

치원이 육두품이라는 말에 다소 실망을 했는지 치원을 바라보는 황제의 얼굴에서 좀 전의 흐뭇함은 사라지고 없었다.

"동방출신들은 대체로 인물이 좋아. 귀골貴骨이야. 그런데 아직 나처럼 소년의 티를 못 벗었는데?"

황제가 치원의 얼굴을 뚫어져라 쳐다보며 몇 살이냐고 물었다.

"올해 십팔 세이옵니다. 빈공과 역대 최연소 합격자입니다."

배찬이 황급히 최치원을 대신해서 아뢰자 황제는 매우 놀랍다는 듯이 눈을 크게 뜨며 치원을 주시했다.

"어찌 그리 어린 나이에 이 당나라에 와서 장원 급제를 했단 말인가? 참으로 장한지고!"

황제가 치원의 어깨를 잡고 두드리자 치원은 연신 허리를 구부렸다. 어전에 모인 사람들 모두 웅성거렸고 계단 위의 사신들 중에 신라 사신은 이미 발해 사신을 밀어내고 상석에 서 있었다.

황제가 치원에게도 어사화를 내려 주자 다시 풍악이 울리고 어전은 대신들의 웃음소리로 흥겨움을 더했다.

그날 밤, 급제자들은 모두 황제가 베푸는 연회에 참석하게 되었다. 연회는 대안사 옆에 있는 곡강지曲江池라는 큰 연못 위에서 열렸다. 과거가 있는 해에는 그 광활한 황궁 옆의 호수에 불을 밝히고 야간 연회를 열어 즐거운 시간을 보냈다. 새로운 인재를 얻은 황제는 어전악대를 배 위에 타게 하고 만조백관과 함께 배 위에서 연회를 즐겼다.

그 자리에는 외국에서 온 사신들도 참석할 수 있었다. 그러나 그날 밤의 주인공은 두말할 것도 없이 장원 급제를 한 사람과 일반 급제자들이었다. 그해에는 당나라 본고시에 합격한 스물다섯 명의 당나라 수재들과 빈공과에 합격한 외국인 여덟 명이 초대를 받았다. 급제자들 중에서도 장원 급제를 한 고운과 최치원은 외국 사신들이 앉는 상석을 차지했다.

풍악이 울리더니 이내 아름답게 치장을 한 무희들이 달려 나와 춤을 추었다. 희종 황제가 황금 잔에 미주를 부어 내려 주었다. 고운이 먼저 그 잔을 비우고 머리를 조아리며 황제께 빈 잔을 올리자 황제는 치원에게도 술을 가득 담아 하사했다. 치원이 황제의 어주를 마실 때 신라에서 온 사신은 마치 자신이 마시는 것처럼 입맛을 다시면서 뒷자리에 앉은 발해 사신을 의미심장한 눈빛으로 바라보았다.

발해 사신은 그 눈빛을 피해 먼 곳을 주시했다.

"오늘 밤은 짐朕의 기분이 정말 좋구나. 골치 아픈 정사도 없고 민원도 없으니 오늘 밤 마음껏 마시고 놀거나. 오늘 이 배 위에 오른 사람들은 우리 당나라의 충실한 대신들과 외국 사신, 그리고 앞으로 이 황제의 나라를 이끌어 갈 천하의 인재들이다. 이런 인재들과 어울리게 되니 이 짐도 마냥 유식해지는 것 같구나. 오늘의 이 잔치는 선대로부터 내려오는 유서 깊은 행사니라. '곡강유음曲江流飮'이라고 부르는 급제자들을 위한 잔치란 말이다. 자, 오늘은 맘껏 마시고 취해 보시구려!"

그렇게 흥이 나 떠들고 있는 황제의 어수御壽(황제의 나이)는 이제 겨우 열두 살에 불과했다. 기분이 좋아지자 황제는 장난기가 많은 소년의 모습을 여실히 보여 주었다.

황제는 옥좌에서 급히 뛰어내려 급제자들 사이를 오가며 술을 따라주고는 말을 걸기도 했다.

"자! 오늘 저녁 곡강유음을 위해 가장 먼저 노래를 할 자가 누구인가?"

황제가 좌중을 둘러보며 큰소리로 말했다.

"동경東京(낙양을 이르는 말)에서 온 가희 화란이옵나이다."

황제의 하명을 듣고는 뒤에 서 있던 늙은 내시가 황급히 달려 나오며 대답을 했다.

풍악이 울리자 동경 미녀라 불리는 화란의 창이 시작되었다. 서경西京인 장안보다는 왕도로서 전통이 있는 낙양洛陽이 문화적으로는 앞서 있기 때문에 연회와 같은 문화 행사에서는 언제나 낙양에서 온 가수나 무희들이 앞장을 섰다.

그날도 낙양 제일의 가희가 창을 하자 역시 낙양에서 온 무희들이 가로와 세로 각각 16명씩 일사분란하게 춤을 추었다. 신라에서는 보기 드문 규모였고 여성들의 키도 훨씬 컸을 뿐만 아니라 이국적인 분위기가 일품이었다. 특히 호수를 화려하게 비추는 불빛이 아름다움을 더했다.

다음 날, 급제자들은 모두 대안탑 앞에 모였다.

여러 대에 걸쳐 과거에 합격한 사람들은 그 이름을 대안탑 벽면에 새길 수 있었기 때문이다. 그날 급제자들은 모두 자색 진사예복을 입고 대안탑 앞에 섰다. 그 자리에는 일가친척들도 참석해 저마다 가지고 온 예물을 전하며 다시 한 번 합격을 축하해 주었다.

각 나라의 사람들이 모이는 그 대안탑 벽면에 역대 급제자들의 존경스러운 명단과 함께 자신들의 이름이 오른다는 것을 생각하니 급제자들 모두 가문의 영광이라고 생각했다.

급제자의 어머니들은 감격에 겨운 나머지 흐느끼기까지 했다.

대안탑 앞에서 급제자 명단을 확인하던 치원은 그 명예로운 대안탑 급제자 명단에 시불詩佛이라 일컫는 왕유의 이름과 장한가를 지은 당나라 최고의 시인 백거이의 이름이 새겨져 있는 것을 발견하고는 더욱더 감격했다. 모두 이 두 사람의 이름을 새긴 주변에서 예물을 주고받는가 하면, 어떤 이는 화공을 급히 불러 급제자의 기념 초상화를 속필로 그리게 했다.

잠시 후 예부의 관리가 급제자들의 명단을 부르기 시작했다. 다시 평정심을 찾은 급제자들은 가족과 떨어져 석공들 앞에 정렬했다. 그러나 이름을 새기는 것에도 엄연히 순서가 있었다. 그날의 주인공은 두말할 것도 없이 본과에 장원 급제를 한 고운과 빈공과의 장원 급제자 최치원이었다.

두 사람이 예복을 입은 석공에게 자신의 이름을 전해 주자 석공은 무릎을 꿇은 채 아주 익숙한 손놀림으로 역대 장원 급제자 밑에 '희종 건부 원년 장원 합격 고운, 빈공과 장원 최치원僖宗 乾符 元年 壯元合格 顧雲, 賓貢科 壯元 崔致遠'이라고 새겨 넣었다. 석공의 각자刻字(글을 새기는 일)가 모두 끝나고 그날의 행사가 마무리될 무렵, 치원은 문득 벽면에 새겨진 시 한 수에 시선이 머물렀다.

맹적을 곡하다

곡강 자은사에 이름을 새겨 넣을 때
열아홉 명 중 너는 제일 어렸었는데
오늘의 바람 빛을 너는 보지 못하고
살구꽃 지는 절 문 앞은 쓸쓸하기 그지없다

哭孟寂 곡맹적
曲江院裏題名處 곡강원리제명처 十九人中最少年 십구인중최소년
今日風光君不見 금일풍광군불견 杏花零落寺門前 행화영락사문전

사실 그 시는 축제와는 어울리지 않는 다소 처연한 시였다. 최

치원보다 삼십여 년 전에 당나라에도 최치원만큼 명석한 소년이 있었다. 머리가 비상하여 열일곱 살에 장원 급제를 했다. 그래서 맹적孟寂이라는 소년은 명예롭게도 자은사의 대안탑 벽에 이름을 새겨 넣게 되었다.

그러나 안타깝게도 그 맹적은 얼마 후 요절하고 말았다. 그 천재의 요절을 생각하며 함께 급제했던 장적張籍이 친구 맹적을 그리워하며 남긴 시문이었다. 요절한 천재 맹적을 추모하면서…….

그러나 사실은 그 시를 썼던 장적도 불운하기는 마찬가지였다. 그 어려운 과거 시험에 친구 열아홉 명과 함께 급제를 했는데, 이상스럽게도 급제한 후 시력이 떨어지기 시작하더니 결국 중년에 이르러서는 앞을 보지 못하는 가운데 미관말직으로 밀려나 변방을 떠돌게 되었다. 그때 그는 과거 직후의 혈기 왕성했던 그 시절을 그리워하며 자은사를 찾았고, 자신보다 먼저 간 맹적을 잊지 않고 이 시를 남겼던 것이다.

치원은 다시 한 번 그 시를 마음에 담으며 씁쓸한 감정에 사로잡혀 있었다.

"이 사람아, 뭘 그런 시를 보고 있나? 장적의 시 아닌가?"

고운이 다가와 치원의 어깨를 툭 치며 말을 걸었다.

"아, 그냥 봤네."

별일 아니라는 듯 돌아섰지만 치원은 가슴을 옥죄어 오는 안타까움을 지우지 못했다.

"허기야 맹적이라는 친구도 자네처럼 이른 나이에 장원을 했고,

또 장래가 촉망되었는데 그만 요절을 하고 말았지. 하지만 내 장담하지. 자네는 백수 이상은 살 걸세. 걱정하지 마. 호몽이도 자네가 장수하다 못해 신선이 될 거라고 말했어."

고운이 축 처진 치원의 어깨를 두드리며 너스레를 떨었다.

"사람 참 싱겁구만. 백수를 넘기는 사람이 대체 어딨나?"

고운이 환하게 웃는 모습을 보며 그제야 치원은 답답한 마음을 어느 정도 떨쳐낼 수가 있었다. 최치원은 고운과 함께 대안탑 문을 나섰다. 하지만 마음 한가운데 꺼림칙한 그 무엇이 여전히 남아 있었다.

십팔 세의 진사

곡강유음과 대안사 탑에 진사 이름을 새기는 일련의 행사가 모두 끝나고, 치원은 여느 때와 다름없이 국자감으로 돌아왔다. 그런데 놀라운 일이 벌어졌다. 국자감 여기저기에 요란한 방이 붙었던 것이다.

천하를 이끌고 갈 국자감의 새로운 인재들을 환영합니다. 장원 급제하신 북문상회의 고운 진사, 우리 국자감의 이름과 함께 고국 신라의 이름까지 드높인 최치원 진사께 감축을 드립니다.

그 아래로는 대안탑에 새겨진 서른 명의 이름이 쭉 나열되어 있었다. 학사에 들어설 때 공부하고 있는 모든 학생들이 두 줄로 서서 급제자들을 영접해 주었다. 심지어는 부엌에서 일하는 할머니와 열네 살짜리 어린 소녀까지도 환영 인파에 끼어 기뻐해 주었다.

"제가 배고파할 때 야식을 챙겨 주셔서 감사합니다."

치원은 할머니와 소녀에게 다가가 특별한 고마움을 전했다. 멋쩍어하는 할머니 곁에서 소녀는 얼굴을 붉혔다.

"아이고, 진사님 저희들이 한 일이 뭐가 있겠습니까? 이곳 국자감 학사와 이 늙은 할망구, 그리고 이 어린 소저를 잊지 마소서."

할머니가 치원에게 다가와 손을 덥석 잡으며 기쁨의 눈물을 흘렸다.

그런데 심각한 일이 생겼다. 과거에 합격을 하고 진사가 되면 학사에서 나가야 한다는 규칙을 잘 알기 때문에 치원은 앞으로 어떻게 해야 할까, 하는 궁리를 하면서 고민하지 않을 수 없었다.

발령이 언제 날 것이며, 당분간이라도 학사에 머물러 있을 수 있는 것인지 등 이런저런 생각을 골똘히 하며 정든 방 앞에 섰다.

그때 가깝게 지내던 동무들이 찾아왔다. 발해에서 온 왕소, 왜에서 온 스가와라, 그리고 최치원보다 한 해 늦게 신라에서 유학 온 이동李同과 왕자인 김윤金胤 등이었다.

"드디어 당나라 진사가 되었구려. 감축드리오."

김윤은 왕자답게 점잖은 어투로 치원의 합격을 축하해 주었다.

"왕자님, 제가 왕자님보다 먼저 대안탑에 이름을 올린 것을 송구스럽게 생각합니다. 다음에는 꼭 왕자님께서도 대안탑에 존함을 올리게 될 것입니다."

치원이 허리를 굽히며 예를 갖추었다.

"그렇게만 된다면야 더 바랄 게 뭐 있겠습니까?"

왕자가 치원의 정중한 인사를 받으며 환하게 웃었다.

"최치원 진사님, 진심으로 감축드립니다."

이동이 치원에게 허리를 굽히며 예를 올렸다.

"최 진사님, 진심으로 축하합니다. 올해는 우리 발해에서 단 한 사람의 급제자도 못 냈습니다. 궁중을 드나드는 우리 발해 사신은 이미 서열이 신라 사신의 뒤로 밀려났다는 얘기도 들었습니다. 이제는 제가 분발할 때입니다. 앞으로 많은 지도를 부탁드립니다."

뒤에 서 있던 왕소가 너스레를 떨며 웃었다. 그는 유난히 말수가 적고 기골도 장대하여 사내다운 사람이었다. 비록 마음속에는 신라출신에게 장원 급제를 내주고 자신은 급제조차 하지 못했다는 쓰라림을 안고 있겠지만 태연한 얼굴로 치원을 마주하고 있었다.

"왕소 사형, 이거 참 미안하게 됐습니다. 꼭 급제를 하실 줄 알았는데……. 다음 해는 사형께서 꼭 장원 급제를 하실 것입니다."

치원이 위로의 말을 꺼내자 왕소는 덩치에 어울리지 않게 소년처럼 낯을 붉혔다.

"제 공부가 부족한 탓이죠. 분발하겠습니다. 진사님."

왕소가 다시 허리를 굽히며 치원에게 예를 갖추었다.

"진사님, 참으로 감축드립니다. 저는 십 년도 넘게 이곳에서 고생을 했지만 아직도 이 모양인데, 진사님은 첫 응시에서 장원 급제를 하셨군요. 제 집에 있는 조카보다도 어린 나이인데. 장원 급제라니. 신라인들은 다 그렇게 총명한 모양입니다? 김가기 진사 같은 분도 아주 훌륭한 성적으로 급제하셨지 않습니까?"

왜국에서 온 스가와라도 앞으로 나서며 치원에게 예를 올렸다. 더구나 김가기를 비롯한 신라 사람의 총명함까지 거론하는 스가와라가 치원은 내심 고맙기만 했다.

"왕자님께는 제가 찾아뵙고 장원 급제 인사를 올렸어야 하는데, 이 누추한 곳까지 찾아오시게 해서 송구스럽게 됐습니다."

치원은 왕자 신분으로 비좁은 국자감 숙위생 학사까지 찾아와 준 김윤 왕자에게 다시 한 번 허리를 굽혀 인사를 했다. 그리고는 고개를 돌려 왕소와 스가와라를 바라보았다. 이들이 자신을 찾아온 연유가 치원은 몹시 궁금해졌다. 치원의 예사롭지 않은 시선을 느낀 두 사람이 잠시 머뭇거리는가 싶더니 이내 입을 열었다.

"진사님께서는 일단 장원 급제를 하셨으니 황실에서 어딘가에 적절한 자리를 마련해 주어서 이 방을 나가시게 될 것이 아닙니까?"

"아마 그렇겠죠. 제가 숙위 학생 신분은 벗어난 것 같으니까요."

치원은 계속 두 사람을 주시했다.

"그래서 말입니다만 이 방을 제가 쓸 수 있도록 해주십시오. 장원 급제자가 있던 방은 명당입니다. 명당에서 인물 난다는 말이 있잖습니까? 다음 과거에 급제하려면 진사님의 체온이 남아 있는 이곳 숙소에서 공부하고 사용했던 물건들도 이어받고 싶습니다."

스가와라가 겸연쩍은 듯 머리를 긁적이며 먼저 말했다. 그 곁에서 묵묵히 대화를 엿듣던 발해출신 왕소는 스가와라가 선수를 치자 차마 나서지는 못하고 무연히 치원을 향해 애원하듯 바라보고 있었다.

"왕소 사형도 제 방을 쓰고 싶으십니까?"

치원이 먼저 왕소의 의중을 물었다. 그제야 그는 환하게 웃으며 치원에게 다가섰다.

"허락만 해주신다면 꼭 쓰고 싶습니다."

치원은 발해출신 왕소에게 자신의 방을 쓸 수 있도록 허락해 주었다.

그날 밤, 치원은 모처럼 시원한 샘물로 몸을 씻으며 묵은 상념까지 모조리 털어내고 돌아왔다. 그리고는 오랜만에 현준스님과 찻상에 마주 앉아 향기로운 차를 마시며 그 향기에 흠뻑 젖어들며 그간의 이야기를 정겹게 풀어내고 있었다.

그때 밖에서 웬 인기척이 나는가 싶더니 잠시 후 뜻밖에도 최승우가 방문을 열며 들어섰다. 그의 입에서는 술 냄새가 진동하고 있었다.

"오랜만입니다. 동에 번쩍 서에 번쩍 하시는군요! 종남산에서 몇 년 전에 뵙고 서라벌에서도 먼발치로 만났었죠?"

현준스님이 일어서며 최승우를 반갑게 맞이했다.

"그랬었나요? 이 사람은 취생몽사하는 사람이라 기억력이 정확하지 않습니다."

최승우의 말에는 날카로운 가시가 돋아 있었다.

"아무튼 어쩐 일로?"

현준스님이 아무렇지도 않다는 듯이 마음을 가라앉히고는 최승우가 갑자기 방문한 연유를 물었다.

그러나 최승우는 현준스님의 물음에는 대꾸도 하지 않은 채 반쯤 흘러내린 도포자락을 추스르며 치원을 주시했다.

"일단 장원 급제하신 일을 감축합니다. 최치원 진사, 그간 애 많이 쓰셨소."

최승우는 여전히 날선 눈빛으로 치원을 바라보며 축하 인사를 전했다.

"그렇게 말씀해 주시니, 참으로 감사합니다."

최치원이 허리를 굽히며 말했다. 그러자 최승우가 축 처진 도포자락을 뒤로 젖히며 자리에 앉았다.

"본국의 사정을 현준스님은 잘 알고 계실 겁니다. 그동안 아우님께서 공부에 열중하시니까 방해하지 않으시려고 아시는 내용도 말씀을 안 했을 겁니다."

최승우가 여기까지 말했을 때 현준스님은 면구스러운 듯 헛기침을 연신 해댔다.

"근종의 난은 밖에서 보는 것보다 매우 심각했습니다. 신라의 품계 낮은 평민들이나 농민들 대부분이 근종의 거사에 성원을 보냈습니다. 그 사람이 거열형을 받을 때 많은 사람이 애통해하며 눈물을 쏟아냈고, 안타까운 심정을 다스리지 못해 피를 토할 지경이었습니다. 그만큼 신라 조정이 백성의 민심을 잃었다는 뜻이고, 지방 토호들이나 진골들의 행패가 도를 넘어섰다는 뜻입니다. 변방의 태수들이나 관리들도 어찌나 백성을 쥐어짜고 악행을 일삼는지, 정말 누가 세상을 뒤엎어도 한 번은 뒤엎어야 할 형국입니다.”

최승우의 말은 거침이 없었다. 그런 최승우를 바라보는 현준스님은 누가 엿들을까 신경 쓰이는지 연신 두리번거리며 좌불안석이었다.

“그건 그렇고, 난 오늘 진사가 된 치원 진사 아우님께 진실을 알려 드려야 할 것 같아 왔습니다. 고산 훈장의 외동딸 보리 처자의 운명이 경각에 달렸단 말이오.”

순간 치원과 현준스님은 최승우의 말을 듣고 벼락이라도 맞은 사람들처럼 꼼짝 않고 두 눈을 부릅떴다.

“그 처자 나이가 올해 열일곱이죠? 인물이 아주 출중합니다. 사내놈들이 모두 침을 흘릴 만큼 아름다웠어요. 어쨌든 그 처녀는 근종의 첨병을 무찌른 시위대장 근수 장군에게 하사되었고, 지금쯤 아마 노비 문서에 이름이 올라 당나라에 팔릴 순번을 기다리고 있을 것이오. 고산 훈장이야 이미 세상을 떠났으니 어찌할 수는 없는 일이지만 죄 없는 그 집 따님만은 그 노비 신세로부터 벗어나게 해 줘야 하지 않겠소? 그것이 유명을 달리하신 스승에 대한 도리일 것이고, 서당에 다니며 연을 쌓았던 옛 친구로서의 도리가 아니겠소? 정말 총명하고 아름다운 처녀라고 모두 칭찬하던데.”

‘보리가 시위대장의 하사품으로 전락하다니…….’

최승우가 빠른 속도로 말을 이어가는 것만큼이나 치원의 머릿속은 무슨 말을 먼저 해야 될지 도무지 생각이 나지 않아 최승우의 눈동자만을 물끄러미 바라보고 있었다. 최승우가 말을 이어갔다.

"그렇다고 우리 최 진사가 무엇을 어찌하겠소? 이제 겨우 과거에 합격했을 뿐 황실로부터 무슨 직위를 받은 것도 아니고, 녹봉을 받는 처지도 아니고, 이 드넓은 장안 땅에서도 집 한 칸 마련할 형편도 아니고 처량한 신세인데……."

최승우의 거침없는 언사에 놀란 현준스님마저 치원의 안색이 굳어지는 것을 의식하고는 서둘러 말을 막고 나섰다.

"물론이오, 그런 사실은 나도 알고 있소. 이제 겨우 숙생 신분을 벗어나 자신의 입에 풀칠을 하고 입신을 기다리고 있는 최 진사에게는 가혹하고 무거운 짐을 안겨주는 소식이겠지만 반드시 알고는 있어야 할 일이기에 이 밤에 찾아와 전하는 것이오. 그동안 일구월심으로 남보다 천 배나 되는 노력을 해서 장원 급제를 했듯이 이제부터는 온 공력을 다 들여 독사의 아가리에 들어가 있는 스승의 딸 보리를 건져 내라는 뜻입니다."

최승우는 더욱 힘을 주어 말했다. 그것은 마치 장원 급제의 기쁨을 누리고 있는 치원을 향한 독사의 독보다도 아픈 상처를 입히고 있었다.

"아무것도 모르고 있던 저에게 소상히 알려 주셔서 정말 고맙습니다."

치원은 무릎을 꿇은 채 공손히 말을 하며 목숨이 경각에 달려 있는 보리의 신세를 한탄했다. 그동안 묻어 두었던 보리에 대한 그리움은 분노가 되어 뜨겁게 타오르고 있었다. 치원은 가슴 깊은 속에서 흐르는 뜨거운 눈물을 주체하지 못했다.

다음 날 아침, 날이 밝자마자 고운이 호몽과 함께 마차를 몰고 치원을 찾아왔다.

"자, 오랫동안 고생 많이 했네."

고운이 넌지시 말하며 치원의 표정을 살폈다.

"오래라니? 남들은 십 년도 넘게 공부해야 겨우 급제하는데 난 겨우 여섯 해 만이야."

치원이 아무렇지도 않다는 듯이 말하자 고운이 빙그레 웃었다.

"치원 그대는 남보다 천배의 노력을 했기 때문이 아닌가? 너무 겸손해하지는 말게."

고운이 다시 다정한 목소리로 말했다.

"하긴 이번에 제일 나이 많은 급제자는 마흔다섯 살인 황보야. 그 사람은 첫 시험을 치른 스무 살 이후 이십오 년 만에 합격한 거야. 아무튼 이제 자네는 책상 정리하고 우리 집으로 가세."

치원과 현준스님은 느닷없는 고운의 말에 서로 얼굴을 쳐다보며 의아해했다.

"아니, 이 사람아. 자네 집으로 가다니?"

치원이 그 연유를 물었다.

"아, 언제까지나 여기 계실 거예요? 이 국자감의 한 평 남짓한 공부방은 지금 다른 수재들이 들어오려고 줄을 서 있어요. 특히 이 방은 장원 급제자가 났다고 해서 지금 서로 들어오려고 난리가 났대요."

호몽이 자신의 어깨로 치원을 슬며시 밀며 말했다.

"방은 이미 나갔습니다. 발해 숙생인 왕소가 오기로 되어 있습니다."

현준스님이 웃으며 말했다.

"그것 보세요! 우리 오라버니 방은요, 서로 들어오려고 난리를 치고 아예 웃돈을 주겠다고 돈까지 내미는 사람들이 허다했는데요. 그렇다고 이 백면서생께서 어디 돈 받을 분이에요?"

호몽이 생글생글 웃으며 짐짓 고운을 나무랐다.

"그래서 어찌 됐습니까?"

현준스님이 호몽과 치원의 사이를 비집고 들어가며 물었다. 그 바람에 호몽이 넘어질 듯하며 치원에게서 조금 멀어졌다. 호몽은 자신을 밀쳐 낸 현준스님이 영 못마땅하다는 듯이 눈을 흘겼다.

"배찬 어르신께서 추천하신 호남절도사 아드님에게 내줬어요."

고운이 나서며 말했다.

"그나저나 우리 형제가 댁에 들어가서 신세를 져도 되겠는지요?"

현준스님이 걱정스러운 듯 고운과 호몽을 쳐다보며 말했다.

"신세라니요? 저희 집에는 비어 있는 방이 스무 칸도 넘습니다.

사양 말고 들어오십시오."

고운이 환영한다는 의사를 내비치자 치원과 현준스님도 더 이상은 사양하지 않았다. 어느새 호몽이 하인들을 시켜 치원의 책과 집기를 챙기기에 여념이 없었다.

그날 밤, 소안탑 옆에 자리 잡은 고운의 집에서는 큰 잔치가 벌어졌다. 장안 사대문의 모든 거상이 모여 들었고 고관들도 찾아왔다. 넓은 뜰에서는 풍악이 울리고 무희들이 춤을 추는 흥겨운 잔치가 벌어진 것이다. 마시고 먹어도 차고 넘칠 음식과 술이 손님들의 기분을 흥겹게 했다. 덕분에 하인과 비복들까지 맛있는 음식과 술을 먹고 즐겼다.

"고 대인! 대인의 저택을 이 사람에게 파시오."

남문시장에서 왔다고 자신을 소개한 한 거상이 고운의 아버지에게 청을 했다.

"아니, 그게 무슨 말이오?"

고운의 아버지가 놀라면서 물었다.

"팔아야지요. 내가 제일 먼저 거래를 청했으니 꼭 저에게 파셔야 합니다."

남문 거상이 고 대인에게 간곡히 청을 했다.

"아니, 난데없이 집을 팔라뇨?"

고 대인은 여전히 강한 의문이 들었다. 흥겹게 여흥을 즐기던 사람들 모두 긴장을 한 채 이 두 사람의 대화를 듣고 있었다.

"고 대인은 우선 이 집에서 거금을 버셨습니다. 하는 일마다 잘 되어 얼마나 많은 돈을 버셨습니까? 게다가 아드님도 장원 급제를 하여 황제 폐하가 내려주는 어사화를 받았지 않습니까? 더구나 이 집을 드나들던 저 신라의 젊은 선비도 장원 급제를 했으니, 이 집 터가 보통 터입니까? 내 만금을 내고라도 이 저택을 사겠소이다. 집값만 말하시오."

그제야 모두 한바탕 웃었다. 남문 거상은 당장이라도 집값을 치를 것처럼 전대를 만지작거렸다. 그러자 다른 사람들도 모두 전대를 머리 위로 들어올리더니 소리쳤다.

"나도 나도! 사겠소"

서로 집을 사겠다고 소리치며 웃었다.

그렇게 잔치의 흥이 막바지에 이를 무렵, 고운과 치원이 손님들 앞으로 나와 예를 올렸다. 곧바로 악대가 흥을 돋우고 손님들은 박수를 보냈다. 그때 누군가가 큰소리로 외쳤다.

"아, 나올 사람이 또 하나 있지! 왜 나오지 않고 뒤에 숨어 있습니까?"

사람들은 잘 생긴 두 청년 어깨 뒤에 숨은 듯 서 있는 이 집 낭자에게 일제히 시선을 보냈다. 그러자 호몽이 새빨개진 얼굴로 오라버니 곁으로 다가왔다. 그날따라 붉은 당바지에 짙은 자색 배자를 받쳐 입은 호몽의 모습은 활짝 핀 꽃 그 자체였다.

보는 사람들이 모두 취할 만큼 그녀는 아름다운 자태를 뽐내고 있었다. 옛날 양귀비가 꽂았다는 꽃 장식을 귀 뒤에 꽂은 호몽은 한결 고혹적인 자태를 여지없이 드러내고 있었다.

"그 자리가 아닌데? 자리를 제대로 잡아야지!"

거상들이 짓궂게 놀리자 호몽은 어쩔 줄을 몰라하며 호복 저고리 끝으로 입술을 가렸다.

"과년한 딸입니다. 너무 놀리지 마십시오."

호몽의 어머니가 난처한 듯 나서며 한마디 했다.

"아, 과년하다니요, 딱 좋은 나이죠. 방년 십팔 세! 신랑감도 십팔 세. 신라 사람이면 어떻습니까? 저렇게 잘 생겼는데! 그리고 수천 명의 재사才士들을 제치고 천하 제일의 빈공과에 합격을 했으니 자격은 충분합니다. 아, 신라에서 육두품이면 진골 다음이 아닙니까?"

거상들이 끈질기게 부추기는 것을 보면 쉽게 물러나지 않을 기세였다. 더는 물러설 수 없다는 것을 느낀 호몽의 어머니가 딸의 손을 잡더니 치원의 곁에 세웠다. 이를 본 사람들이 모두 기쁘게 웃었고 흥을 더하듯 악대가 다시 한 번 풍악을 힘차게 울렸다. 모두 술잔을 높이 들어 이 젊은이들의 앞날에 희망이 가득하기를 바란다는 기원을 했다.

고운의 집에서 열흘이 넘게 지속된 잔치는 어느덧 그 장대한 막을 내리고 있었다.

어느 날 아침, 관청에서 보낸 마차 한 대가 대문 앞에 멈춰서더니 심의沈衣(관리들이 나들이할 때 입는 옷)를 입은 젊은 관리가 민첩한

동작으로 고운의 집 마당으로 들어섰다.

"예부에서 나왔습니다."

그 관리는 깍듯이 예를 갖추어 인사를 했다.

"빨리 예부시랑님께 가보셔야 합니다. 최치원 진사님께서도 함께 가셔야 합니다."

그 젊은 관리는 이미 최치원이 고운의 집에 머물고 있다는 사실까지도 알고 있었다. 어찌 되었든 예부시랑이 급히 찾는다는 말에 두 사람은 서둘러 예복을 갖춰 입고 관리를 따라나섰다.

관청에 들어서니 향나무 냄새가 밴 탁자 건너편에 등나무로 만든 편안한 의자에서 책을 읽던 예부시랑 배찬이 일어나며 반갑게 맞이했다.

"어서들 오시게! 두 진사님들."

배찬은 오랜 벗을 만난 듯 기뻐했다. 치원과 고운은 그를 향해 삼배를 올렸다.

"아, 됐어요, 됐어. 무슨 삼배씩이나!"

말로는 사양을 하면서도 싫지 않은 듯 배찬은 기분 좋게 두 사람의 인사를 받았다.

"정말 두 사람은 행운아일세. 자네들도 다 아는 얘기지만, 우리 대당大唐의 삼대 시인이 있다면 누구라고 보는가?"

배찬이 옅은 미소를 지으며 두 사람을 번갈아 바라보았다.

"그야 시성詩聖이라 일컫는 두보, 시선詩仙이라 칭송받는 이백, 시불詩佛이라 받들어 모시는 왕유가 아니겠습니까?"

고운이 조금의 망설임도 없이 시원스레 답을 했다.

"그렇지! 바로 그 세 분이 우리 후학들에게 가장 추앙받는 대시인들이지. 그런데 이 세 분의 위대한 시인 중에서 과거에 합격한 분은 누구신가?"

배찬은 매우 흡족한 표정으로 다시 물었다.

"왕유 시인 한 분만 진사시에 합격한 것으로 알고 있습니다."

이번에도 고운이 먼저 나섰다.

"그렇다면 시불이라 일컬어지는 왕유 시인이 장원 급제를 하셨는가?"

배찬의 목소리가 다소 높아지고 있었다.

"장원 급제까지는 아닌 것으로 알고 있습니다."

고운이 머리를 긁으며 겸손하게 말했다. 그제야 배찬이 껄껄 웃으며 고운을 바라보았다.

"바로 그걸세. 자네들은 우리 당의 위대한 세 시인도 살아생전 그렇게 성취하고자 했던 진사 시험에도 합격을 하고 장원 급제까지 한 사람들이야. 어디 그뿐인가? 저번에 대안탑에 가서 급제자로 이름을 벽면에 새기기까지 하지 않았나? 그 벽면 각자에 어느 분 존함이 있던가?"

배찬이 이번에는 치원을 바라보았다.

"시불 왕유 시인의 존함이 있었고, 장한가를 지으신 백거이 시인의 함자도 새겨져 있었습니다."

치원 역시 한 치의 망설임도 없었다.

"바로 그거야, 자네들은 천하 사람들이 다 모이는 그 대안탑의 벽면에 왕유 시인, 백거이 시인과 나란히 이름을 올린 사람들이야. 어디 그뿐이야? 갓 등극하신 황제 폐하로부터 어사화까지 하사받은 인물들이 아닌가! 자네들은 정말 여한이 없는 사람들일세."

배찬이 다시 큰소리를 내며 웃었다.

"이 모든 게 어르신의 은공입니다. 저희들을 국자감에서 잘 가르쳐 주시고 그때그때 저희들의 답안지를 수고롭게 감수해 주신 덕분입니다."

고운과 치원은 자리에서 일어나 다시 한 번 허리를 굽혔다.

"이 미천한 소생을 발탁해 주시고 국자감에 넣어 주시고 지도해 주신 은혜, 하해와 같습니다."

치원이 다시 한 번 배찬에게 예를 올렸다. 그러자 배찬은 흐뭇한 미소를 지으며 손짓으로 두 사람에게 자리에 앉으라고 권했다.

"내가 이번에 황제 폐하의 성은을 입어 호남관찰사湖南觀察使(호남지방의 도백, 도지사 격)로 나가게 되었네. 고운, 자네는 중앙부서에서 근무를 하고 싶어 하겠지만, 이번 기회에 나하고 호남지방으로 나가면 어떻겠는가? 나의 종사관으로 함께 가세."

배찬은 줄곧 그에게서 시선을 떼지 않았다.

"불감청고소원不敢請固所願입니다. 기꺼이 모시겠습니다."

고운은 자리에서 일어나 배찬을 향해 다시 읍하였다.

"고맙네."

배찬은 자신의 의견을 거스르지 않고 곧바로 수락한 고운이 여간 기특하지 않았다. 이렇게 해서 희종 원년의 장원 급제자 고운은 호남관찰사가 된 배찬의 종사관으로 내정되었다. 정말 빠른 출세였다.

"최치원 진사!"

이번에는 배찬이 치원을 바라보며 서서히 입을 열었다. 그는 치원에게 진사라는 호칭을 정중히 붙여 주었다.

"최 진사는 올해 나이가 몇이시더라?"

"네, 열여덟이옵니다."

치원이 정중하게 대답을 했다.

"나이 십팔 세에 진사라……. 보통 사람들은 꿈도 못 꿀 일일세. 그 위대한 두보 시인이나 이백 시인도 그 나이에는 진사가 되지 못했네. 오로지 왕유 시인만 22세에 진사가 되셨고, 그 위대한 시인 백거이도 29세가 되어 진사에 오르셨네. 그런데 자네는 열여덟 살에 등과했을 뿐만 아니라 장원 급제야!"

배찬이 치원을 빤히 쳐다보며 그의 대견스러움에 감탄하고 있었다.

"나는 자네 거취 문제를 가지고 고민한 끝에 황공함을 무릅쓰고 황제 폐하께 진언을 올렸네. 비록 신라인이며 나이가 약관弱冠(남자 나이 20세로 성인을 뜻함)에도 미치지 못하지만 관직을 하사하십사 하고 말이야. 그런데 궁에 있는 여러 대신이 반대했네. 그 이유로는 아직 성인이 되지 못하여 관冠을 쓰지 못하였고, 결혼도 하지 않은 미성년자에게 황제 폐하의 관직을 내릴 수는 없다는 쪽으로

의견이 모아졌네. 참으로 유감일세."

배찬이 애잔한 눈빛으로 치원을 바라보며 못내 아쉬워했다. 그런 배찬과는 달리 치원은 무연히 자리에서 일어서더니 그를 향해 정중히 허리를 굽혔다.

"애 많이 쓰셨습니다. 저는 괜찮습니다."

치원도 아쉽기는 마찬가지였지만, 그렇다고 해서 지금까지 자신을 계속 돌봐준 예부시랑 앞에서 그런 내색을 할 수는 없는 노릇이었다.

"암, 암……. 자네는 일단 우리 당나라의 진사가 되었으니 큰 성공을 거둔 걸세. 더군다나 장원 급제가 아닌가? 관직은 천천히 받도록 하세."

배찬이 치원의 두 손을 움켜잡으며 위로를 했다. 그런 배찬에게 치원은 알겠다는 듯이 고개를 숙이며 인사했다.

고운이 배찬을 따라 호남으로 떠나기 전, 고운의 집에서는 또 성대한 잔치가 벌어졌다. 호남의 최고 관리로 부임하는 배찬 공의 장거를 축하하는 것이었지만, 내면적으로는 그를 따라가는 북문상회의 장자 고운을 격려해 주는 잔치였다.

그날 잔치에는 배찬만 참석한 것이 아니다. 그의 영전을 축하하기 위해 황궁의 고관대작들도 함께 자리해 부담없이 마음껏 먹고 마시고 흥겨운 가무를 즐겼다.

밤새 이어진 잔치가 끝나고 이튿날 고운은 배찬과 함께 마차에 올라 호남으로 길을 잡았다. 소안탑 거리 일대는 이들을 배웅하기 위해 모여든 인파로 발 디딜 틈이 없었다.

호남관찰사로 떠나는 고관 배찬을 보기 위해 모인 인파도 있었는데, 사실은 과거에 장원 급제를 한 북문상회의 귀공자인 고운을 보기 위해 모여든 인파가 더 많았다.

장안의 내로라하는 고관 집 딸들도 골목 밖에 마차를 세워 놓고 모두 고운의 얼굴을 보기 위해 머리를 쭉 내밀고 있었다. 호남관찰사를 모시기 위해 먼 호남성에서 달려온 관리들이 마차를 이끌고 앞장을 섰다.

그리고 호남의 깃발을 든 기수들과 긴 창과 칼을 든 무관들이 행진하고 악사들과 춤꾼들이 뒤를 따랐다. 이윽고 자색 흉배를 단 배찬의 마차가 출발하자, 골목을 가득 메운 사람들이 함성을 지르며 그의 앞날을 축복해 주고 있었다.

배찬의 곁에서 이를 바라보는 고운은 벅찬 가슴을 쓸어내리느라 여념이 없었다. 최치원과 호몽, 그리고 현준스님은 고운의 부모와 나란히 서서 마차를 향해 손을 흔들었다. 마차는 서서히 남쪽을 향해 움직이기 시작하더니 마을 어귀를 벗어나자 이내 속도를 높였다.

장남인 고운이 호남으로 떠나고 나자 그의 집안은 거대한 해일이 빠지고 난 바닷가처럼 썰렁하기만 했다. 고운의 부모는 가슴 한 구석이 텅 빈 느낌을 안고 하루하루 힘겨운 나날을 보냈다.

악기를 잘 다루는 호몽은 오라버니 생각이 날 때마다 적적함을 달래기 위해 이따금 비파를 타고 호적도 불었다. 호몽의 음악을 들고 긴 세월을 함께했던 오라버니가 없는 장안은 그녀에게 있어 고요함을 넘어 쓸쓸한 마음을 더했다.

치원과 현준스님은 공연히 미안한 마음이 들었다. 자신을 초대해 준 고운이 없는 집에서 객으로 머무는 것이 영 불편하기만 했다. 더욱이 이 적막하고도 쓸쓸한 분위기에서 같이 숨소리를 죽이고 산다는 게 여간 힘겨운 일이 아니었다.

"저희들은 객사로 나갈까 합니다. 아드님도 안 계신 집에서 신세를 진다는 게 송구스럽습니다."

견디다 못한 현준스님이 먼저 나서 고운의 아버지에게 안타까운 심정을 전했다.

"아니, 무슨 말입니까? 이 넓은 집을 두고 객사로 나가다니요. 우리가 대사님 형제를 불편하게 해 드렸나요?"

고운의 아버지가 기겁을 하며 만류하고 나섰다.

"아, 아닙니다. 그것이 아니오라……."

현준스님은 차마 집안 분위기 탓이라고 선뜻 말할 수는 없어 잠시 머뭇거렸다. 그러자 고운의 아버지는 장안의 거상답게 한 가지 제안을 했다.

"아, 참. 이 사람이 생각이 좀 짧았습니다. 최치원 진사님도 그동안 공부만 하시느라 정말 고생이 많으셨지요. 그렇다면 이번 기회에 여행을 하면서 저희 상단 운영실태를 돌아보고 좋고 나쁜 점을 지적해 주시면 어떻겠습니까? 저희 상단은 당나라 전역에 뻗쳐 있습니다. 어디를 가시든 안내해 줄 사람이 나올 겁니다. 대사께서 이번 기회에 아우와 함께 당에서 제법 이름 있는 고장을 두루 돌아다니며 그간의 복잡한 마음도 말끔히 씻어내도록 하세요. 대사께서는 우리 당에서 일찍이 유학을 하신 경험이 있으시니, 어디로 먼저 떠나야 할지 잘 아시지 않습니까?"

고 대인이 현준스님과 치원을 바라보며 잔잔하게 웃었다.

"제 아우는 아무래도 문화의 도시인 동도 낙양洛陽을 보고 싶어 할 겁니다. 그곳에 가면 무엇보다도 유명한 백거이 시인의 발자취를 찾아볼 수 있지 않겠습니까?"

현준스님이 기다렸다는 듯이 고 대인의 깊은 뜻을 헤아렸다.

"그럼요. 우리 장안은 황제의 도시지만 낙양은 위대한 선조의 땅입니다. 당 왕조 이전의 모든 문화가 그곳에 있습니다. 암요, 그 조상의 땅을 가 봐야죠."

고 대인이 흔쾌히 허락을 했다.

"아버지, 저도 같이 따라 갈 거예요! 저도 시야를 넓히고 많이 배우고 싶어요. 거기 가면 객사가 넉넉한 우리 상단이 있잖아요?"

종종걸음을 치던 호몽이 이들의 대화를 엿듣고는 얼른 달려와 자신도 함께 갈 것을 종용했다.

"아니, 이것이! 과년한 처녀가 대사님과 진사님을 모시고 다닌다면 상단 사람들이나 그곳 백성이 뭐라고 하지 않겠니?"

호몽의 어머니가 몹시 난처해하며 딸의 엉덩이를 꼬집었다.

"아, 떠들라면 떠들라고 하세요! 과년한 처녀는 놀러도 못 간데요?"

호몽이 얼굴을 찡그리며 금세라도 울음을 토할 듯이 응석을 부렸다. 그러자 호몽의 어머니가 혀를 끌끌 차며 고 대인을 향해 안타까운 눈길을 보냈다. 그것은 제발 딸 좀 말려보라는 간절한 바람이었다. 그러나 고 대인의 낯빛은 그리 심각하지 않았다.

"아이고, 누가 우리 호몽 낭자의 말을 거역할 수 있을꼬!"

고 대인은 호몽을 바라보며 호탕하게 웃었다.

아버지의 마음을 받아들인 호몽은 기쁜 나머지 소리를 지르며 깡충 뛰더니 이내 고 대인의 목을 잡고 매달렸다. 다 큰 딸의 느닷없는 애정 표현에 고 대인은 쑥스러운 마음을 감추지 못하고 연신 헛기침만 해댔다. 그 모습을 지켜보는 것이 무안했던 현준스님과 치원은 말없이 고개를 돌리며 피식 웃었다.

백거이白居易를 만나다

　　세 남녀가 탄 마차가 언덕길을 한참 오르자 드디어 낙양성이 보이는 고갯마루에 이르렀다. 혼자 떨어져 앉은 현준스님은 모처럼 느껴보는 시원한 바람과 울창한 나무를 바라보며 깊은 상념에 잠기고, 바싹 다가앉은 치원과 호몽은 작은 소리로 대화를 나누며 연신 깔깔거리고 웃었다.

　　치원은 그간의 모든 시름을 털어내기라도 하려는 듯 호몽의 말에 귀를 기울이며 나들이의 즐거움에 깊이 빠져 들었다.

　　"잠시 멈추세요."

　　호몽이 마부에게 소리를 질렀다.

　　"모두 잠시 내리시죠."

　　마차가 멈추어 서자 호몽이 현준스님과 치원을 바라보며 말했다. 현준스님은 호몽의 의중을 훤히 꿰뚫고 있다는 듯 미소를 띠며 내렸고, 치원은 아무런 영문을 모른 채 내리며 주위를 두리번거렸다. 그러나 그리 오랜 시간이 지나지 않아 치원도 호몽의 의중

자유인 최치원이 당나라에서 자기 스스로 맑고 밝은 빛이 되어 더 넓은 세상으로의 여행을
회화하여 작품화하였음.

을 알아차렸다.

앞서 걷고 있는 호몽을 따라 도착한 곳에 누대樓臺가 있었다. 세 사람은 누대에 올라 사방을 둘러보았다. 누대에 서서 내려다본 낙양성은 황홀하기만 했다.

당의 수도인 장안성이 고루거각과 넓은 길이 펼쳐진 곳이라면, 낙양이야말로 여러 왕조를 거친 당당하고 관록 있는 역사가 숨쉬는 곳이었다. 동주東周의 왕조가 이곳에서 시작되었고 후한後漢, 서진西晉이 이곳에 도읍을 정했다.

그리고 북위北魏는 대동大同에서 도읍을 아예 이곳으로 옮겼다. 그래서 수隋와 당唐에 이르러서는 사람들이 낙양을 동도東都(동쪽 도읍)라 하였고 장안을 서도西都라고 불렀다.

낙양을 감싸 안고 흐르는 황하의 지류인 낙하落河와 이수利水가 바야흐로 석양을 안고 도도히 흐르고 있었다. 도읍의 모든 집에서 밥 짓는 연기를 뿜어내는 통에 도읍 전체가 운무 아래에서 그 정취를 더하고 있었다.

"꿈꾸는 왕도로군요."

낙양성의 아름다운 자태에 빠져 한동안 말문을 닫았던 치원이 드디어 입을 열었다. 옆에 있던 호몽이 말했다.

"그 꿈꾸는 천 년의 고도가 바야흐로 진사님을 환영하고 있습니다."

호몽이 치원의 팔을 살며시 거머쥐며 덩달아 황홀지경에 빠진 듯 숨을 크게 들이마셨다.

"도성에 들어가면 풍악도 있을 게야."

현준스님도 한마디 거들었다.

그렇게 세 사람은 누대에 서서 위용을 자랑하는 옛 도읍의 마력에 빠졌다. 얼마나 시간이 흘렀을까. 간신히 정신을 가다듬고 도성으로 들어설 때 여기저기서 풍악 소리가 들렸다. 현준스님의 말이 맞았던 것이다.

"형님, 무슨 풍악 소리가 이렇게 요란하게 집집마다 들립니까?"

치원은 기이한 광경에 정신이 혼미할 지경이었다.

"이곳 사람들은 일 년 내내 풍악 속에서 산답니다. 풍악을 배우는 학생들도 많고 가르치는 스승도 많지요. 어디 그뿐인 줄 아세요? 춤을 가르치는 곳도 많다구요. 배우는 사람들도 당연히 많지요. 그래서 이곳은 밤늦게 풍악을 즐기고 가무하는 것을 비아냥거리거나 이상하게 생각하지 않습니다. 관원들의 단속마저 없다니까요."

호몽이 치원을 바라보며 생긋 웃었다.

"그래서 이태백도 두보도 이 도시를 연모했군요. 그리고 점잖은 백거이 선생도 끝내 이곳에서 잠들었고요."

치원이 고개를 끄덕였다.

"최 진사님도 술을 좋아하세요? 전 진사님이 술에 취하는 모습을 보지 못했는데요?"

호몽이 치원을 올려다보며 눈을 껌벅거렸다.

"우리 최 진사는 술에 약하다오. 당대의 문장가라면 당연히 술을 좀 해야 되는데 우리 치원이, 아니 최 진사는 술도 약하고 아마 미인에게도 약할 겁니다."

현준스님이 치원을 바라보며 짐짓 눈을 찡긋했다.

"미인에게 약하다니요? 그럼 미인이 나타나면 맥을 못 춘다는 말인가요?"

호몽이 눈을 치켜뜨며 치원을 쳐다보았다.

"아, 그런 뜻이 아닙니다. 여자를 끌어당길 줄을 모른다는 말이죠."

현준스님이 서둘러 말을 고쳤다.

"대사님은 어떠세요? 출가하셨다고 해서 미인을 아주 멀리하시는 건 아니겠죠?"

호몽이 능청스럽게 현준스님을 놀리자, 그는 난처한 듯이 헛기침을 연신 해대며 주위를 두리번거렸다.

"우리 형님의 깊은 속은 아무도 모른답니다. 아우인 저도 형님께서 미인과 길게 얘기하는 것을 본 일이 없으니까요. 호몽 소저는 빼놓고 말입니다."

이번에는 치원이 현준스님을 놀려댔다.

그때 한 무리의 사람들이 저마다 백마 깃발을 들고 당당히 달려왔다. 이윽고 선두에 섰던 건장한 사내가 말에서 내리더니 서둘러 세 사람 앞으로 다가왔다.

"아가씨! 큰아가씨! 용서해 주십시오. 저희들의 마중이 늦었습니다. 고갯마루까지는 나갔어야 하는데……. 무례를 용서하여 주십시오."

우두머리인 듯한 사내가 무릎을 꿇고 고개를 숙이자 나머지 사내들도 부복을 한 채 미동도 하지 않았다.

"집사장 아저씨, 어서 일어나세요. 바쁘실 텐데 뭣 하러 마중까지 나오고 그러세요. 이왕 나오셨으니 어서 앞장이나 서세요."

호몽이 마차 위에 앉은 채 길 위에 엎드려 있는 건장한 사내를 향해 웃으며 말했다. 호몽의 말이 떨어지기 무섭게 일어선 사내는 연신 허리를 구부리며 호몽에게 예의를 표하더니, 이내 현준스님과 치원에게도 고개를 숙였다. 그리고 말을 되잡아 타고 앞장서 달리기 시작했다. 그 뒤를 따르는 한 무리의 사내들이 들고 있는 깃발에는 한결같이 백마의 그림이 그려져 있었다.

"왜, 저 사람들은 백마의 깃발을 들고 있습니까?"

흔들리는 마차 안에서 치원이 호몽에게 물었다.

"백마는 이 낙양성의 상징이랍니다. 우리 당나라에 불교가 제일 먼저 들어온 곳이 바로 낙양성이고, 동쪽 노성老城 끝에 서 있는 절이 바로 백마사白馬寺입니다. 이 백마사야말로 우리 당나라에서 가장 오래된 사찰이죠. 아마 이 절에 관한 내용은 대사님께서 더 잘 알고 계실 겁니다. 그래서 우리 상단 사람들도 저 백마 깃발을 자랑스럽게 들고 다닌답니다. 백마 깃발을 들고 다니면 액운이 도망간다는 전설이 있지요."

소상하게 설명을 해 주는 호몽을 그윽한 눈빛으로 바라보며 치원은 새삼 맥박이 빨라지고 있다는 것을 느꼈다. 산길을 빠져나가는 마차가 심하게 요동을 치며 자연스레 호몽의 몸도 이리저리 흔들리고 있었다. 치원은 호몽의 몸이 자신에게 기울어지자 고개를 돌려 바라보고는 그만 소스라치게 놀라고 말았다. 마차가 심하게 흔들리는 탓에 호몽의 저고리 앞섶이 벌어지며 봉긋한 속살이 한눈에 가득 들어왔던 것이다.

이른 아침 풀잎에 맺힌 이슬보다도 더 투명하고 맑은 호몽의 새하얀 속살을 보는 순간 치원은 심장이 멎는 것 같았다. 그런 치원의 마음을 짐작도 하지 못한 현준스님이 눈치 없게 백마사에 대한 설명을 이어가기 시작했다. 치원은 애써 마음을 진정시키고는 현준스님의 말에 귀를 기울였다.

중국에 불교가 들어온 때는 후한後漢의 명제明帝 11년, 서력기원 68년이었다. 광무제光武帝의 아들로 태자 신분이었던 유장劉庄은 어느 날 꿈을 꾸었다. 꿈속에 나타난 사람은 온몸에 휘황찬란한 금빛을 두르고 있었다.

그 신비한 사람은 궁궐 높이 떠올라 궁궐 전체를 휘돌더니 홀연히 서쪽 하늘로 사라졌다.

꿈에서 깨어난 태자 유장은 그 꿈을 부처님의 나라에 가서 불법을 구해 와야 한다는 계시로 해석했다. 그래서 태자는 서역으로 사신을 파견했고, 사신의 간청을 들은 부처님의 나라 승려인 가섭마등迦葉摩騰과 축법란竺法蘭 등이 불상과 경전을 흰 말에 싣고 사신과 함께 낙양으로 들어왔다. 그것을 기념하여 세운 절이 백마사였다. 부처님의 나라에서 부처님의 제자들이 흰 말을 타고 왔기 때문에 당나라 사람들과 낙양 백성은 모두 흰 말을 사랑하게 되었고 백마사에 들러 불법을 익혔던 것이다.

현준스님은 이처럼 경전을 읽듯이 백마사의 유래에 대해 소상히 알려 주었다. 백마사에 관해 생소한 얘기를 들은 치원은 그 기이함에 놀라움을 금치 못했다.

그날 밤, 잠자리에 들기 전에 염불을 끝낸 현준스님은 호몽과 치원에게 이렇게 말했다.

"내일 날이 밝으면 제일 먼저 백마사를 찾아가 백팔 배를 올리자."

다음 날 이른 아침, 목욕을 정결히 하고 옷을 갈아입은 치원과 호몽은 현준스님을 따라 노성 동쪽에 있는 백마사로 향했다.

대웅전의 황금빛 불상 앞에서 세 사람은 모두 정성들여 백팔 배를 올리고, 현준스님은 불상 앞에 앉아 발원을 했다.

"대자대비하신 부처님! 먼 동녘 땅 서라벌에서 온 열여덟 살의 최치원이 부처님의 자비를 받아 빈공과에 장원 급제를 했사옵니다. 이를 찬탄하며 백팔 배를 올리는 것입니다. 동쪽의 작은 군자 나라인 신라의 머리 위에 무량한 자비를 내려 주시고 왕실을 보호해 주소서. 또 그곳에 계신 저희 아버지와 어머니를 가호해 주소서. 당나라에 들어와 진사는 되었으나 아직 관직을 받지 못한 아우에게 공덕을 짓게 해 주시고, 이 당나라 땅에서 우리 아우를 음으로 양으로 도와주시는 호몽 소저에게도 대덕과 광영을 내려 주소서.”

현준스님이 백마사의 대웅전에서 올린 그 백팔 배와 감사 발원은 그야말로 장엄하게 진행되었다. 그것은 분명한 불교 의식이었다. 그러나 조상의 위패가 없는 그 고찰에서 부처님 앞에 빈공과 장원 급제를 아뢰고 감사한 것은 분명히 유교에서 행하는 고유제 告由祭(중대한 일을 치른 뒤에 그 내용을 적어서 사당이나 신명에게 알리는 유교식 제사)에 해당하는 의식이었다.

세 사람은 백마사에서 불교의식으로 고유제를 올린 후, 비로소 자유로운 유람길에 올랐다. 백마사에서 내려와 도성으로 들어설 때 관복과 비단옷을 걸친 선비들이 이들 세 사람을 기다리고 있었다.

“낙양 관찰사께서 기다리고 계십니다.”

그중 선두에 서 있던 사내가 다가와 공손히 말을 건넸다.

“바쁘신 관찰사께서 어찌 우리 같은 사람들을 만나려 하십니까?”

관찰사가 기다린다는 말에 세 사람은 사뭇 긴장이 되었다.

“황제 폐하께서 친히 주관하여 베푸신 어전시에서 어사화까지 받으시고 장원 급제하신 진사님을 저희들이 어찌 홀대할 수 있겠습니까? 다른 지역에 가셨다면 모르겠지만 우리 낙양에 오셨는데, 귀한 손님으로 응당 모셔야 한다고 하시면서 소인들을 이곳으로 마중 보내셨습니다.”

어전시에서 장원 급제한 치원의 소식이 벌써 이곳 낙양까지 퍼졌던 것이다. 그런데 치원 일행이 낙양을 방문한 것을 관찰사가 과연 어찌 알았을까. 그것이 내심 궁금했던 치원은 관찰사의 부름이라 어쩔 수 없이 관리들을 따라 발걸음을 옮겼다.

관찰사는 도성 중심에 있는 고즈넉한 연못가의 정자 위에서 치원 일행을 기다리고 있었다. 관찰사는 치원 일행이 당도하자 오랜 벗을 만난 것처럼 매우 기뻐했다.

"이거 불시에 일방적으로 청하게 되어 결례가 아닌지 모르겠습니다."

이제 갓 쉰 살을 넘긴 관찰사는 비교적 혈색이 좋고 관록이 들어 보였다. 치원 일행은 관찰사에게 다가가 삼배로 정중히 예를 올렸다.

"아시다시피 우리 낙양은 동도이자 예술의 고장입니다. 우리 당나라의 어전시 사상 십팔 세의 장원 급제자는 최치원 진사가 최초인 것으로 알고 있습니다. 대체로 발해성국이나 신라처럼 동방에서는 빈공과에 합격하는 분들이 많습니다. 정말로 동방에 있는 그곳은 해가 일찍 돋는 군자 나라라서 그런지 모두 부지런하고 총명합니다. 특히 신라에서 오신 분들은 우리 당나라에서 많은 일을 하고 있습니다. 국자감에서 교수로 계신 분도 많고, 각 사찰에서 고승으로 도를 닦거나 경전을 번역하는 분들도 많습니다. 그 외에도 황실을 도와 여러 학문을 연구하시는 분들이 정말로 많습니다. 최치원 진사께도 앞으로 광영이 있기를 바랍니다. 자, 오늘 소직小職(관리가 자신을 낮춰 이르는 말)은 우리 낙양성을 대표하는 시인과 명사들도 초청을 했습니다. 앞으로 두루 유람하시는 동안 여기에 머무시며 아름다운 교유交遊를 이루시기 바랍니다."

마음이 어질고 자애로운 관찰사는 무척이나 따뜻한 눈빛으로 세 사람을 주시하며 그간의 여독을 풀고 마음 편히 쉬어갈 것을 권했다. 치원 일행은 고개를 숙여 관찰사에게 감사의 마음을 전했다. 그리고 관찰사를 따라 연회장으로 발길을 옮겼다.

대금과 거문고만 간소하게 울리는 가운데 유명한 시인들이 차례로 소개되고 지필묵이 준비되었다. 그중에서도 가장 유명하다는 젊은 시인이 붓을 들고 앞으로 나섰다.

"우리 당나라, 강동이 자랑하는 나은羅隱 시인입니다. 두 분이 시문으로 한 번 겨뤄 보시지요."

관찰사가 시인을 소개하며 짐짓 치원의 눈치를 살폈다.

시인 나은이 치원의 시문 수준을 시험하려는 듯 앞의 두 연을 먼저 썼다.

조용한 절에서 한가로운 늙은이가
짝 지은 새들이 구름 따라 오고 가는 모습을 보고
집에는 빚은 술도 많고 서가를 채운 책도 많아
살림살이 절반 챙겨 향산으로 들어왔네

空門寂靜老夫閑 공문적정노부한　伴鳥隨雲往復還 반조수운왕부환
家醞滿瓶書滿架 가온만병서만가　半移生計入香山 반이생계입향산

이에 최치원이 붓을 들어 답을 했다.

애풍암 위로 늘어진 소나무가 지붕처럼 덮었고
연월담 가에 모난 산석이 자리 잡았네
또한 흰구름 맑은 물과 벗되는 인연을 맺으니
그대 인생 마땅히 이곳의 산승이 걸맞겠소

愛風巖上攀松蓋 애풍암상반송개 戀月潭邊坐石稜 연월담변좌석릉

且共雲泉結緣境 차공운천결연경 他生當作此山僧 타생당작차산승

백거이의 향산사이절香山寺二絶이라는 시였다.

치원이 이 시를 모를 리가 없었다. 이런 시 정도는 현준스님이나
호몽까지도 다 알고 있는 시였기 때문이다. 치원이 붓을 놓고 자리
로 돌아가자 이를 본 관찰사가 호탕하게 웃었다. 강동 제일의 시인
이라는 나은 시인이 치원을 향해 먼저 허리를 굽혔고, 이에 치원도
그를 향해 정중히 머리를 숙여 답례를 했다.

관찰사가 웃는 얼굴로 말했다.

"자 백거이 시인의 작품으로 수인사를 끝냈으니 우리 점심이나
같이 먹읍시다."

관찰사가 베푼 점심상을 물리고 치원 일행은 다시 발걸음을 재
촉했다. 백거이 시인의 시로 서로 가까워진 나은 시인이 이번 유람
에 동참하기로 했다. 낙양 땅에서 좋은 벗을 만난 치원은 천하를

쥔 듯이 기뻐했다.

　나은 시인을 따라 치원 일행이 맨 처음 도착한 곳은 도성의 중심에 있는 호수와 정자였다.

　"바로 이 호수에서 이태백 시인이 두보 시인을 초청하여 즐거운 시간을 보냈습니다. 이태백 시인은 특히 호수를 좋아해 늘 배 위에서 술 마시기를 즐기고 결국 호수에 비친 달을 건진다고 해서 호수로 뛰어든 분이기도 하죠."

　나은 시인이 차분한 목소리로 말하자 치원이 빙그레 웃었다.

　"그때 두보 시인이 얼마나 안타까우셨겠습니까? 점잖으신 분이 대놓고 말은 못하고, 또 이태백 시인이 권하는 술을 물리치시지도 못하고, 어지간히 애먹으셨을 모습이 눈에 선합니다."

　이태백과 두보의 속마음까지 꿰뚫고 있는 치원의 말에 모두 감탄했다. 이태백과 두보는 모두 비슷한 시기에 살았다. 최치원보다 백여 년 앞서 살았던 두 거인은 상당히 다른 모습의 시객들이었다. 이태백은 호방하면서도 초탈한 시인이었다. 일생을 술에 절어 살았다고 해도 과언이 아니다. 그는 술에 늘 취하여 방랑생활을 한없이 즐겼다. 한때 그도 황제의 부름을 받아 장안에 와서 한림공봉翰林供奉이라는 관직을 하사받기도 했으며, 궁정 시인이 되어 현종과 양귀비가 노닐 때 그 옆에서 시를 짓고 헌사를 하기도 했다. 그러나 불의를 보면 참지 못하는 성정이라 언제나 바른 말을 하다가 현종의 충신인 고역사高力士의 미움을 받아 끝내 쫓겨나고 말았다.

이와 비슷한 시기에 안록산의 난을 피해 우왕좌왕하던 두보는 결국 낙양에 정착했다. 때마침 궁중에서 쫓겨나 낙양으로 온 이태백을 만난 두 사람은 비슷한 처지를 한탄하며 술을 마시며 시를 짓고 또 시를 읊으며 술 마시기를 반복하며 세월을 보냈다.

그러다가 방랑벽이 도진 이태백이 손짓을 한 후 떠나자 두보도 낙양을 뒤로 하고 홀연히 떠났다.

치원 일행은 한동안 이태백과 두보의 흔적을 두루 살핀 후 서산의 용문석굴龍門石窟을 둘러보았다. 용문석굴을 구경하는데 꼬박 사흘이 걸렸다. 그 가파른 석굴을 오르내리는데 제일 앞장 선 것은 호몽이었다.

호몽은 나비가 꽃술을 건드리며 날아다니듯 그렇게 가볍게 걷고 뛰었다. 산길을 오래 걸은 현준스님이 그 뒤를 용케 따라갔다. 그러나 치원은 오랫동안 국자감의 한 평 남짓한 방에 갇혀 공부에 전념하느라 다리가 부실한 나머지 쉽게 따라잡지를 못했다.

그런데 치원보다 더 심각한 것은 시인 나은이었다. 늘 술만 마시고 선비들과 풍류를 즐기느라 다리 운동을 못했기 때문에 오래 걷는다는 것이 여간 고통스럽지 않았다.

아무튼 북위北魏 시절부터 무려 사백 년에 걸쳐 건설된 용문석굴은 끝이 없는 고행의 연속이었다. 잠계사동潛溪寺洞을 시작으로 빈양삼동賓陽三洞을 거쳐야 하는데, 그 빈양삼동은 용문석굴 중에서도 가장 빼어난 절경을 이루고 있었다. 모두 넋을 놓고 빈양삼동의 신묘한 경치에 취하고 말았다. 이어서 펼쳐지는 만불동萬佛洞은 끝없는 불상의 계곡이었다.

"여기에 모신 부처님의 상이 만 개나 된다는 뜻이겠죠?"

잠시 숨을 돌린 치원이 일행을 둘러보며 말했다.

"저도 제대로 세어 보지는 못했습니다만, 이 만불동 안에 있는 불상과 조각의 수는 일만오천 개라고 합니다. 물론 이렇게 손바닥만한 크기의 불상도 있습니다."

나은의 말에 모두 고개를 끄덕였다.

만불동을 지나 동쪽으로 가니 구고관음감救苦觀音龕이 나왔다. 중간쯤에 무측천武則天(624~705, 중국 최초의 여자 황제) 때 뚫었다는 고평군왕동高平郡王洞이 나오고 가장 깊은 곳은 현종 때부터 문종(711~840) 때까지 뚫었다는 또 다른 굴이 나오면서 그 벽면에는 천수관음상千手觀音像이 모셔져 있었다. 그 마애불상 중에서도 가장 눈길을 끄는 것은 고평군왕동 동쪽에 있는 서방정토변부조西方淨土變浮彫였다.

"스님은 이 서방정토변부조에 대해서 알고 계시죠?"

부조 앞에서 나은 시인이 현준스님을 바라보며 말했다.

"제가 알기로 이 부조는 백거이 선생이 모든 비용을 대서 만드신 것입니다."

현준스님이 숨을 몰아쉬며 대답했다. 그러면서 일행을 돌아보며 잠시 쉬어 갈 것을 청했다. 호몽이 불상에서 조금 떨어진 바위 위에 자리를 마련하고 준비해 온 차와 과일을 내놓았다. 그리고는 짐보따리를 펼치더니 준비해 온 지필묵까지 펼쳐 놓았다. 현준스님은 차를 마시며 설법하듯 말을 이었다.

"백거이 선생이야말로 오늘날까지 우리의 사표師表가 될 만한 존경받고 있는 인물입니다. 유명한 나은 시인이나 우리 최치원 진사, 호몽 소저도 다 아시는 내용이겠지만 자字가 낙천樂天이시고 호號가 취음선생醉吟先生이신 백거이 선생은 말년에 이 향산에 거처를 마련하셨습니다. 이 분도 스물아홉 살에 우리 최치원 진사처럼 진사시에 합격을 하였고 서른두 살에는 황제의 친시親試에도 합격하셨습니다. 그 후 현종 황제의 눈과 귀를 멀게 하고 향락으로 국정을 잘 돌보지 못하게 한 양귀비를 비판하는 장한가長恨歌를 지으셨는데 당나라의 삼척동자들도 어려서부터 외는 명시가 됐습니다. 한때 항주자사杭州刺史가 되어 항주의 풍광에 매료되었고 시와 술과 거문고를 벗 삼아 취음선생이라는 호를 즐겨 썼지만, 말년에 이 낙양에 와서는 중생을 위해 좋은 일을 많이 하셨지요. 특히 이곳에서 만난 시인 원진元稹(779~831)과는 깊은 교류를 하였는데 시풍도 비슷했습니다. 백거이 선생이 장한가를 써서 현종과 양귀비를 비판하자 원진 시인도 연창궁사連昌宮詞를 써서 현종의 사치와 황음무도함을 폭로하였습니다. 이렇게 뜻이 맞았던 당대의 시인 원진이 무창군 절도사로 나가 갑작스럽게 이른 나이에 세상을 뜨자, 백거이 선생은 인생의 덧없음을 깨닫고 당시만 해도 터만 남아 있던 향산사를 수복하고 자신의 호를 향산거사香山居士로 바꾼 후 여기서 열반했습니다. 특히 백거이 선생은 바로 이곳의 서방정토변 부조를 완성하고 시를 지어 극락세계에 대한 염원을 나타내기도 했지요."

　현준스님은 차를 마시며 백거이 시인에 대해 아는 바대로 소상
히 긴 설명을 하고, 다른 이들은 땀을 식히며 현준스님의 설법과도
같은 이야기에 귀를 기울였다.

　현준스님의 긴 설명이 끝나자 호몽은 기다리고 있었다는 듯 바
위 위에 종이를 받치고 장지를 깔았다. 그리고 먹물을 적신 붓을
현준스님에게 건넸다. 붓을 받아든 현준스님은 단정한 자세로 앉
아 시를 써 내려가기 시작했다.

　　　극락세계 맑고 깨끗한 땅에서는
　　　악의 없어 중생들이 고통스럽다 말하지 않네
　　　원하기는 나처럼 늙고 병든 사람들
　　　무량수불 이곳에서 함께 사세나

　　　極樂世界淸淨土 극락세계청정토 無諸惡道與衆苦 무제악도여중고
　　　願如我身老病者 원여아신노병자 同生無量壽佛所 동생무량수불소

　시를 다 쓴 현준스님이 붓을 다시 호몽에게 건네며 치원을 바라
보았다.

　"형님, 저는 송구스럽게도 백거이 선생의 서방정토변은 외우지
못했습니다."

　치원이 현준스님을 바라보며 다소 부끄럽다는 듯이 머리를 긁

적이며 말했다. 백거이 시인의 서방정토변은 부처님께 귀의하고자 하는 의미가 숨어 있어 낯설기는 나은 시인이나 호몽도 마찬가지였다.

"뭐 일반 시도 아니고, 이것은 불제자들이 좋아하는 시니까……."

현준스님은 일행을 둘러보며 겸손하게 말했다. 나은 시인과 호몽도 고개를 끄덕였다.

그날 밤, 세 사람은 동산 중턱에 있는 향산사에서 저녁밥을 먹었다. 그리고 모처럼 밖으로 나가 세상을 뒤덮을 기세로 밝은 빛을 쏟아내는 달빛의 아름다움에 흠뻑 젖었다.

이수伊水 건너편에서 달빛을 받고 서 있는 수많은 마애불이 군무를 하는 무희들처럼 묘한 몸짓을 보여 주었다. 그 모습을 본 일행은 서방정토의 세계로 곧장 끌려 들어가는 듯한 미묘한 느낌을 받았다. 모깃불이 향불처럼 일행을 감싸고 있었다.

"백거이 선생이 이 낙양으로 옮겨왔을 때 이 향산사는 터만 남아 있었다고 합니다. 그래서 백낙천 선생은 이 지방의 유지들에게 시를 써 주고 금품을 받아 모았고, 또 고관들이 세상을 떠나면 그들의 묘비명을 지어 주는 등 그동안 모은 칠십만 냥을 가장 친한 벗이었던 원진에게 건네어 이 향산사를 복원하는데 썼습니다. 또 백거이 선생은 이곳에서 백성을 위해 많은 일도 했습니다. 농사짓는 데 필요한 물을 보급하기 위해 보洑를 쌓기도 하고, 물길을 만드는데 많은 공력을 들였습니다. 그리고 향산 주위에 나무를 심는 일에도 앞장섰지요. 바로 이 나무들이 백거이 선생이 심은 것들이랍니다."

그러면서 현준스님은 달빛을 듬뿍 받고 있는 앞산을 가리켰다.

"저 산이 바로 비파봉인데, 백거이 시인이 마지막으로 천화遷化하신 산입니다. 비파처럼 보이지 않습니까? 아무튼 그분은 세상을 떠날 때에도 가족들이나 지인들에게 폐가 되지 않을까, 해서 아무도 모르게 홀연히 가셨습니다."

현준스님은 애잔한 눈빛으로 비파봉을 바라보았다.

"대사님, 천화가 무슨 의미입니까?"

깊은 상념에 빠진 현준스님을 흔드는 것이 내심 내키지는 않았지만 나은 시인은 궁금한 것을 그냥 지나치지 못하는 성정이라 마음을 굳게 먹고 조심스레 현준스님에게 물었다.

"고승들은 말년을 맞으면 자신의 상좌승도 모르게 송홧가루와 물을 가지고 떠난답니다. 산을 넘고 계곡을 건너 절 사람들이 찾을 수 없는 곳까지 가면 낙엽을 긁어모아 자리를 만들죠. 그리고 그곳에 누워 가져간 송홧가루를 먼저 다 드시고, 가져간 물까지 없어지고 나면 낙엽을 덮고 눈을 감는 것이죠. 그렇게 아무도 모르게 흔적 없이 떠나는 고승의 열반을 천화라고 합니다."

현준스님은 다시 눈을 돌려 비파봉에 걸터앉은 어린 달빛을 지그시 바라보았다.

그날 밤, 치원은 현준스님과 나란히 누워 많은 것을 생각했다. 유불선에 통달했던 백거이……

자신과는 불과 한 세대밖에 차이가 나지 않는 그는 시의 경지를 완전히 통달하고 종래는 향산에 들어와 폐허가 되었던 향산사를 일으켜 세웠다. 그 모습은 평생동안 불사를 위해 노력한 아버지 견일의 모습과도 흡사하다는 생각을 했다. 생각이 거기에 머물자 치원은 문득 신라 땅에 있을 아버지가 그리웠다.

　백거이는 이곳 낙양에서 힘없는 백성을 위해 많은 일을 하고, 또 그들과 힘을 합쳐 농사일을 도왔다. 어디 그뿐인가. 가만히 앉아서 시나 읊고 글이나 쓰는 나약한 문인의 틀에서 벗어나 농민들을 위해 보를 쌓고 물길을 내는 일에 몸소 나섰다. 치원은 낙양에서 만난 백거이의 삶이 자신의 가슴 한가운데 들어와 기둥처럼 우뚝 서는 느낌을 받았다.

식품 산업 정책 혁신

식품 산업 정책의 중요성을 형상화한 이미지. 머리를 맑게 하기 위해서는 피가 맑아야 한다.
최치원에게 일찍이 선의 경지를 가르친 작품 속 중국 종남산의 선사들은 모두 자연식을 선호했다.

신선들이 머무는 곳

낙양에서 돌아온 치원은 한동안 그 모습을 떠올리며 깊은 감회에 젖었다. 거기서 나은 시인을 만나 백거이 선생의 발자취를 따라 유람하며 아로새긴 웅대한 포부를 슬며시 꺼내보고 또 간직했다. 그렇게 모처럼 여유를 갖고 여독을 풀었다.

며칠 후, 세 사람은 다시 짐을 꾸렸다. 그러면서 도복을 챙기는 것도 잊지 않았다. 흰 무명천을 정성들여 누빈 도복에 현준스님과 호몽은 검은 띠를 두르고 치원은 흰 띠를 둘렀다. 장원 급제 후 처음 인사를 드리러 가는 길이기에 현준스님과 치원은 종리권선사께 올릴 예물도 푸짐하게 준비하였다.

치원과 함께 다시 길을 떠난다는 것이 마냥 즐거운 호몽은 선사께 드릴 간단한 먹을거리도 준비했다. 콩깻묵과 솔잎을 잘게 빻고, 검은콩과 현미를 적당히 섞고, 거기에 송홧가루松花(소나무의 꽃가루)를 충분히 넣어 선식을 마련한 것이다. 모든 준비가 끝나자 세 사람은 저마다 짐을 챙겨 들뜬 마음으로 대문을 나섰다.

장안을 벗어나 한참을 걷자 드디어 종리권선사가 있는 거대한 산이 한눈에 들어왔다. 그러자 마치 자석이 쇠붙이를 끌어당기듯 몸이 가뿐하게 산을 향해 이끌린다는 느낌을 강하게 받았다.

그것은 비단 치원만 느끼는 감정이 아니었다. 현준스님과 호몽도 똑같은 느낌을 받았다. 세 사람은 정말 기이한 일이라고 여기며 가벼운 마음으로 산을 향해 발걸음을 옮겼다.

"형님, 땅에는 정말 지기地氣라는 게 있을까요?"

가벼운 발걸음을 잠시 멈춘 치원이 현준스님을 바라보며 물었다.

"아, 그거야 너도 지금 당장 느끼고 있지 않니? 얼마 전에 우리가 다녀왔던 낙양성에서는 무엇을 느꼈니? 이상하게도 쇠락한 느낌……. 아무리 땅을 밟고 다녀도 그 땅에서는 생기를 느끼기가 어려웠잖니. 그 요란한 석굴과 오래된 이수강가를 거닐어 봐도 발끝에서 도저히 힘을 느낄 수 없었어. 다만, 오랜 전통과 선인들이 남기고 간 체온 때문에 으스스한 한기를 느낄 수는 있었지만 발바닥에서 느껴지는 탄탄한 탄력이나 뛰어오를 것 같은 땅의 힘을 느낄 수는 없었지."

살아 숨 쉬는 것같이 생명력이 있는 거대한 산이 내뿜는 정기를 한껏 느끼며 걷던 현준스님도 흐뭇한 미소를 지었다.

"그래요, 저는 장안이나 낙양과 같은 큰 도읍에서는 이상하게도 잔병치레를 하게 됩니다. 가끔 감기도 걸리고, 머리도 아프고, 눈도 흐려집니다. 또 하루만 걸어도 피곤함을 느낍니다. 그런데 이산 근처에만 오면 이렇게 힘이 솟아요. 혈관 속에서는 새로운 피가

용솟음치는 것 같고 땅을 밟을 때마다 땅속에서 나를 힘껏 받쳐 주고 솟아오르게 해 주는 그 무엇이 있는 것 같아요. 머리도 맑아지고, 먼 곳까지 볼 수 있는 시력이 생깁니다."

호몽이 제자리에서 튀어오르며 마냥 즐거워했다.

"도대체 이 종남산에는 도인들이 얼마나 살고 있을까요? 호몽 소저, 들어 본 일이 있소?"

치원이 다소 엉뚱한 질문을 던졌다.

"글쎄요. 선사께서도 가끔 이렇게 말씀하셨어요. '이런 사람 저런 사람 도를 닦는다는 기인들이 줄잡아 삼천 명은 넘을 게다.'라고요. 계곡마다 절이 있고, 계곡마다 신선이 되겠다는 도인들이 움막을 치고 있고, 선약을 만든다는 선약 제약소를 만들고, 신령들께 제를 올리는 제단을 쌓았으니 그 수數만도 천 개가 넘습니다. 그러니 이 산속에 있는 도인들은 삼천 명이 넘으면 넘었지, 그 이하는 아닐 것 같습니다. 선사님께서 왜국 섬사람들은 자연을 하나의 신으로 섬겨 신의 수가 팔만 사천 개나 된다고 하니 이곳은 적은 것입니다."

호몽이 말을 끝내고 고개를 갸우뚱거리며 치원을 바라보았다.

개울을 건너고 재를 넘자 마침내 계곡이 보이며 시원한 물줄기를 한바탕 쏟아내고 있었다. 일행은 계곡으로 내려가 고개를 처박고 정신없이 물을 들이켰다.

호몽이 고개를 들자 입가에 묻은 물줄기가 흘러내려 저고리 앞섶을 적셨다. 호몽이 기겁을 하고 물기를 털고 있을 때 물을 다 마시고 일어선 치원이 그 광경을 빤히 보고 있었다.

"어딜 그렇게 쳐다봐요?"

호몽이 소스라치게 놀라며 치원을 향해 물을 뿌렸다. 치원은 난처해하며 고개를 들어 파란 하늘을 무연히 바라보았다. 그러면서 물기가 가득 밴 호몽의 저고리 속으로 희미하게 보이던 뽀얀 속살을 생각했다.

계곡에서 잠시 지친 몸을 달랬던 일행이 다시 발걸음을 재촉했다. 산길을 따라 한참을 거슬러 올라가니 마침내 광법사에 이르렀다. 현준스님의 제안으로 일행은 잠시 절에 들러 부처님께 공양을 하고 선사가 있는 암자를 향해 다시 길을 잡았다.

절을 지나 산을 세 개나 넘어 자오곡 근처에 다다르자 드디어 선사가 있는 작은 암자가 설핏 보였다. 언뜻 보면 광법사의 말사와 같은 계곡 언저리의 볼품없는 암자였다.

일행은 마지막 힘을 쏟아 부어 마침내 암자에 도착했다. 암자에 도착한 현준스님은 다른 일행과는 달리 문 앞에 멈추어 서더니 한동안 아무런 말도 하지 않은 채 눈을 감고 얼어붙은 듯 서 있었다. 얼마 후 눈을 뜨며 헛기침을 두어 번 했다.

"스승님! 화곡자和谷子(종리권선사의 호) 스승님, 저희들이 왔습니다. 현준입니다. 호몽 소저와 제 아우 치원도 함께 왔습니다."

현준스님이 두 손을 가지런히 모으고 고했다. 그러나 안에서는 선사의 그렁그렁한 가래 소리만 들릴 뿐 별다른 기척이 없었다.

"아니, 장원 급제까지 하신 지체 높으신 분이 뭣하러 여기까지 오셨나?"

한참 후에 선사의 퉁명한 목소리가 들렸다.

"선사님! 저희들의 절을 받아 주시옵소서. 특히 장원 급제한 제 아우의 절을 받아 주십시오."

그렇게 몇 번을 더 아뢰었지만 안에서는 아무런 소리도 들리지 않았다. 일행은 밖에 선 채 한 발자국도 움직이지 않았다. 호몽과 치원은 눈을 크게 뜬 채 서로 쳐다보며 조용히 입모양으로 대화를 나누었고, 현준스님은 처음과 마찬가지로 두 손을 가지런히 모은 채 눈을 감고 아무런 말도 하지 않았다.

얼마나 시간이 흘렀을까. 한참 만에 겨우 방문이 빠끔 열리더니 선사가 상체를 내밀었다. 지난번에 다녀갔을 때보다 많이 쇠락한 모습이었다. 선사는 한동안 일행을 멀뚱히 쳐다보더니 이내 누런 이빨을 드러내고 히죽히죽 웃었다. 그렇게 웃고 있는 선사의 입 안을 살펴보니 윗니가 거의 다 빠져 있었다.

"장원 급제를 하셨으면 그대로 벼슬길로 나가시지 뭣하러 이 깊은 산속까지 들어오셨나? 이거 원 황송해서 몸 둘 바를 모르겠군. 아이고, 진사 어르신 풍채가 훤하십니다."

선사는 여전히 히죽히죽 웃으며 여유 있게 농을 던졌다. 그 모습을 지켜보던 치원이 먼저 앞으로 나서며 삼배를 올렸다. 현준스님과 호몽도 그 뒤에서 역시 삼배를 올렸다.

"장원 급제한다고 다 관직에 오르는 게 아니야. 당이 아닌 신라 사람인 데다가, 관도 못 쓴 십팔 세 소년에다가, 결혼조차 안 했으니 조정 대신들이 선선히 벼슬 자리를 마련해 주겠나? 거, 뭐, 그 천자天子(황제를 이르는 말)도 환관들에게 휘둘려 제대로 일하기가 어려울 게야. 특히 천자들은 선약仙藥을 조심해야 해. 그런데 지금 조정에 있는 선사들이란 놈들이 다 가짜들이야. 순 엉터리 환약을 만들어 가지고 천자들이 어린 여자들이나 탐하게 하니 제 생명을 못 채우고 죽게 되지……. 아, 대충 생각을 해 보라고, 제2대 천자였던 태종太宗은 장수한다는 약을 먹다가 죽었고, 11대 헌종憲宗은 금단환약을 먹다 죽었고, 목종穆宗과 무종武宗은 단약에 죽고……. 아, 도를 닦으려면 자기 자신의 마음을 거울에 비추어 볼 수 있을 정도로 닦아야지, 정도로!"

선사는 앉아서 천리를 보듯 황실의 이 모든 사태를 소상히 알고 있었던 것이다. 선사가 한 손으로 잡고 있던 방문을 던지듯이 휙 놓아 버리자 방문이 활짝 열렸다. 안으로 들어오라는 선사의 무언의 허락이 떨어지자 세 사람은 조심스럽게 걸어 들어갔다.

선사가 아랫목에 가부좌를 틀고 앉자 일행은 선사를 향해 다시 삼배를 올리고는 비로소 자리에 앉았다.

"이것은 서라벌에 있는 제 어머니가 선사님께 올리기 위하여 석 달 동안 만든 예복입니다. 신라의 무명천을 밤마다 누벼서 두텁게 만든 도복입니다. 방에 계실 때나 나들이하실 때 입어 주시면 광영이라고 말씀하셨습니다. 제 어머니의 정성을 받아 주십시오."

먼저 치원이 신라에서 보내온 장원 급제 예물을 선사께 올렸다.

"그러니까 이걸 신라에 계신 자네 모친이신 반야 부인이 손수 지으셨다는 말이지? 석 달 동안이나 밤을 새가며?"

선사가 어린아이처럼 기쁘게 웃으면서 일어섰다. 선사는 아이들이 설빔이나 추석빔을 입어 보듯 그렇게 새하얀 도복을 입고 이빨이 다 빠진 잇몸을 드러내며 한참 웃었다.

"현준아, 어떠냐? 오랜만에 도복을 입으니 나도 너희들과 산 좀 타고 싶구나!"

선사가 힘자랑을 하듯 두 팔을 위아래로 흔들어 대며 흐뭇한 미소를 지었다.

"그러시지요. 저희들이 모시고 오르겠습니다."

현준스님이 고개를 숙이면서 말했다.

"선사님! 내일이라도 날씨만 좋으면 저희들하고 계곡 오르기를 해요! 앞산에 올랐다가 구름이 내려오면 잡아 타셔야죠. 치원 진사는 선사님께서 구름 타는 모습을 본 일이 없잖아요."

호몽이 호들갑을 떨며 선사를 빤히 쳐다보았다.

"구름 타는 거? 그거 좋은 거 아니야. 자랑할 만한 일도 아니고. 그냥 어쩌다 해 보는 거지. 도술이라는 거? 그것도 무상한 거야. 앉아서 책을 읽는 것도 가장 좋은 도道수행법인 거야."

호몽의 예상과는 달리 선사는 조용히 자리에 앉으며 눈을 내리깔았다. 그때 분위기가 가라앉은 것을 의식한 호몽이 준비해 온 여러 가지 선식과 예물을 꺼냈다. 선사는 그 많은 선물 중에서 딱 한 가지, 현준이 준비해 온 검은 갱엿을 입 속에 넣고 오물오물 단맛을 음미했다. 그 모습은 마치 순진한 소년이 엿을 먹으며 단맛의 황홀함에 젖어 있는 것과 아주 흡사했다.

그렇게 한참을 단맛에 흠뻑 취해 있던 선사는 호몽에게 지필묵을 가져오라고 일렀다. 호몽은 재빠르게 일어서더니 지필묵을 준비하고는 먹을 갈았다.

"아, 이거 장원 급제한 진사 앞에서 글을 쓰려고 하니까 손이 다 떨리누만? 자, 그래도 우리 최 진사 장원 급제하고 입산한 기념으로 화두 하나는 건네줘야겠지?"

선사는 너스레를 떨며 한 치의 흔들림도 없이 글을 써 내려갔다.

도를 아는 자는 말을 하지 않고,
말을 하는 사람은 도를 알지 못 한다.

知者不言 지자불언 言者不知 언자부지

이것이 선사가 치원에게 내려 준 첫 화두였던 것이다.

"일찍이 노자께서 하신 말씀이니라. 앞으로 이 산속에서 도를 닦으려면 우선 말수부터 줄이거라!"

잠시 뜸을 들이던 선사가 치원을 향해 단호하게 이르더니 이내 첫 설법을 시작했다.

"이 산속에서 최상의 가르침은 노자를 표준으로 하는 것이야. 만물은 벗어나게 하면서도 말로 드러내지 않고, 길러주되 소유하지 않으며, 도와주고 배려해주되 대가를 바라지 않으며, 업적을 이루되 연연하지 않는 것이 자연의 도이지. 그 다음은 신선들의 외단과 내단을 익히는 것이네. 다시 말해서 신선들의 방술方術을 연술演述하는 것은 노자의 도를 익히는 것보다 한 수 아래고, 제일 보잘 것없는 것은 예로부터 내려오는 장릉張陵의 도와 같은 사도邪道를 좇는 것이지. 아무쪼록 우리는 노자의 정도를 따라가도록 하자꾸나."

선사의 말이 끝나자 치원은 조용히 일어서더니 공손하게 허리를 굽혔다. 조금 떨어져 앉아 있던 현준스님과 호몽은 그 자리에서 선사를 향해 합장을 했다.

그날 밤, 잠자리에 누운 치원은 현준스님으로부터 종리권선사에 대해 소상한 이야기를 들으며 적잖이 놀랐다.

종리권선사는 한·위·진나라에서 관직을 두루 거친 고관 출신이었다. 그러나 그의 나이 백 살이 가까워오자 모든 관직을 내려놓고 이 종남산에 들어와 등선登仙(신선이 되는 것)을 하기 위해 공부하고 있는 것이다.

종남산에서 도를 닦으며 신라에서 온 김가기와 최승우를 제자로 받아들여 높은 경지에 오르게 했고, 당나라 사람으로는 여동빈呂洞賓(고대 중국에서 8신선 중 1인으로 꼽히는 도인)과 마고선녀麻姑仙女(고대 중국의 전설적 신선 할머니)를 키워 냈다. 또한 그는 오직 노자의 도덕경을 설법했으며, 이곳에 들어온 이후 한 번도 세상에 내려간 일이 없어 세인들에게 자신의 모습을 드러내지도 않았다.

"형님, 아까 선사께서 말씀하신 장릉이라는 분은 어떤 분입니까?"

　치원은 낮부터 종리권선사가 이야기한 장릉이라는 사람에 대해 많이 궁금한 터였다.

　"그분도 상당한 경지에 오른 분이지만 정도를 이룬 분은 아닌 것 같아. 전해지는 바로는 촉(사천성)의 고명산에서 수행하다가 신으로부터 계시를 받았다고 하며 도에 관한 책을 썼고, 그 도서道書를 바탕으로 민중들에게 도술을 가르쳤다는구나. 안타까운 점은 도를 구하는 사람들로부터 쌀 다섯 말씩 꼭 거두었다는 거야. 그래서 사람들은 그 교를 오두미도五斗米道라고 불렀는데, 손자인 장로張魯 대에 이르러서는 병 치료에 앞장을 서고 큰 교단을 세우기도 했지. 바로 이런 일 때문에 선사께서는 장릉의 교를 저급한 도술이라고 말씀하시는 거란다. 도는 어디까지나 순수해야 하니까……."

　현준스님은 치원의 궁금증을 풀어 주며 저급한 도를 이행한 장릉에 대해 씁쓸한 감정을 감추지 못했다.

　본격적인 우기에 접어든 모양인지 아침부터 거센 빗줄기가 쏟아지기 시작했다. 하루 종일 내리는 비는 이튿날도, 그 다음 날도 계속해서 내리고 있었다.

　궂은 날씨에 몸이 찌뿌듯해진 선사는 아랫목에 누워 연신 기침을 해댔다. 호몽은 열심히 부엌을 드나들며 아침에는 가벼운 선식과 환약으로 스승을 봉양했다.

그 환약은 선사가 호몽에게만 일러준 처방으로 골짜기에서 비밀리에 만들어 가지고 온 것이었다. 점심에는 송홧가루를 푼 물만 나누어 마시고, 저녁에는 콩과 깨죽을 섞은 선식을 먹었다. 그렇게 며칠이 지나니 선사는 몸이 점점 가벼워지고 있다는 것을 느꼈다. 그래도 연신 콜록거리며 몸을 뒤척였다.

열흘쯤 지난 후 빗줄기가 약해지더니 이내 화창하게 갠 날씨로 변했다. 모처럼 맑은 하늘을 본 호몽은 마루에 앉아 지나는 바람 소리에 귀를 맡긴 채 한가로이 먼 하늘을 날고 있는 한 무리의 새를 바라보고 있었다.

이때 작은 암자에 웬 남녀의 기척이 들리는가 싶더니 이내 그 모습을 드러냈다. 그들을 바라본 호몽은 비범한 인물이라는 것을 한눈에 알아봤다. 골짜기를 오르고, 산봉우리를 몇 개나 넘어온 사람들이 마치 옆집에서 마실 오듯이 그렇게 가볍게 들어섰다.

"저희들 왔습니다, 스승님. 문안 올리옵니다."

두 남녀가 문 밖에 서서 큰소리로 아뢰더니 이내 방문을 열고 홀연히 들어갔다.

자리를 펴고 누워 있던 선사가 반가운 기색을 하며 일어나자 두 남녀가 선사께 삼배를 올렸다. 그때 현준스님은 이들을 애써 외면하며 돌아앉았다.

"그래, 천하가 어떻더냐?"

선사가 그들을 빤히 바라보며 말했다.

"시끄럽사옵니다. 마차 소리가 요란하고 봉화가 오르고 있습니다. 무엇보다도 소금장수와 농민들이 심상찮습니다.”

남자가 잠시 머뭇거리자 곁에 있던 여인이 나서며 선사께 조심스레 아뢰었다.

“때가 되었지…… 그놈들도 많이 참았어. 피차 피를 흘려 봐야 끝이 날 게야.”

선사가 끙 소리를 내며 다시 자리에 누웠다.

“장안의 황실을 보호하는 지기가 거의 다 말라갑니다. 머지않았습니다.”

이번에는 사내가 눈에 잔뜩 힘을 준 채 말을 꺼냈다. 그야말로 선문선답이었다. 그런데 이상하게도 그 사내는 현준스님 쪽을 향해 눈길 한 번 주지 않았다.

여인도 일부러 현준스님을 바라보지 않으려고 짐짓 고개를 떨어뜨리고 있었다. 호몽은 개의치 않고 차도 내오고 선식도 날랐다.

며칠 동안 서로 인사도 하지 않은 채 그 남녀는 일행과 함께 머물렀다. 여인은 호몽과 함께 건넌방에서 자고 사내들은 모두 선사가 머무는 안방에 붙어 있는 윗방에서 기거했다.

날씨가 화창한 게 신선한 바람까지 옷깃을 슬며시 흔들어대는 아침이었다. 장마가 끝나고 날이 개자 종리권선사는 언제 아팠냐는 듯 자리를 털고 일어나 크게 기지개를 켜더니 호몽을 불렀다.

“내 도복을 입혀 다오. 신라에서 온 그 도복 말이다.”

대뜸 도복을 가져오라는 선사의 말에 호몽은 의아해했지만 옷장을 열어 치원이 가져온 그 도복을 꺼냈다. 선사는 가뿐하게 일어나 도복을 입었다.

산뜻한 도복을 입은 선사는 전혀 다른 모습이었다. 도무지 나이를 가늠할 수 없는 그런 모습임에도 불구하고 어디엔가 힘을 잔뜩 비축하고 있는 내공의 기운이 심오한 느낌을 주고 있었다.

"자, 오늘은 산에 오르도록 하자."

선사가 방에 모인 사람들을 둘러보며 말했다.

치원은 난생 처음 입어 보는 도복이 불편했는지 일행을 따라가면서도 연신 고개를 숙이고 도복의 끈을 풀었다 맸다를 반복했다. 그야말로 어설픈 차림이었다. 선사의 좌우에는 두 여인이 따랐다. 낯선 여인과 호몽이었다.

그 뒤를 낯선 사내와 현준스님이 따르고 치원은 제일 뒤에 서서 헉헉거리며 계곡을 향해 겨우 그들을 따라 걸어갔다. 그렇게 자별하던 호몽이 치원에게 눈길 한 번 주지 않고 그냥 선사의 곁을 지켰다. 모두 말이 없었다.

한참을 걸어 계곡 입구에 들어서자 선사의 호흡에 맞춰 모두 한 동작씩 따라 했다. 한 발을 앞으로 내놓고 몸을 비스듬히 가누더니 선사를 따라 개울을 훌쩍 뛰어넘었다. 그러나 치원은 그들을 따라 개울을 넘을 수 없었다. 개울을 뛰어넘은 그들은 계곡을 언덕 삼아 이쪽 계곡에서 저쪽 계곡으로 마치 개구리가 뛰듯 풀쩍풀쩍 뛰기 시작했다.

그것을 바라보던 치원은 심한 어지럼증이 밀려와 몸서리를 쳤다. 정신이 몽롱해지며 술에 취한 듯 잠이 오는 듯 비몽사몽의 경지에 빠진 것이다. 그때 선사가 얍, 하는 기합 소리를 넣으며 산봉우리에 성큼 올랐다. 두 여인과 두 사내도 날렵한 몸짓으로 선사의 뒤를 따랐다. 봉우리와 봉우리를 사뿐사뿐 건드리며 그들은 산을 뛰어넘기 시작했다.

아니, 날았다는 표현이 더 정확할 것이다. 이윽고 산자락 사이로 구름 하나가 내려왔다. 선사는 또 기이한 소리를 내더니 구름에 사뿐히 올라탔다. 선사가 구름을 타고 움직일 때 네 사람은 봉우리 하나씩을 차지하고, 선사와 구름을 향해 두 손을 모으고 읍하였다. 그것을 바라보던 치원은 마침내 현기증을 이기지 못하여 쿵, 하고 쓰러졌다. 치원이 쓰러질 때 네 사람은 번개처럼 봉우리를 타고 내려왔다. 선사도 바람처럼 구름을 타고 계곡으로 내려왔다.

'쿵~!'

모두 처음에 출발했던 계곡에 멈춰 서 있었다.

"일어나세요! 일어나세요, 최 진사님!"

호몽이 치원을 흔들어 깨웠다.

"호몽……낭……자? 호몽 낭자, 내가 무엇을 보았단 말이오?"

겨우 눈을 희미하게 뜬 치원이 영문을 모르겠다는 듯이 호몽을 물끄러미 바라보았다. 그러자 호몽은 안심이 되어 치원을 바라보며 그저 배시시 웃었다.

치원이 무사한 것을 확인한 후, 모두 말없이 계곡을 빠져 나와 암자로 돌아왔다. 그날 밤 저녁을 먹고 나서야 선사는 비로소 치원에게 낯선 두 남녀를 소개했다.

"최 진사, 이 사람은 내 제자 여동빈일세. 앞으로 내 맥을 이어 갈 수 있을 게야."

치원이 허리를 굽혀 예를 표하자 사내도 두 손을 모으며 공손히 답례를 했다.

"장원 급제를 축하합니다."

모든 사실을 다 알고 있는 것처럼 여동빈은 말했다.

"저도 도법을 배우고 싶습니다. 가르쳐 주십시오."

치원이 다시 한 번 고개를 숙이며 여동빈을 바라보았다.

"진사님의 형님도 고수이십니다. 형님께 배우세요."

그제야 여동빈이 고개를 돌려 현준스님을 쳐다보았다.

"저는 자격이 없습니다. 이미 불문에 들었습니다."

현준스님이 고개를 가로저었다. 그때 낯선 여인이 고개를 획 돌리더니 현준스님을 노려보고 있었다.

"누가 불문으로 내쫓았나? 기다리지 못하고 떠난 자가 잘못이지."

여인의 카랑카랑한 목소리가 온 방 안을 흔들었다.

"이 사람들아, 십 년이 흘렀는데도 화해를 못했나? 십 년 동안 서로가 합치지 못했으면 길이 다른 게야! 인연의 끈이 거기까지인 게지."

선사가 큰소리로 웃으며 말했다.

"그렇습니다. 우리의 인연의 끈은 벌써 끊겼습니다. 제가 도를 이룰 때까지 기다려 달라고 수없이 말했건만……. 저이는 저보고 바로 신라로 가자고 했습니다. 저는 스승님 곁에서 더 배우고 싶었는데 말입니다. 그러더니 결국 불문으로 가고 말았네요."

낯선 여인이 한숨을 쉬며 말했다. 그러자 현준스님은 조용히 눈을 감았다.

"나무아미타불……."

"이 사람은 여인으로서 도의 경지가 제일 높단다. 잘 했으면 최진사 형수가 될 뻔했는데……. 그만 인연이 짧았지. 사람들이 마고선녀라고 부른다네."

온통 낯선 대화들이 오가는 통에 감히 끼어들 엄두를 내지 못하고 눈만 멀뚱히 뜨고 있는 치원에게 선사가 옅은 미소를 띠며 그 여인과 현준스님의 지난 인연에 대해 말을 꺼냈다.

'마고선녀라…….'

치원은 슬며시 고개를 들어 그 여인을 바라보고 있었다.

'인연의 끈은 도대체 뭐고, 마고선녀는 도대체 누구인가. 또 형수는 도대체 무슨 말인가.'

치원은 갑작스레 펼쳐진 상황이 도무지 이해할 수가 없었다. 치원은 어지러운 머리를 식히기 위해 밖으로 나왔다.

물지게를 지고 이미 어두워진 계곡을 더듬으며 옹달샘 쪽으로 내려갔다. 계곡 꼭대기에서 흘러온 물이라 그런지 손을 담그는 순간 어찌나 차갑던지 치원은 그만 소스라치게 놀라고 말았다. 옹달샘에서 물을 퍼 지게를 지려고 할 때 언덕 위의 희뿌연 안개 속에 누군가 서서 치원을 바라보고 있었다.

그 검은 그림자는 서서히 치원을 향해 다가왔다. 치원은 그가 현준스님임을 알게 되었다. 현준스님은 물 지게 옆에 서 있는 치원에게 다가와 말했다.

"인연이라는 것이 참 묘하구나. 이번에 내가 마고를 만날 줄은 몰랐다. 마고는 훌륭한 여인이야. 내가 신라에서 건너와 이국땅에서 외롭고 힘들었을 때 의지처가 되어 주었던 여인이지. 배찬 스승님의 친구 중에 남종이라는 분이 있었는데, 그분의 고명딸이지. 남종은 황제께 간을 하는 충직한 관리였는데, 환관들이 사사로이 재물을 모으는 것을 적발하다가 오히려 모함에 걸려 관직을 잃었지. 어머니마저 화병으로 세상을 떠나고 집안이 풍비박산 났을 때 그 어머니가 열심히 다니던 저 고개 너머 광법사의 효공스님이 그녀를 거두어 주었단다. 심성이 바르고 착한 여인이었어. 광법사에 놀러 가셨던 선사가 저 마고의 비범함을 보고 데려다가 도를 가르쳤단다. 그때 나도 이 종남산에 들어와 도를 닦으며 저 여인을 연모하게 되었어. 나의 첫사랑이었느니라. 저 사람도 나를 끔찍이 따랐어. 그래서 나는 청혼을 했고, 함께 신라로 돌아가 아버지 밑에서 불사하는 일을 도우며 단란한 가정을 이루고 싶었단다. 그런데 저 사람의 생각은 달랐어. 평범한 여인, 여염집 아낙이 되어 자식을 두고 그렁저렁 사는 것은 싫다고 했어. 자신의 어머니가 그렇게 평범하게 살다가 아버지가 한순간에 잘못되자 한 집안이 순식간에 사라지는 것을 보면서 오히려 나를 설득했지. 이 종남산에서 살면서 함께 도를 닦고 높은 도의 반려로서 살아가자고 말이야. 어쩌면 그때 마고의 이야기가 맞았을지도 모르겠어. 다 지나간 이야기지만……."

현준스님은 먼 산을 바라보며 경을 읊듯이 마고선녀와의 지난 인연에 대해 소상히 설명을 했다.

"그럼 저 마고선녀와 여동빈과는 어떤 관계입니까?"

조용히 이야기를 듣던 치원이 현준스님을 바라보았다.

"우리 불가 식으로 말한다면 좋은 도반道伴이겠지. 함께 도를 닦는 좋은 친구 말이야."

현준스님은 치원을 향해 낮은 목소리로 읊조리듯이 말했다.

"형님, 그럴 겁니다. 마고선녀가 사랑했던 사람은 오직 형님 한 분뿐일 겁니다."

치원이 현준스님을 위로하고자 한마디 건넸을 때 어디선가 어둠 속에서 웬 여인이 소리를 질렀다.

"그럼요. 그 분 눈빛을 보세요. 아직도 현준스님을 그윽하게 바라보고 계시잖아요. 여자는 여자 마음을 안답니다. 아무리 도가 높다 하더라도 연정을 품은 사람에게 주는 눈빛과 지인에게 주는 눈빛은 다르죠. 암요."

현준스님 뒤에 어느새 호몽이 등불을 들고 서 있었다. 밝게 활짝 웃는 호몽을 바라보던 치원과 현준스님은 그만 웃음을 터뜨리고 말았다.

그때 언덕 위에서 요란한 말발굽 소리가 들렸다. 잠시 후 말을 타고 달리던 사내가 어둠 속에서 크게 외쳤다.

"최치원 진사 계십니까? 최치원 진사님, 어디 계세요?"

무척이나 다급한 목소리였다.

"여기 있소. 뉘시오?"

치원이 사내 쪽을 향해 소리를 질렀다. 치원의 목소리를 들은 사내가 말에서 내려 급하게 뛰어오는 모습이 보였다.

"아, 잘 찾아왔군요. 예부에서 나왔습니다. 최치원 진사님의 발령장을 가지고 왔습니다. 어쩌면 이렇게 깊은 산중에 계십니까?"

사내는 숨을 몰아쉬며 치원에게 발령장을 전했다. 치원은 짙은 어둠 속에서 호몽이 들고 있는 횃불에 의지한 채 사내가 주고 간 발령장을 펼쳐 들었다.

〈제2권으로 계속〉